Hans Dienstknecht

Alles endet im Licht

Die Suche nach der Wahrheit

Vom gleichen Autor und im gleichen Verlag erschienen außerdem:

BIN ICH ES, DEN DU LIEBST?
Das Abenteuer kann beginnen *(Roman)*

VERLASSE DICH AUF DEINES HERZENS LEISEN KLANG
Vom Erblühen der Seele *(Gedichte)*

Hans Dienstknecht

Alles endet im Licht

Die Suche nach der Wahrheit

Roman

"Was du selbst durchdacht, erlebt, angewendet, oftmals genug auch korrigiert hast, das wird dir helfen, in eine geistige Freiheit hineinzuwachsen. Einen anderen Weg gibt es nicht. Wenn du bereit bist, deinen Verstand zu gebrauchen und in gleichem Maße dein Herz sprechen zu lassen, kann ich dir helfen, deinen Weg mit weniger Schmerz und Kummer zu gehen als bisher. Du hast den freien Willen, und damit liegt die Entscheidung bei dir." (Das Licht)

1. Auflage Dezember 1997
2. Auflage Dezember 2001

Druck: OFFSET DRUCKEREI POHLAND, Augsburg
Verlag: Hans Dienstknecht, Bürger-Verlag,
74196 Neuenstadt-Bürg, Gutshofstr. 7
ISBN 3-9806345-2-3

Inhaltsverzeichnis

Für meinen Bruder
und Freund, der mich
- und dich -
niemals verläßt

1. Licht aus dem Ursprung allen Seins

Es kam äußerst selten vor, daß ich mitten in der Nacht aufwachte. Diesmal war es geschehen, und ich wußte, daß es einen tieferen Grund dafür gab. Welchen, das war mir allerdings nicht klar. Es mußte etwas Wichtiges gewesen sein, das spürte ich. Ich hörte in mich hinein und versuchte, meine Gefühle zu ordnen. Was war passiert? Eine vage Erinnerung kam hoch: Auf eine eigenartige Weise hatte mich etwas verunsichert und dennoch neugierig gemacht. Etwas Mächtiges, nicht Erklärbares, Allumfassendes. Ich suchte nach Worten dafür, die mir einigermaßen treffend schienen, fand aber keine.

Nun lag ich da in meinem Bett, war durch irgend etwas aufgewacht und dachte über das nach, was mir widerfahren war. Ich versuchte, mich an meine Träume in dieser Nacht zu erinnern in der Hoffnung, hier eine Erklärung für meine Gemütsbewegung zu finden. Viel kam nicht dabei heraus, außer daß mir der Gedanke an etwas eigentümlich Vertrautes nicht aus dem Kopf ging. Ich bekam immer mehr das Gefühl, etwas Lebensentscheidendes wäre mir begegnet. Diese Empfindung wurde auch dadurch verstärkt, daß sich zu meiner inneren Unruhe der Wunsch gesellte, noch einmal in die Nähe dieser „Faszination" zu kommen.

Tausend Dinge gingen mir durch den Kopf, während ich wach da lag. Konnte ich meinen Empfindungen trauen oder nicht? Ich fragte mich sogar, ob ich gestern abend vielleicht etwas mehr getrunken hatte, als mir gut getan hat. Ich glaubte es zwar nicht, aber ich würde meinen Freund Peter fragen, mit dem ich am Abend zuvor zusammengewesen war. Hatte ich zuviel gegessen, so daß durch einen übervollen Magen wirre Träume ausgelöst worden waren? Gab es das überhaupt? Oder war vielleicht eine Grippe ...?

Nein, nichts von alldem! Ich war gesund, ich war klar, ich war ein vernünftig denkender Mensch, ein Mann mit beiden Füßen im Leben. Was also war passiert?

Ich drehte mich auf die andere Seite in der Hoffnung, bald wieder in den Schlaf zu finden. Könnte es sein, daß mir Gleiches oder Ähnliches noch einmal widerfuhr? Wollte ich es überhaupt? Oder wollte ich nicht viel lieber meine Ruhe, weil ich ahnte, daß möglicherweise Gravierendes mein Leben verändern würde?

Wie oft ich mich herumdrehte, weiß ich nicht mehr. Mal hatte ich das Gefühl, kurz vor dem Einschlafen zu sein; dann wieder schien es mir sinnvoller, aufzustehen und das Geschirr von gestern abend zu spülen, da ich ohnehin zum Weiterschlafen innerlich zu angeregt war. Und immer dieses Gefühl - oder war es ein Bild? -, daß ein „Etwas" mit Dimensionen, die über meinen Verstand gingen, mir nahe war.

Irgendwann bin ich dann doch eingeschlafen. Oder glaubte ich es nur, weil das Unfaßbare - wenn überhaupt - nur im Traum und nicht in der Realität möglich schien? Heute weiß ich, daß ich mich in einem Zustand befand, den schon viele Menschen erfahren haben, und den sie mit den Worten schildern: „Ich habe geschlafen, aber trotzdem war ich hellwach. Ich wußte, daß mein Körper schlief, doch mein Geist war ganz klar, so als wären Körper und Geist zwei unabhängig von einander existierende Wesen."

Während ich schlief, spürten mein Verstand und meine Sinne, wie sich eine Veränderung in meiner Wahrnehmung vollzog. Damals hatte ich den Eindruck, als würde sich der Raum *um* mich herum erfüllen, so daß ich anderes sehen konnte als zuvor. Heute weiß ich, daß dies alles *in* mir geschah.

Noch während vor meinen Augen das Licht zu erstrahlen begann, war mir klar, daß ich die Ursache für mein Aufwachen, für meine Spannung und die damit verbundenen Fragezeichen gefunden hatte. Nicht einen Moment mehr kam mir in den Sinn, daß die Erscheinung des Lichtes etwas mit möglichen körperlichen Ursachen zu tun haben könnte oder auf Halluzinationen oder Phantasien zurückzuführen sei. Nein, hier war ich - und da war das Licht, und es war zu mir gekommen, und es war gut so. Das war für mich das Natürlichste der Welt, es war Realität.

Trotzdem war alles neu für mich. Ich akzeptierte zwar auf Anhieb, daß hier etwas vollkommen Normales ablief, aber ich war nach wie vor Ferdinand Frei, 55 Jahre alt, verwitwet, eine Tochter, Vertreter, religiös nicht gebunden, ein halbwegs freier Geist und ein gesundkritischer Mensch - und ich hatte Fragen. Gleichzeitig hatte ich das untrügliche Gefühl, daß sie mir alle beantwortet werden würden; zwar auf eine Art und zu einer Zeit, die ich nicht bestimmen konnte, aber es würde kein Suchen und kein Umherirren mehr geben. Das ließ mich ruhig und absolut sicher sein, wie nie zuvor in meinem Leben geführt und geschützt zu werden. Und so wandte ich mich voll und ganz dem strahlenden Licht zu, das mich - obwohl es heller schien als alles, was ich kannte - nicht blendete. Ein nie erlebtes Gefühl der Achtung vor etwas Hocherhabenem und eine tief empfundene Hingabe an diese lichtvolle Größe erfüllten meinen Geist. Ich wußte, daß ich mich bei all meiner Unvollkommenheit diesem Licht vertrauensvoll zuwenden konnte wie ein Kind seinem Vater oder seiner Mutter, wie ein Freund dem anderen.

Wie sollte es nun weitergehen? Wer von uns beiden sollte den nächsten Schritt tun? Wenn das Licht mit seinem Erscheinen *seinen* Schritt getan hatte, dann war es jetzt an mir, meinen Schritt zu tun. Also sprach ich das Licht an:

„Wer bist du?"

Es war das einzige, was mir einfiel. Wer *ich* war, wußte das Licht sowieso. Davon ging ich zumindest einmal aus. Und was sollte ich sonst sagen oder fragen? Die Antwort kam unverzüglich.

Mein Wesen ist Liebe. Ich bin aus dem Ursprung allen Seins und lebe in der Unendlichkeit. Liebe, Licht und Leben sind meine Natur, die aus Gott ist. Da alles eine Einheit ist, bin ich ein Teil von dir, so wie du ein Teil von mir bist. Ich kenne dich seit ewigen Zeiten - und ich liebe dich.

Es fällt mir selbst heute noch schwer, die Gefühle zu beschreiben, die damals über mich hereinbrachen. Auf der einen Seite war da ein natürliches Selbstvertrauen, gepaart mit einem gesunden Stolz auf wenigstens einige Abschnitte meines Lebens (die anderen sparte ich meistens aus), auf der anderen Seite wurde ich hier und jetzt mit einer Situation konfrontiert, die ich auch nicht im Entferntesten unter Kontrolle hatte. Ich konnte nichts anderes tun, als völlig überrumpelt und hingebungsvoll zu schauen, zu staunen und Fragen zu stellen, die mir auch noch beantwortet wurden! Eine Wärme strahlte mir entgegen, wie sie als schwacher Abglanz manchmal in den Augen einer Mutter ihrem Kind gegenüber zu sehen ist. Gleichzeitig hüllte mich eine Liebe ein, in der nichts anderes wichtiger war, als ein Teil davon zu sein.

All das auf einmal war in meinem Herzen. Und wenn auch mein Ego ein wenig irritiert, um nicht zu sagen hilflos war, so hätte ich doch diese Momente für nichts auf der Welt eingetauscht. Ich war der Liebe begegnet, nicht irgendeiner, sondern *der* Liebe. Sie war nicht fern, irgendwo in unerreichbaren Sphären, sie war konkret da, sie „stand" mir gegenüber, war ein Teil von mir. Sie hatte es eben selbst gesagt. Und wie lange kannte sie mich schon? Eine Ewigkeit lang? Mitten in meine Verwirrung hinein sprach mich das Licht erneut an:

Nun weißt du, wer ich bin.

Ich nickte.

Und wer bist du?

Ich glaubte, das Licht nicht richtig verstanden zu haben. Welch eine Frage?! Es mußte mich doch kennen. Als das Licht die Frage wiederholte, merkte ich, daß ich wohl eine Zeitlang geschwiegen hatte. Ich war zu perplex: Wenn *ich* wußte, wer ich war, warum wußte es das Licht nicht? Träumte ich doch? Nie und nimmer! Was also sollte das? Vieles ging mir durch den Kopf. Ich brauchte Zeit zum Nachdenken und bat das Licht darum. Mir schien, als hätte es dies erwartet. Ein liebevolles und nachsichtiges *Natürlich* war die Antwort und dann die Worte, die mich von diesem Zeitpunkt an mein Leben lang begleiteten:

Gebrauche deinen Verstand.

Damit verabschiedete sich mein Licht. Als ich am Morgen erwachte, wußte ich, daß sich mein Leben verändern würde, ja schon verändert hatte. Die nächtliche Begegnung stand nämlich so lebendig vor meinen Augen und hatte sich so scharf in mein Gedächtnis eingebrannt, als wäre all das bei höchster geistiger Klarheit geschehen. Was ja vermutlich auch der Fall war.

Neben der festen Überzeugung, nicht allein zu sein, sondern von meinem Licht begleitet zu werden bei meinem Tun, nahm ich zwei Dinge mit in den Tag: Die Frage *Und wer bist du?* und die Aufforderung *Gebrauche deinen Verstand.* Letzteres war wohl dringend nötig.

2. „Gebrauche deinen Verstand" - die ersten Versuche

Es war mir an diesem Tag kaum möglich, mich auf meine Arbeit zu konzentrieren. Immer wieder gingen meine Gedanken zurück zu dem nächtlichen Geschehen. Fragen über Fragen zogen durch meinen Kopf, bis ich mich selbst ernsthaft ins Gebet nahm und mir vorschlug, entweder ein paar Stunden frei zu nehmen oder mich zusammenzureißen, um wenigstens noch ein bißchen was auf die Beine zu stellen. Ich entschied mich fürs Zusammenreißen. Zum einen gab es genügend zu tun, zum anderen wollte ich mich ablenken, damit ich nicht ständig - um ehrlich zu sein, beinahe ausschließlich - an den „geistigen Einbruch" in meinem Leben denken mußte. Nicht, daß ich mich dagegen zur Wehr hätte setzen wollen; es war nur zu überraschend und überwältigend gekommen. Im Moment konnte es von mir noch nicht entsprechend verarbeitet werden.

Nachdem ich zwei oder drei Stunden an meinem Schreibtisch verbracht, einige Anrufe erledigt und Termine für die nächsten Tage vereinbart hatte, wurde es Zeit, daß ich das Büro verließ, um ein paar Kundenbesuche zu machen. Es war auch deshalb angeraten, weil sich mein innerer Zustand wohl nicht verbergen ließ. Eva, die für meinen Freund und Kollegen Peter und mich die Innendienstarbeit erledigte und von uns hoch geschätzt wurde wegen ihrer Zuverlässigkeit und eines Herzens, das genau auf dem richtigen Fleck saß, hatte mich schon ein paar mal mit einem fragenden Blick angeschaut.

„War's spät gestern abend?"

Ich schaute so unschuldig, wie es nur ging. Ein schlechtes Gewissen wegen gestern abend mußte ich wirklich nicht haben. Peter und ich hatten uns auf ein Glas Wein verabredet, hatten ein wenig philosophiert, die politische Lage im allgemeinen und Peters persönliche als Ehemann und meine als Witwer im besonderen betrachtet und waren dann - mit Gott, der Welt und uns selbst weitgehend im reinen - auseinandergegangen.

„Nein", sagte ich, „es war weder spät, noch hatte einer von uns sein Maß und Ziel verloren."

„Aber irgend etwas ist doch. Du wirkst ein bißchen, als wärst du nicht so recht bei der Sache."

Eva war ein cleveres Mädchen. Aufgeweckt, einfühlsam, mit der richtigen Mischung aus Verstand, Humor und Eigenwillen. Peter und ich mochten sie; sie uns übrigens auch. Jetzt aber war es an der Zeit, zu gehen. Mir war absolut nicht danach, über die in meinem Inneren vorherrschenden Gefühle zu reden. Ja, für mich stand fest, daß ich über die Erscheinung des Lichtes ohnehin mit keinem (oder kaum einem) Menschen würde reden können und wollen. Also schenkte ich Eva ein Lächeln, murmelte etwas von Kopfschmerzen, teilte ihr noch mit, welche Kunden ich heute besuchen wollte und verabschiedete mich für diesen Tag.

Für heute hatte ich noch fünf Besuche eingeplant. Ich nahm mir vor, sie zügig hinter mich zu bringen; ich wollte Zeit für mich und meine Gedanken haben. Das gelang mir auch einigermaßen. Wenn man so viele Jahre im Geschäft ist und seine Kunden kennt, dann ist es kein Problem, auch einmal nur kurz hereinzuschauen, auf eine Tasse Kaffee zu verzichten und trotzdem - ohne etwas zu vernachlässigen - das Wichtigste zu besprechen.

Am späten Nachmittag war meine Arbeit für diesen Tag getan, und ich suchte mir eine ruhige Bank in einer kleinen Parkanlage. Es war ein warmer Tag. Die Atmosphäre um mich herum war friedlich und mir fiel auf, daß ich das Zwitschern der Vögel wahrnahm und den Duft der Natur um mich herum. Das passierte mir nicht oft, und ich freute mich darüber. Aber heute war ja auch ein besonderer Tag.

Und wer bist du?, hatte mich das Licht gefragt. Immer wieder war mir im Laufe des Tages diese Frage in den Sinn gekommen, und jetzt schoß sie wieder durch meinen Kopf. In der Nacht war ich zu überrascht gewesen, um die Frage richtig verstehen zu können. Doch inzwischen war mir klar geworden, daß damit nicht nur mein Ich, mein Menschsein hinterfragt werden sollte. Also gut: Wer war ich?

Ich hatte mich in meinem Leben wenig mit religiösen oder philosophischen Fragen beschäftigt. Dazu war ich viel zu „normal“: aus bürgerlichem Haus, Volksschulabschluß und kaufmännische Ausbildung, in der Jugend und im frühen Mannesalter die üblichen Interessen der Unterhaltung und des Geldverdienens, mit 28 Jahren geheiratet, nach anfänglichen Schwierigkeiten eine gute Ehe geführt, vielseitig interessiert, ein paar harmlose Hobbys, schnell in der Auffassung, aber nicht immer so tiefgründig im Denken, wie ich es mir selbst wünschte. Doch ab und zu hatte ich den Wunsch verspürt, mehr über „die Dinge dahinter“ zu erfahren, auch wenn ich nicht genau wußte, um was es sich dabei eigentlich handelte. Da aber in der Zeit des Arbeitens und Vergnügens dafür keine Zeit war, blieben die Bücher über Esoterik, Mystik in den verschiedenen Religionen, Yoga, Leben und Tod und viele andere - die mich unbewußt ansprachen - ungekauft und ungelesen.

Und doch: Ich erinnerte mich plötzlich an das Bibelwort „Wer sucht, der findet, und wer anklopft, dem wird aufgetan". War ich solch ein Suchender, ohne daß es mir bewußt war? Wo und bei wem hatte ich - wenn es denn so wäre - angeklopft? Und wer hatte mir die Antwort, *eine, die erste* Antwort gegeben? „Die Liebe hat dir geantwortet", sagte ein Impuls in mir.

Wenn es die Liebe war - und ich zweifelte nicht einen Augenblick daran -, dann gab es mehr als das, was ich im Alltag wahrnehmen konnte. Dann gab es mehr als die „Wirklichkeit" um mich herum, mehr als die Materie, mehr als Geborenwerden und Sterbenmüssen. Es mußte dann eine andere Realität (vielleicht die richtige?) hinter derjenigen geben, die ich bisher als die einzig wahre angesehen hatte. Wenn dem so war, dann mußte diese andere Welt unserer materiellen weit „überlegen" sein; schließlich konnte und kam sie zu mir, hatte mit mir Verbindung aufgenommen - und nicht umgekehrt.

Es gab also ein Sein, ein Leben oder was auch immer (ich fand nicht sofort den richtigen Ausdruck) außerhalb der mir bisher bekannten Welt. So viel stand für mich fest. Wie paßte ich, wie paßte jeder Mensch aber da hinein? Gab es mehr als die mit den fünf Sinnen erfaßbare Materie, dann war auch ich mehr als Materie, mehr als die Summe meiner Zellen, Organe, Knochen usw. Gab es eine geistige Welt, dann war ich ein Teil davon. So, wie jeder andere auch. Dann aber war ich mehr als nur Ferdinand Frei. Dann gab es etwas viel Wichtigeres und Wertvolleres als das „bißchen Mensch", das hier saß und sich seine Gedanken machte.

Ich hatte die Zeit vergessen. Es war etwas kühler geworden. Während ich noch überlegte, ob ich gehen oder noch bleiben sollte, kam mir die andere Aufforderung des Lichtes in den Sinn: *Gebrauche deinen Verstand.* Mir war von Anfang an klar gewesen, daß ein solcher Hinweis alles andere als eine Anweisung war, den Intellekt unter Hintansetzung und auf Kosten des Gefühls die Hauptrolle spielen zu lassen. Er war viel eher als Ermahnung gedacht, den mir von Gott gegebenen Verstand nicht gänzlich einschlafen zu lassen, sondern ihn im rechten Sinne zu gebrauchen.

Dies hatte ich wohl in den letzten Minuten getan. Ich war ein wenig erstaunt bei dem Gedanken, daß dies gar nicht so schwer gewesen war. Zwar hatte ich noch nicht die Antwort auf die Frage, wer ich denn nun wirklich war; aber ich war dieser Antwort doch ein ganzes Stück näher gekommen.

Da hatte ich ein Gehirn in meinem Kopf und brauchte es nur zu benutzen. Warum hatte ich dies nicht schon immer getan?

Ich war kurz davor, mir für diese gedankliche Großtat selbst auf die Schulter zu klopfen, als ich an meinem rechten Ärmel etwas verspürte. Ein Blick dorthin verriet mir, daß ein Vogel seine verdaute Nahrung verloren und meine Anzugjacke getroffen hatte. Das machte mich zwar im Moment stutzig, reichte aber als Anstoß wohl noch nicht aus. Denn kaum hatte ich damit begonnen, die Jacke so gut es ging zu säubern, stand ein kleiner Junge vor mir. Er schaute mir eine Weile zu und fragte dann:

„Was machst du denn da weg?"

„Das ist von einem Vogel", sagte ich, „gerade erst passiert."

Seine braunen Augen blickten mich an: „Da hast du aber Glück gehabt. Stell dir vor, der Vogelschitt hätte deinen Kopf getroffen." Und schon war er fort, rannte seinen Freunden hinterher, die auf einem angrenzenden Rasen Fußball spielen wollten.

Ich saß da und starrte ihm einen Augenblick lang nach. Langsam dämmerte mir, daß ich, anstatt mich über den Fleck zu ärgern, auch darüber nachdenken konnte, ob nicht sowohl der Vogel als auch das Kind mir etwas sagen wollten. Natürlich: Kaum war ich im Begriff, einmal meinen Verstand zu gebrauchen, trat der Stolz auf diese Leistung auf den Plan. So, als sei *ich* für Anstoß und Durchführung dieses einfachen Gedankenganges verantwortlich gewesen.

„Mach weiter so", dachte ich selbstironisch, „das wird was werden!" Und dann machte ich mich auf den Weg nach Hause.

*

Der nächtliche Eindruck war so mächtig gewesen, daß ich doch beschloß, mit jemandem darüber zu sprechen. Es kamen dafür nur zwei Menschen in Frage: meine Tochter Anne und mein Freund Peter. Anne wohnte seit 3 Jahren in einer etwa 200 Km entfernten Kleinstadt und fiel deshalb für den Moment aus. Also rief ich Peter an und bat ihn, mich noch zu besuchen. Da seine Frau Katharina ein tolerantes Wesen hatte - schließlich waren wir Männer erst am Abend zuvor zusammengewesen - und Peter eine gewisse Dringlichkeit in meiner Stimme verspürte, gab es kein Problem. Eine halbe Stunde später saßen wir uns in meiner Couchecke gegenüber.

Ich hatte mir überlegt, wie ich anfangen sollte, und dann entschieden, mit der Türe ins Haus zu fallen. So tat ich es dann auch. Ich ließ nichts aus, berichtete auch von den Ereignissen des Tages, schwieg schließlich und blickte meinen Freund an. Es entstand eine lange Pause. Peter war der erste, der das Schweigen brach.

„Und nun?"

Das war typisch für ihn: sachlich, praktisch, knapp. Und was mich freute, weil es die Sache für mich leichter machte, war jegliches Fehlen von hochgezogenen Augenbrauen oder leichter Ironie. Er glaubte mir.

„Ich weiß es nicht genau", antwortete ich. „Ich bin mir nicht sicher, wie es weitergehen soll. Natürlich wünsche ich mir, daß es nicht einmalig war. Es war einfach zu ..." Ich suchte nach Worten, „ ... zu wichtig", ergänzte Peter.

„Ja, zu wichtig und - zu schön."

„Willst du, daß das Licht wiederkommt?"

„Ich wüßte nicht, was ich mir im Moment mehr wünschte."

„Dann wird es auch geschehen." Diese Worte kamen so selbstverständlich, daß ich Peter leicht erstaunt anschaute.

„Was macht dich so sicher?", fragte ich.

„Hat das Licht dir nicht gesagt: *Gebrauche deinen Verstand?*" Ich nickte. „Also versuchen wir es gemeinsam", fuhr Peter fort. „Mir kann es auch nicht schaden." Er schloß kurz die Augen.

„Wenn das Licht die Liebe ist, verkörpert es die Allmacht Gottes. Und es gibt keine stärkere Kraft, das drückt schon das Wort 'Allmacht' aus." (Im Geiste zog ich meinen Hut vor meinem Freund.) „Keiner könnte das Licht also daran hindern, wieder zu dir zu kommen."

„Es sei denn, ich selbst", führte ich seinen Gedankengang fort, „indem ich entweder kundtue, daß ich so etwas nicht möchte, oder indem ich mich so verhalte, daß die Voraussetzungen für ein weiteres Erscheinen nicht gegeben sind."

„Das wäre dann der Fall", nahm Peter den Faden auf, „wenn du das, was dir das Licht zweifellos sagen und zeigen will, nicht wirklich annimmst."

„Ich würde dann damit zum Ausdruck bringen, daß mich das Ganze höchstens vom Verstand her interessiert, vielleicht meinen Intellekt zufriedenstellt, aber nicht in mein Herz gefallen ist. Ich würde mich damit zwar nicht durch das ausgesprochene Wort, aber durch die *ausgeführte Tat* distanzieren."

„Und da die wirkliche Liebe den freien Willen akzeptiert, würde das Licht sein Erscheinen einstellen", beendete Peter unsere Gedanken.

Das wäre das Letzte, was ich mir wünschte. Jetzt, da ich einen winzig kleinen Zipfel dessen erhascht hatte (nein, der Zipfel war mir in die Hand gelegt worden!), wohin unbewußt mein Sehnen ein Leben lang gegangen war, wollte ich ihn nicht mehr loslassen.

Wir schwiegen eine Zeitlang. Dann sagte ich:

„Was mich noch beschäftigt, ist die Frage, warum gerade *mir* so etwas passiert."

„Warum *nicht* dir?"

Ich hatte schon von Mystikern gehört, die Erscheinungen verschiedenster Art hatten. Aber es handelte sich dabei immer um Männer und Frauen, von denen man annehmen konnte, daß sie durch ein besonderes Leben eine intensive Nähe zu Gott gefunden hatten. Dies war bei mir nicht der Fall.

„Du weißt, daß ich nicht gläubig im Sinne der Kirche bin. Ich war mir allerdings sicher", ich mußte lächeln, als ich weitersprach, „jetzt natürlich erst recht, daß es eine Macht oder Instanz oder was auch immer gibt, die größer ist als alles Vorstellbare. Ich habe mich oft gefragt, was dieses Unfaßbare, das ich wie die meisten einfach als 'Gott' bezeichnet habe, wohl ist. Wie es oder er zu erreichen ist. Ob dieses unbewußte Fragen und Rufen ausgereicht hat?"

Ich überlegte einen Moment. „Aber etwas Besonderes bin ich nicht."

„Schön, daß du auf dem Teppich bleibst. Versuche es auch weiterhin." Freunde können sich so etwas und noch viel mehr sagen. Das war das Schöne bei uns. „Wenn es dein Ego nicht kitzelt, sage ich dir was: Ich glaube, es ist doch was Besonderes an dir. An dir, an mir, an jedem Menschen. Weißt du, was es ist? Wir sind einmalig. Keinen gibt es zweimal. Und dein Licht zeigt mir, daß da noch mehr ist: Du, ich, wir alle sind nicht nur einmalig als Mensch, sondern auch als ...", er suchte nach Worten, „ ... als etwas, das du noch herausfinden wirst. Dafür, vermute ich mal, ist dein Licht gekommen."

Ich schaute ihn nur an.

„Vielleicht", sprach er weiter, „hast du doch etwas - sagen wir mal - Besonderes. Ich glaube, du kannst denken. Du kannst deinen Verstand auch dann noch gebrauchen, wenn andere meinen, es wäre schon alles zu Ende gedacht. Du hörst nicht gleich auf."

In dem Punkt hatte er recht. Das hatte mich schon manchmal in Schwierigkeiten gebracht. Ich gab mich schon als Kind und später auch als Erwachsener mit der ersten Antwort auf ein „Warum?" selten zufrieden. Wenn es ging, schob ich ein zweites, drittes und mehr „Warum?" nach. Ich hatte nie ganz verstanden, warum sich die Menschen allzu früh mit der ersten Antwort abfanden. Natürlich hatte ich nicht auf alles die richtigen Antworten erhalten; wenn ich ehrlich war, nur auf das wenigste. Daß es aber auf alles Antworten gab, das stand für mich fest. Ich war aber wohl noch nicht reif dafür.

Während ich noch in Gedanken war, sagte mein Freund: „Außerdem könnte es ja sein, daß du gebraucht wirst. Und nicht nur du, sondern im Prinzip jeder. Laß dich überraschen. Wenn es so ist, dann ist das Licht deshalb zu dir gekommen, weil *du* jetzt gerade etwas Besonderes zu lernen hast. Und natürlich, um bei der Gelegenheit deine grauen Zellen zu fordern. Das wäre doch ein Grund. Oder meinst du", dabei schaute er mich direkt an, „wir hätten das, was wir zu lernen haben, oder unsere Aufgabe hier schon gefunden?"

Das war das Schöne und manchmal Schwierige an ihm: Wenn er recht hatte, hatte er recht. Und wenn er diesmal recht hatte, lag etwas vor mir, das - bei aller Liebe - auch Arbeit bedeutete.

3. Die Himmel: Ausgangspunkt und Ziel zugleich

Ich schlief mit dem Wunsch ein, das Licht wiederzusehen, und ich wurde nicht enttäuscht. Es entstand plötzlich vor mir, und wenn diesmal auch das Überraschungsmoment fehlte, so war ich nicht minder berührt als beim ersten Mal. Meine Liebe war da.

Ich war immer da, begann das Licht, *nie bin ich von deiner Seite gewichen. In unzähligen Augenblicken deines Lebens gab ich dir Impulse. Ich „sprach" in dich hinein. Wenn du nicht mit dir selbst und deinen Interessen beschäftigt warst, konnte ich zu dir durchdringen. Dann hast du auf meine Einsprachen in dein Gewissen gehört und entsprechend gehandelt. Oftmals jedoch mußte ich mit ansehen, wie du Dinge tatest, die nicht in Ordnung waren. Damit hast du dir dann letztlich selbst geschadet, zumindest hast du einen stetigen Entwicklungsprozeß behindert.*

Hätte mir noch vor ein paar Tagen jemand so etwas gesagt, ich glaube, ich hätte das Gespräch abgebrochen. War ich doch der festen Überzeugung, daß ich zum einen *so* vieles nun auch nicht falsch gemacht habe, und zum anderen keiner das Recht hat (außer vielleicht Anne und Peter), so mit mir zu sprechen. Jetzt aber war ich nur tief beeindruckt von dieser Autorität, die unendliches Verstehen war, fernab jeder Verurteilung oder Schuldzuweisung.

„Was erwartest du von mir?", sagte ich schließlich.

Nichts.

In meinen Gedanken entstanden viele Fragezeichen. In diese Fragezeichen hinein sprach das Licht:

Gott ist die Liebe. Ich bin aus dieser Liebe, genau wie du, wie alles was ist. Und weil Liebe gleichzeitig auch Freiheit bedeutet, erwarte ich nichts. Es spielt für meine Liebe zu dir keine Rolle, was du tust, wie du dich entscheidest, welche Wege du gehen willst. Ich werde dich begleiten, bis du wieder dahin zurückgekehrt bist, woher du gekommen bist.

Von einer solchen Liebe hatte ich noch nichts gehört. Das heißt, in der Bibel gelesen hatte ich schon davon. Aber es waren für mich stets Botschaften aus einer anderen, unwirklichen Welt gewesen, abstrakte Gedanken, die zu leben oder zu erleben in unserer Realität mir nicht möglich schien. Aber zu hören und zu spüren, daß es diese Liebe wohl doch gab, das war Balsam für meine Seele. Im Moment aber interessierte mich mindestens ebenso stark noch etwas anderes.

„Woher bin ich denn gekommen, und wohin willst du mich begleiten?"

Wer bist du?

Als ob ich es geahnt hätte: Schon ging die „Arbeit" los. In diesem Moment wurde mir klar, daß das Licht mir nur wenige fertige Antworten geben würde. Lösungen, die praktisch auf einem „Silbertablett" präsentiert wurden, würde es nicht geben.

Du hast es richtig erkannt. Ich werde dir da helfen, wo du nicht weiterkommst, wo du Informationen oder Denkanstöße brauchst. Aber ich darf und kann dir den Gebrauch deines Verstandes nicht abnehmen. Den Grund wirst du verstehen. Ihr Menschen sprecht oft von der Schule des Lebens. Es soll also etwas gelernt werden. Sich selbst ein Ergebnis zu erarbeiten, ist etwas völlig anderes, als das fertige Ergebnis zu bekommen. In dem einen Fall hast du dir etwas geschaffen, du kannst darauf aufbauen; in dem anderen Fall hast du keine Kenntnisse und Erfahrungen gesammelt, sondern das Resultat wurde dir präsentiert. Das allein aber hat keinen Bestand in deinem Leben. Es bildet keine oder nur eine schwache Grundlage, nichts, auf dem sich eine stetige Reifung deines inneren Lebens aufbauen läßt.

Was du selbst durchdacht, erlebt, angewendet, oftmals genug auch korrigiert hast, das wird dir helfen, in eine geistige Freiheit hineinzuwachsen. Einen anderen Weg gibt es nicht. Wenn du bereit bist, deinen Verstand zu gebrauchen und in gleichem Maße dein Herz sprechen zu lassen, kann ich dir helfen, deinen Weg mit weniger Schmerz und Kummer zu gehen als bisher. Du hast den freien Willen, und damit liegt die Entscheidung bei dir.

Natürlich wollte ich, und ich brachte dies auch zum Ausdruck. Schließlich würde ich *mein* Licht nicht mehr lassen, nachdem ich es (es mich?) gefunden hatte. Aber die Frage *Wer bist du?* stand noch im Raum.

„Nachdem ich dich kennengelernt habe", sagte ich, „brauche ich nicht mehr nur zu glauben. Jetzt weiß ich, daß es mehr zwischen Himmel und Erde gibt, als ich mit meinen Sinnen erfassen kann. Ich bin also nicht nur Mensch, sondern ..." Ich zögerte, weil ich mein Empfinden noch nicht in die rechten Worte kleiden konnte.

... Geist. Du bist Geist.

Nun denn: Ich bin Geist. „Dann muß in meinem festen, menschlichen Körper ein nicht-fester, geistiger Körper sein, etwas, das man nicht sieht." Ich dachte jetzt laut. „Ich erinnere mich an Geschichten, aber auch an ernstzunehmende Berichte von Menschen, die Erfahrungen mit nicht-materiellen

Erscheinungen hatten. Nicht-materiell würde aber bedeuten, daß es neben dieser groben Lebensform auch noch andere, feinere gibt."

Deinen menschlichen Körper haben deine Eltern gezeugt und in die Welt gesetzt. Wer hat deinen geistigen Körper geschaffen?

Es hatte für mich noch nie eine Notwendigkeit gegeben, darüber ernsthaft nachzudenken. Zwar wußte ich aus der Zeit, da ich noch der katholischen Kirche angehörte, daß Gott nach deren Glaubensdogma bei jeder Zeugung eine Seele unmittelbar „aus dem Nichts schaffen" soll. Aber diese Vorstellung war für mich absurd, würde sie doch bedeuten, daß der Mensch Gott zwingen könnte, eine Seele zu schaffen, nur weil der Mensch den Körper zeugt. So herum konnte ich's nicht glauben. Da aber andererseits der Mensch nichts Geistiges formen kann (Wissenschaftliches oder Künstlerisches einmal ausgenommen, das aber nicht gemeint ist), mußte es eine weitaus höhere, größere Instanz für die Gestaltung der geistigen Welt mit allen ihren möglichen Ausdrucksformen geben. Aber wie sollte das vor sich gehen bzw. gegangen sein?

Etwas unsicher entschloß ich mich zu der Antwort: „Ich glaube schon, daß Gott es war."

Wer oder was ist Gott für dich?

„Sag du es mir", wollte ich schon erwidern, als mir noch rechtzeitig einfiel, daß ich ja meinen Verstand gebrauchen sollte. Aber es war nicht einfach.

„Ich habe noch nicht viel darüber nachgedacht. Bis gestern eigentlich fast gar nicht. Was ich weiß, sind die üblichen Ausdrücke oder Formulierungen. Ich selbst hatte bisher keine Vorstellung von ihm. Was mir einfällt ist Schöpfer, Ewigkeit, Unendlichkeit, Macht, Kraft - was noch?"

Du hast aus dem Kopf heraus geantwortet. Was sagt dir dein Herz? Spüre tief in dich hinein.

Ich war diese Art des Denkens nicht gewohnt, obwohl mir klar war, daß man dies mit dem Herzen oft viel besser tun konnte als mit dem Verstand. Die richtige Mischung machte es wohl.

Als ich dann in mich hineinspürte, kindlich-vertrauensvoll, bereit und offen, da wußte ich die Antwort. Sie war so klar und unmißverständlich da, seit Ewigkeiten ununterbrochen gegeben, daß ich mich fragte, warum ich sie nicht schon eher vernommen hatte.

„Gott ist die Liebe", sagte ich.

Und noch während dies aus meinem Herzen emporstieg und von meinen Lippen formuliert wurde, begann das Licht zu pulsieren. Es nahm an Helligkeit zu, nahm mich in sich auf und durchströmte mich. Mir schien, als wären wir eins geworden. Ich dachte nichts mehr, empfand nur noch und war für eine Weile in einer Welt ohne Raum und Zeit, fernab jeglicher menschlicher Vorstellung. Wer war ich wirklich? Ferdinand Frei? Nie und nimmer! Das bißchen Ferdinand Frei war nichts im Gegensatz zu der Dimension, in der ich für einen zeitlosen Moment leben durfte.

Langsam normalisierte sich das Geschehen um mich herum wieder, sofern man überhaupt von „normalisieren" sprechen konnte; denn immerhin war schon allein die Erscheinung des Lichtes alles andere als normal. Ich schwieg lange, ich wollte nichts zerreden. Was hätte ich auch fragen oder sagen sollen? Ich wußte, daß sich mir der Himmel geöffnet hatte; einen Spalt breit nur - mehr hätte ich nicht ertragen können -, doch es reichte aus, um die Antwort auf die immer noch offene Frage *Wer bist du?* ein für allemal zu geben. Mein Licht nahm mir diesmal die Antwort ab.

Du bist ein Kind der Himmel, du und ein jeder Mensch. Dies zu wissen, kann sehr hilfreich sein. Doch es hat auch Konsequenzen; nicht in dem Sinne, wie ihr Menschen diesen Ausdruck oft gebraucht, sondern in einer anderen Form: Wenn du weißt, daß dein wahres Wesen Geist ist, dann weißt du auch, daß diese Erde weder dein ursprüngliches noch dein endgültiges Zuhause ist.

Ich sinnierte: „Der Geist kommt aus dem Himmel; ich bin Geist, also ist der Himmel mein Ursprung. Oder meine Heimat."

Ganz plötzlich fiel mir das Gleichnis aus der Bibel ein, das vom „verlorenen Sohn" handelt. Dieser hatte seine Heimat, sein Vaterhaus verlassen und war in die Welt gegangen. Für eine Zeitlang war er ein Kind dieser Welt geworden, schließlich aber doch in das Haus seines Vaters, zu seinem Ursprung zurückgekehrt. Dort, wo der Ausgangspunkt war, lag auch das Ziel. Anders ausgedrückt: Quelle und Mündung waren eins.

„Ich bin von Gott gekommen", sagte ich zu meinem Licht, „und du begleitest mich dorthin zurück."

Als ich dies aussprach, begriff ich erst die ganze Tragweite dieser wunderbaren, nächtlichen Eröffnung. Ich war mehr als nur eine vorübergehende menschliche Erscheinung, war nicht allein, hatte einen geistigen Führer, hatte ein Ziel - und was für ein Ziel! Was sich aus diesen Erkenntnissen alles ergeben konnte, ja ergeben mußte! Jetzt verstand ich den Vergleich mit dem

Zipfel einer Decke, den man in die Finger bekam, viel besser. Ein neues Weltbild würde sich mir eröffnen mit Dimensionen, die meine bisherige Sicht der Dinge winzig, unausgereift und äußerst beschränkt aussehen lassen würden. Ich würde anfangen zu leben.

Jeder, der sich auf das gleiche Abenteuer einließe, könnte, wenn er gleichermaßen Herz und Verstand gebrauchen würde, ebenso anfangen zu leben. Ich jedenfalls hatte vor, mich ernstlich darum zu bemühen.

Morgen gehst du mit einem anderen Bewußtsein in den Tag. Freue dich darauf. Du wirst lernen, auf Dinge zu achten, die du früher nicht wahrgenommen oder nicht richtig eingeordnet hast. Sei geduldig mit dir. Ich spüre deinen Wunsch, mehr zu wissen, schneller Neues zu erfahren. Denke daran, es geht nicht darum, in deinen Kopf Wissen hineinzustopfen. Wissen ist genug in dieser Welt. Entscheidend ist, dieses Wissen umzusetzen in die Tat. Das erfordert oftmals Überwindung und Mut, Ausdauer und Zeit. Es sind die kleinen Schritte, die dein Herz weiter machen.

Es gibt noch vieles zu lernen. Doch sorge dich nicht. Denke daran: Bei aller Notwendigkeit eines neuen Verhaltens sind Übereifer und Fanatismus fehl am Platz. Gehe mit offenen Augen durch den Tag, und wenn du möchtest, denke über das nach, was du so oft als „Zufall" bezeichnest.

Und - war da ein angedeutetes Lächeln, konnte das überhaupt sein? - *gebrauche deinen Verstand.*

Es war eine gute Nacht, vielleicht die beste in meinem Leben. Ich erwachte ausgeruht, die nächtlichen Ereignisse klar vor Augen. Jede einzelne Empfindung, jeder Gedanke, jedes Wort waren da. Und doch schien mir, als ich aus dem Bad kam, in die Küche ging und begann, mir ein einfaches Frühstück zu bereiten, als würde dieses Hochgefühl etwas an Wirksamkeit verlieren. Nicht, daß auf einmal etwas fehlen würde, aber der Tag begann, seinen Anspruch zu erheben. Freude, das begriff ich, war gut; sie war der Motor. Das war die eine Seite. Den Blick nicht zu verlieren für die Dinge des Alltags, das war die andere. Beides in Einklang zu bringen, das war wohl das Geheimnis.

4. Der Tag spricht und spricht ...

Ich hatte beschlossen, besonders wachsam durch den Tag zu gehen. Schon bald jedoch bemerkte ich, daß dies gar nicht so einfach war. Die Zielsetzung, auf all die großen und kleinen Begebenheiten zu achten, ließ sich nicht - oder nur in ganz begrenztem Umfang - in die Tat umsetzen. Persönliche Gespräche, das Einmaleins der Routinearbeit, Anrufe und vieles mehr nahmen meine Aufmerksamkeit voll in Anspruch. Zwischendurch erinnerte ich mich zwar an mein Vorhaben und versuchte dann auch, in Gedanken schnell die letzten Minuten zu rekapitulieren. Aber im Grunde genommen war es ein wenig erfolgreiches Unterfangen. Ich war diese Art von Wachsamkeit noch nicht gewohnt. Lediglich einmal an diesem Vormittag „klickte“ es bei mir, als ich im Büro von hinten angestoßen wurde. Dabei verschüttete ich einen Teil meines Kaffees, den ich rasch noch im Stehen hatte trinken wollen, bevor ich zu meinen Kundenbesuchen aufbrach. Ein paar Briefe und Rechnungen auf meinem Schreibtisch wurden naß. Hinter mir hörte ich ein Poltern.

Als ich mich ein wenig verärgert umdrehte und ein paar passende Worte sagen wollte, sah ich, daß einer Kollegin ein großer Stapel Aktenordner aus den Händen gerutscht war. Bei dem Versuch, die Akten und sich selbst im Gleichgewicht zu halten, hatte sie die Balance verloren und mich „angerempelt“. Gott sei Dank vergaß ich sofort meinen Unmut, brauchte mich daher auch für eine vorschnelle, emotionsgeladene Äußerung nicht zu entschuldigen und half ihr beim Zusammenräumen ihrer Unterlagen.

Während wir auf dem Boden knieten, schaute ich sie kurz an. „Typisch für sie, diese Dusseligkeit“, wollte ich schon denken, als ich ihr rechtes, bandagiertes Handgelenk sah. Das war der Moment, in dem es „klick“ machte, und ich mich daran erinnerte, auf die zufälligen Ereignisse des Tages zu achten und auch darauf, ob sie mir vielleicht etwas sagen wollten. Die Zeit hatte ich allerdings nicht, gedanklich tiefer in unseren Zusammenstoß einzusteigen, und so beschloß ich, dies mittags während einer kleinen Pause nachzuholen.

Das tat ich denn auch. Doch ich war nicht sehr geübt in diesen Dingen, und so blieb es bei der nicht sehr tiefschürfenden Erkenntnis, daß man diesen Zwischenfall auch hätte vermeiden können, wenn entweder ich meinen Kaffee nicht hastig noch im Stehen getrunken und - bzw. oder - die Kollegin ein paar Aktenordner weniger auf die Arme genommen hätte. Daß ich gerade noch einen Ausruf der Unwilligkeit hatte unterdrücken können, erfüllte mich mit einer gewissen Befriedigung über ein fortgeschrittenes, ziviles oder soziales Verhalten.

Soweit kam ich mit meiner Bilanz der ersten Stunden. Es war ganz sicher noch mehr an diesem Vormittag, was der Beachtung und des Nachsinnens über den Zufall wert gewesen wäre, doch ich „sah“ noch nicht mehr. Beim Nachdenken darüber schienen sich jedoch zwei Arten von Geschehnissen herauszukristallisieren: Auf der einen Seite ergab sich das eine aus dem anderen, so als griffen die Dinge ineinander und ergänzten sich, waren so selbstverständlich wie das Grüßen und Gegrüßtwerden; auf der anderen Seite passierte etwas „einfach nur so“, anscheinend herausgerissen aus irgendwelchen Zusammenhängen. Wie zum Beispiel unser kleiner, morgendlicher Zusammenprall.

Für den Nachmittag war unter mehreren anderen auch ein Besuch vorgesehen, der außerplanmäßig wegen einer Falschlieferung stattfinden mußte. In diesem Fall hatte unser Lehrling den Anruf entgegengenommen und die Nachricht irrtümlich auf einen falschen Schreibtisch gelegt. Die Information war inzwischen vier Tage alt, die Angelegenheit also dringend geworden.

Den Kunden kannte ich schon viele Jahre, zwischen uns bestand ein fast freundschaftliches Verhältnis. Das war bei vielen meiner Kunden so, und diese Tatsache trug mit dazu bei, daß ich viel Spaß an meiner Arbeit hatte. In einem Fall war ich sogar gebeten worden, Trauzeuge zu sein; in einem anderen hatten wir uns gegenseitig bei verschiedenen handwerklichen Arbeiten geholfen. Dort, wo nun die Falschlieferung zu klären war, kannte ich die ganze Familie. Oft genug war ich auf eine Tasse Kaffee eingeladen worden.

Die Beanstandung war mit beiderseitigem guten Willen in wenigen Minuten aus der Welt geschafft. Wir besprachen noch ein paar Sachen, ich erfuhr darüber hinaus die neuesten Entwicklungen ihres einzigen Sprößlings, als die Schwiegermutter meines Kunden das Büro betrat. Sie half ab und zu mit, und wir kannten uns seit langem. Es ging ihr augenscheinlich nicht sehr gut. Sie war erst vor zwei Tagen aus dem Krankenhaus entlassen worden. Gestern hatte sie dann noch von einem Selbstmordversuch einer guten Bekannten (deren Leben aber gerettet worden war) gehört. Nun saßen wir uns gegenüber. Sie sprach von ihren sorgenvollen Gedanken, ich hörte ihr zu.

Ab und zu stellte ich ein paar Fragen und überlegte gleichzeitig, auf welche Weise ich ihr helfen könnte. Konnte ich es überhaupt?

Mit einer Stimme, in der eine leichte Resignation schwang, sagte sie nach einer Weile: „Ich glaube, das ist ein bißchen viel auf einmal. Das ist sehr schwer für mich, vielleicht zu schwer."

Ich hörte mich sagen: „Und ich glaube, daß uns nie mehr aufgebürdet wird, als wir auch verkraften können."

Sie schaute mich nur an. Für einen kurzen Augenblick hatte ich den Eindruck, als würde ihre Seele genauestens auf das lauschen, was ich gerade sagte.

„Wer schon etwas stark geworden ist, der darf bestimmt seine innere Stärke an größeren Aufgaben messen. Aber *zu* schwer, nein", ich schüttelte den Kopf, „das kann ich niemals glauben. Das wäre ja ungerecht."

Als ich am Abend noch einmal über dieses Gespräch nachdachte, wußte ich nicht mehr genau, was ich gesagt hatte. Und das bißchen, das mir noch einfiel, schien mir nicht sehr bedeutend gewesen zu sein. Es war eine eigenartige Empfindung in mir; so als wollte etwas aufgehen, es aber noch nicht können. Irgend etwas konnte ich nicht fassen. Da war etwas anders als früher. Klar, das Licht war da. Aber das war es nicht. Fing ich an, die Dinge anders zu sehen?

Ich wußte es nicht. Deshalb beschloß ich, abzuwarten und geschehen zu lassen, was geschehen sollte. Mein Gefühl sagte mir, daß mein Besuch zufriedenstellend verlaufen war: Die Reklamation war aus der Welt, und das anschließende persönliche Gespräch hatte vielleicht doch ein bißchen Mut gemacht.

Ansonsten war an diesem Nachmittag nicht mehr viel geschehen, abgesehen vielleicht von einer kleinen Episode auf dem Heimweg. Vor mir bummelte ein Kleinwagen mit einer Frau am Steuer, den ich auf der kurvenreichen Landstraße mehrmals erfolglos versucht hatte zu überholen. Schließlich gab ich auf und besann mich darauf, daß ich ja nicht unter Zeitdruck stand. Warum sollte ich nicht auch langsamer fahren und, anstatt zu drängeln und meiner Vorderfrau negative Gedanken zu schicken, mich an der Landschaft erfreuen?

Plötzlich kam der Wagen vor mir leicht ins Schlingern, wurde abgebremst und stand schließlich. Ich wollte gerade vorbeifahren, froh, nun zügig nach Hause zu kommen, als sich der „Kavalier" in mir meldete. Er könne es nicht gutheißen, daß ich eine Frau auf einer relativ wenig befahrenen Strekke mit einem möglicherweise defekten Auto sich selbst überließe. Also hielt ich an, stieg aus und schaute mir den Schaden an. Ein Reifen war platt.

Das Übel war durch die Montage des Ersatzreifens rasch behoben, wir sprachen noch ein wenig miteinander, beide erfreut, einen netten Menschen kennengelernt zu haben, dann verabschiedeten wir uns voneinander, und eine halbe Stunde später war ich daheim. In dieser Situation über den Zufall nachzudenken, das vergaß ich allerdings. Vielleicht deshalb, weil ich ein paar mal und mit Freude in junge und lachende Augen geschaut hatte.

„Das war kein schlechter Tag", sagte ich mir später unter der Dusche. Und noch später, nach einem kleinen Essen, bei einem Glas Wein und einem Klavierkonzert von Mozart, versuchte ich, den Tag Revue passieren zu lassen. Ich sollte ja, so ich wollte, über den Zufall nachdenken. Hatte dieser Tag Möglichkeiten dazu gegeben?

„Ja", sagte ich mir, „da war allerhand drin." Und während ich mein Gedächtnis ein wenig anstrengte, kamen mir mehr und mehr Situationen der letzten 12 Stunden in den Sinn. Jetzt, im Nachhinein, war es eigenartigerweise leichter, in ein Tagesgeschehen - und sei es nur ein Augenblick gewesen - hineinzuschauen. Während des Tages war mir dies kaum möglich gewesen, vor allem dann, wenn es arbeitsintensiv zuging. Die Eindrücke, die von allen Seiten ständig auf mich zukamen, und eine vielfältige Gedankenproduktion verhinderten selbst ein ganz kurzes Innehalten.

Ich spürte plötzlich, daß ich müde wurde. Ich wollte nicht - was zwischendurch immer wieder einmal geschah - in meinem Sessel einschlafen. Deshalb erhob ich mich kurz entschlossen, ging in mein Bett, dachte an mein Licht und schlief wohl augenblicklich ein.

5. Die Entschleierung des Zufalls

Du warst nie allein. Gott läßt keines Seiner Kinder allein. Es gab nie einen Augenblick - und es wird nie einen geben -, in dem du dir selbst überlassen bist. Weder du noch irgendein Mensch. Darin drückt sich unter anderem die Liebe Gottes aus.

Das Licht war da, und was es sagte, war dazu angetan, daß ich mich sicher und geborgen fühlte. Gleichzeitig warf seine Aussage viele Fragen auf. Wenn kein Mensch schutz- und hilflos sich selbst überlassen ist, warum passiert dann so viel Schlimmes in der Welt? Warum wird dann nicht der gute Mensch vor dem bösen bewahrt? Wo ist die Hand Gottes, wo sind die unzähligen Hände seiner Schutzengel in Momenten des Unglücks und der Ungerechtigkeit?

Ich vergaß in meiner gedanklichen Aufwallung, daß mein Empfinden und Denken für das Licht wie ein offenes Buch waren. Schon bekam ich die Antwort.

Ich war auch in den vergangenen Stunden an deiner Seite. Der Tag hat auf vielfältige Art und Weise zu dir gesprochen. Könntest du alles erfassen, verstehen und verarbeiten, was er dir gesagt hat, du wärest allein an diesem einen Tag einen mächtigen Schritt in deiner Erkenntnis und Entwicklung vorangekommen.

Gott weiß jedoch, wie eingeengt das Bewußtsein der meisten Menschen ist. Er weiß, daß sie deshalb immer und immer wieder, ja ununterbrochen Hinweise und Anstöße benötigen, um wenigstens ab und zu einmal ein klein wenig nachzudenken. Daher sind die Tage voller Botschaften. Wer sich bemüht, diese zu erkennen, wer sie und sich selbst hinterfragt, der kann so vieles lernen. Und er bekommt auf so vieles Antworten.

Auch dir hat der Tag eine Fülle von Impulsen gegeben. Der eine oder andere könnte dir zu Antworten verhelfen, sofern du bereit bist, deinen Verstand zu gebrauchen. Willst du?

Natürlich wollte ich.

„Daß mir verschiedene Situationen des Tages etwas sagen wollten, ist mir schon aufgefallen. Ich habe auch ... kurz (‘kurz’ fiel mir gerade noch rechtzeitig ein, weil schwindeln ja ohnehin nicht möglich war) über Verschiedenes nachgedacht. Sehr weit bin ich nicht gekommen. Ich bräuchte deine Hilfe.“

Du wolltest über das nachdenken, was ihr Menschen den „Zufall" nennt. Wenn du dabei die Logik nicht verläßt, wirst du zu überraschenden Ergebnissen kommen. Der Tag hat dir einiges gezeigt. Es diente dazu, daß du dir Gedanken machst über mögliche Zusammenhänge zwischen verschiedenen Geschehnissen. Es diente weiterhin zum Erkennen deiner eigenen Fehler und Schwächen, aber auch der Seiten an dir, die du schon positiv entwickelt hast.

Lassen wir im Moment den Aspekt der Selbsterkenntnis beiseite. Konnten dir die Tagesereignisse Antworten auf das Für und Wider in bezug auf den Zufall sein?

Mir fiel ein, daß ich glaubte, zwei Arten von Geschehnissen entdeckt zu haben: solche, die zusammenhängen, und solche, die für sich allein da stehen und grundlos geschehen. Ich ahnte schon, daß diese Antwort noch nicht der Weisheit letzter Schluß sein würde, aber immerhin - es war ein Anfang.

Ein schöner Anfang. (Verfügte mein Licht über eine Art Humor?) *Glaubst du an ein Ordnungssystem, an göttliche Gesetze, die in der gesamten Schöpfung wirken?*

Die Fragen kamen alle ein wenig überraschend für mich. Vor ein paar Tagen war ich noch ein „ganz normaler" Mensch gewesen, zwar immer schon mit dem Drang in mir, hinter den Horizont zu schauen, aber ansonsten nicht übermäßig stark engagiert, in philosophische oder religiöse Geheimnisse einzudringen. Und jetzt war ich „gezwungen", auch darüber möglichst folgerichtig nachzudenken. Aber im Grund wollte ich es ja nicht anders.

Auch wenn ein Blick in die Medien die Welt immer chaotischer erscheinen ließ, konnte die Antwort doch nur lauten:

„Ich kann mir eine Schöpfung ohne Regeln und Richtlinien nicht vorstellen. Schon wenn man einen Garten bestellen, ein Kleid schneidern oder ein Möbelstück bauen will, braucht man einen Plan. Da bedarf es ganz sicher eines gewissen Ordnungsprinzips, wenn man den sichtbaren und unsichtbaren Kosmos schaffen und aufrechterhalten will."

Dies würde bedeuten, führte das Licht meinen Gedanken weiter, *das augenscheinliche Chaos auf dieser Erde ist nicht von Gott verursacht, sondern allenfalls von Ihm zugelassen. Von Ihm sind dann aber die Gesetze, die in und hinter allem wirken, gleichsam unsichtbar, in die alles und jeder eingebunden ist, ob er es nun bemerkt oder nicht. Und ob er es wahrhaben will oder nicht.*

„Das wäre eine göttliche Ordnung, in der alles seinen Sinn und jedes und jeder seinen Platz hat.", antwortete ich. „Aber so ist es ja eben nicht.

Viele Dinge geschehen, die mit dem Verstand nicht einzuordnen sind." Ich hatte mich ein bißchen in Fahrt geredet. „Noch kann ich die Widersprüche, die sich aus der Liebe Gottes und der Ungerechtigkeit in der Welt ergeben, nicht einordnen. Und mit mir die meisten Menschen nicht."

Fast ein wenig trotzig fügte ich noch hinzu: „Hätte Gott sich die Mühe gemacht, die vielen Fragen seiner Menschenkinder nach dem 'Warum?' zu beantworten, dann gäbe es mehr Verständnis füreinander. So fangen die einen an, die Existenz einer höheren Macht in Frage zu stellen oder gar zu leugnen. Die anderen glauben zwar blind, bewirken dadurch aber auch nicht mehr; dem größten Teil der Menschen ist es aber anscheinend völlig gleichgültig, ob es da noch etwas gibt."

In meinem Eifer hatte ich völlig vergessen, daß ich mir bzw. wir uns eine Antwort erarbeiten wollten. „Wieso", wiederholte ich, „hat Gott die Frage nach dem 'Warum?' nie beantwortet?"

Was glaubst du?

Da war es schon wieder, dieses Herausfordern des Verstandes. Konnte mir das Licht nicht wenigstens einmal eine einfache Frage beantworten?

Wollte ich jedoch in die Geheimnisse des Lebens eindringen, mußte ich mich - das sah ich ein - wohl oder übel den „Spielregeln" des Lichtes anpassen. Schließlich hatte *Es* das Ganze ins Leben gerufen - und nicht ich. Ich war lediglich in der Position eines Schülers, der entscheiden konnte, ob er etwas lernen wollte oder nicht. Auf die Führung des Unterrichts hatte ich keinen Einfluß. Oder vielleicht doch? Mit einer Art, die geduldiger und demütiger war?

Was also glaubte ich? Bisher hatte ich, ohne zu überlegen, angenommen, daß das Verhältnis Gottes zu seinen Menschenkindern von einer gewissen Einseitigkeit geprägt war: *Die da unten rufen*, und *der da oben hört nichts*. Vielleicht hört er auch was, sagt aber nichts. Vielleicht sagt er sogar mal was, dann aber fast immer auf eine sehr indirekte, meist nicht zu entschlüsselnde Weise.

Diese Form des Denkens (das mit „denken" zu bezeichnen, scheint mir heute stark übertrieben) war gängige Praxis, wohin ich auch schaute.

Die Frage des Lichtes hatte zwangsläufig etwas in mir angestoßen. „Laß mir einen Augenblick Zeit", sagte ich.

Du hast alle Zeit der Welt.

Wenn Gott die Liebe war - *ist*, verbesserte ich mich sogleich, und wenn er die Macht hat, dann hat er auch die Möglichkeit, mit und zu seinen Kindern zu sprechen. Dann war es möglicherweise umgekehrt, als immer angenommen: Dann *spricht der da oben*, und *die da unten hören ihn nicht* oder wollen nichts hören. Denn entweder ist er die Liebe, und hat er die Macht, dann spricht er - vor allem, wenn er sieht, wie seine Kinder leiden. Oder er schweigt, weil er das eine nicht ist und das andere nicht hat. In diesem Fall wäre es sowieso sinnlos, sich überhaupt Gedanken über ihn, über mich und die Welt zu machen.

Das war in meinen Augen eine gewaltige Schlußfolgerung. Komisch, daß ich sie nicht eher gezogen hatte. Ich nahm mir in diesem Moment vor, künftig überall dort, wo ich mit einem direkten Denkansatz nicht weiterkam, mit dem Umkehrschluß zu arbeiten. Zwar war mir klar, daß diese Methode nicht frei von Irrwegen ist (Die Wiese ist grün; alles was grün ist, ist Wiese!), aber oftmals erschließen sich so neue Erkenntnisse, an denen man sonst vorübergeht.

„Er *muß* zu den Menschen gesprochen haben", sagte ich schließlich. „Sie haben ihn entweder nicht gehört, nicht verstanden oder ihm nicht geglaubt. Oder", ein schlimmer Verdacht stieg in mir auf, „diejenigen, die nicht wollten, daß man ihn hört und damit die Wahrheit erfährt, haben sein Wort verändert."

Er m u ß nicht nur zu den Menschen gesprochen haben, Er h a t es getan und tut es immer noch und immer wieder. Er spricht durch viele Münder überall auf der Welt. Seine Liebe schweigt nicht, weil Er, die Quelle, alles in den Ursprung zurückführen wird.

Gott hat also die Frage nach dem „Warum?" beantwortet, tausendfältig zu allen Zeiten innerhalb und außerhalb eurer Religionen. Christus hat vor annähernd 2000 Jahren die Frage beantwortet. Wer sucht, der findet sie sogar noch in seiner Bibel, auch wenn eure Theologen anderes behaupten.

Du willst die Antwort wissen. Dann gib sie dir selbst. Gibt es einen Zufall?

Ich war viel zu gebannt von unserer nächtlichen Debatte, als daß ich schon wieder hätte Anstoß nehmen wollen an diesem Stil der Gesprächsführung. Wahrscheinlich war es ohnehin das Beste, ich würde die Dinge geschehen lassen.

„Ich rede jetzt mal ins Unreine", sagte ich zu meinem Licht. „Laß mich mal laut denken, das hilft mir manchmal. Zufall hieß bei mir bis jetzt immer, daß etwas 'einfach so' passiert. Du hast keinen Einfluß darauf. Du triffst zum Beispiel überraschend einen alten Bekannten. Oder du findest zufällig auf der Straße eine Mark. Oder ..."

... ein Vogel im Flug trifft rein zufällig deine Jacke.

„Genau. Oder du gewinnst im Lotto oder bleibst zufällig mit dem Schuhabsatz im einzigen Loch auf dem Bürgersteig weit und breit stecken."

Oder jemand hat zufällig einen Reifenschaden, während du hinter ihm fährst.

Ich wollte gerade dem Licht beipflichten, als ich das Glatteis bemerkte, auf das ich möglicherweise geführt werden sollte.

„So habe ich jedenfalls bisher immer gedacht", wandte ich ein - wie um mich zu rechtfertigen. Ich machte eine kleine Pause, so, als ob ich eine Gegenrede erwartete. Es kam aber keine. „Wenn ich diesen Gedanken weiterführen würde, dann hieße 'es passiert einfach so', daß etwas ohne Grund oder Ursache geschieht. Einfach so. Das kann aber wohl doch nicht sein. Wenn ich, wie du es nennst, in der Logik bleiben will, muß einer Folge, irgendeinem Geschehen oder Ergebnis auch eine Ursache vorausgegangen sein." Spontan fiel mir ein Beispiel ein: „Das Blatt fällt nicht zufällig vom Baum, sondern es muß eine Ursache dafür gegeben haben, zum Beispiel einen Windstoß."

Und Briefe und Rechnungen werden auch nicht zufällig mit Kaffee beschmutzt. Also hat es einen Grund für die kleine Rempelei gegeben.

Ich kam jetzt richtig in Schwung. „Die Voraussetzung für das Gespräch mit der Schwiegermutter meines Geschäftspartners wurde erst dadurch gegeben, daß der Besuch eigentlich vier Tage verspätet stattfand. Denn unser Lehrling hatte die Information auf den falschen Schreibtisch gelegt. Hätte ich sie sofort erhalten, wäre mein Besuch zu einem Zeitpunkt erfolgt, zu dem die Frau noch im Krankenhaus war. Und unser Gespräch hätte nicht stattgefunden."

Langsam gingen ein paar Lichter in meinem Kopf auf. Doch es würde nicht einfach sein, sich auf dieses neue Denken einzustellen. Es schien mir, als würden dadurch mehr neue Fragen aufgeworfen als alte beantwortet. Ich wußte damals noch nicht, wie sehr ich mit dieser Annahme recht hatte. Stellte doch die Einbeziehung des Prinzips, daß jede Wirkung auch eine Ursache haben muß, mein bisheriges Weltbild ziemlich auf den Kopf. Eine neue Sicht der Dinge begann sich abzuzeichnen, zwar langsam aber sicher. Und das nicht zuletzt deshalb, weil mir das Licht immer wieder half, einen Gedanken bis zu seinem Ende konsequent weiterzuführen. Zumindest so weit ich das wollte, und so gut ich das konnte. Ich von mir aus hätte sicher nicht die gedankliche Geschicklichkeit und die Ausdauer dafür gehabt, auch wenn ein inneres Drängen mich nie ganz zur Ruhe oder gar Gemächlichkeit kommen ließ. Gott sei Dank - im wahrsten Sinne des Wortes. Mein lebenslanges Fragen nach dem „Warum?“ bekam so die ersten Antworten - nicht theoretisch dargereicht, sondern praktisch herausgearbeitet.

Für deine weitere, innere Entwicklung ist es entscheidend, daß du den Regelmechanismus einer gesetzten Ursache und der sich daraus ergebenden Wirkung erkennst und in dein Leben mit einbeziehst. Dieses Prinzip wird das „Gesetz von Ursache und Wirkung“ oder auch „Karmagesetz“ genannt. Die meisten Menschen haben davon gehört, doch sie leben nicht danach. Die Christen kennen dieses Gesetz. In ihren Bibeln steht: „Denn was einer sät, das wird er auch ernten“. Warum ist es so schwer, dieses Wort auf das eigene Tun und Lassen anzuwenden?

„Ich glaube, dies ist aus dem Grunde so, weil aus dieser Bibelaussage keiner eine *umfassende* Sicht von Saat und Ernte ableitet. Sicher aber auch deshalb nicht, weil ...“, da war sie wieder, die Konsequenz eines bis zu Ende gedachten Gedankens, „ ... weil *ein jeder* davon betroffen wäre. Und zwar nicht nur mal ab und zu, sondern in jeder Lebenssituation, also im Prinzip *immer*. Der Gedanke daran kann einen mit Angst erfüllen. Also verdrängt man ihn lieber.“ Und in Gedanken fügte ich kleinlaut hinzu: „So wie ich es ja auch oft genug getan habe.“

Gott ist die Liebe. Daraus ergibt sich unter anderem auch die Gerechtigkeit, deren Schwester wiederum die Ordnung ist. Göttliche Ordnung aber ist ebenso allumfassend wie jedes andere göttliche Prinzip. Es kann also kein Prinzip oder kein Gesetz bei Gott geben, das mal wirkt und mal nicht wirkt. Hier ja und dort nicht, heute vielleicht und morgen wahrscheinlich - das wäre Willkür und damit nicht göttlich.

Das konnte ich erkennen und akzeptieren.

„Es heißt dann aber auch“, nahm ich den Gedanken auf, „daß das Gesetz von Ursache und Wirkung auf der ganzen Erde und bei jedermann gelten muß. Wer dies nicht glauben will oder kann, dem bleibt als Alternative nur: Es gibt gar kein solches Gesetz.“

Mach weiter.

„Wer so denkt, dem bleibt nur eine Erklärung: Das war ein Zufall! Der Zufall - oder jetzt besser: der sogenannte Zufall - und das Gesetz von Ursache und Wirkung sind zwei miteinander nicht zu vereinbarende Ansichten. Es sind Gegensätze, die sich ausschließen."

Wofür entscheidest du dich?

Ich zögerte nicht: „Du lehrst mich, meinen Verstand zu gebrauchen. Also glaube ich an das Gesetz von Ursache und Wirkung. Allerdings ergeben sich daraus viele Fragen. Wenn ich bei meiner Suche auf mich allein angewiesen wäre und dich nicht hätte, wüßte ich nicht, wie ich die Antworten finden sollte. Und", fügte ich hinzu, „so viele Menschen auf der Welt haben nicht das Glück wie ich. Sie sind allein."

Es ist gut, wenn du auch an andere denkst. Doch vergiß nicht: Keiner ist allein. Jeder, der sich führen lassen will, wird geführt. Ja, selbst wenn er dies ablehnt, überläßt ihn Gott nie sich selbst. Der göttliche Funke in einem jeden kann nicht erlöschen, ganz gleich, was derjenige tut. Im gleichen Augenblick, in dem der Mensch einen „geistigen Ruf" losschickt, sei es eine Bitte, eine Frage oder ein Hilfeschrei, ist die Liebe Gottes zur Stelle. Diese Liebe, die sich durch Christus in dieser Welt offenbart hat, führt den Fragenden und Rufenden genau so, wie es seiner momentanen Entwicklung und seinen Möglichkeiten entspricht. Das heißt Schritt für Schritt. Keiner wird überfordert, doch auch kein Ruf bleibt unerhört.

Mein Inneres wurde ganz weit und weich. Es war so tröstlich, sich diesem Licht hinzugeben und aus der Weisheit Gottes - und seien es nur die kleinsten Splitter - zu erfahren. Ich war dankbar für diese Liebe und schwieg eine Weile.

„Und doch paßt so vieles noch nicht zusammen", sagte ich schließlich. „Wie ..."

Tu den zweiten Schritt nicht vor dem ersten.

Es war das erste Mal, daß mich mein Licht unterbrach. Hatte ich etwas übersehen, nicht richtig durchdacht? War ich dabei, voreilige Schlüsse zu ziehen? Wollte ich Fragen stellen zu Antworten, die schon offen da lagen? Was mir durch den Kopf ging war, daß zwar rein theoretisch jedes Geschehen einen Auslöser haben mußte, in der Wirklichkeit des Alltags dieser Auslöser aber oft - selbst bei schärfstem Nachsinnen - nicht zu finden war. Es *mußte* aber eine Ursache für jede Wirkung vorhanden sein, nicht nur, weil *ich* mich für diese Sicht der Dinge entschieden hatte, sondern auch, weil es Gesetz war. Das stand für mich inzwischen fest. Wo aber lagen die Ursachen, die ich nicht finden konnte? Außer mir mußte es Millionen Menschen geben, die wie ich bei der Ursachenforschung im Dunkeln tappten.

Manche Ursachen konnte man auf Anhieb erkennen. Ich nahm das Beispiel des verschütteten Kaffees.

„Ich versuche jetzt, ein Geschehen nachzuvollziehen und dabei Schritt für Schritt zurückzugehen. Also: Die Ursache für die nassen Rechnungen und Briefe war der Kaffee. Ursache leicht gefunden. Der Grund für die Verschüttung des Kaffees war ein Stoß in meinen Rücken."

Ursache gefunden, wollte ich gerade sagen, als mir auffiel, daß der verschüttete Kaffee - der als *Ursache* für die nassen Geschäftspapiere herhalten mußte -, daß dieser Kaffee im nächsten gedanklichen Rück-Schritt die *Wirkung* darstellte, die Wirkung nämlich auf den Stoß in den Rücken. Durch die Stückelung des Gesamtgeschehens in Einzel-Situationen ergab sich so eine ganze Kette von kleinen Ereignissen, die ineinandergriffen und die zugleich Ursache und auch Wirkung waren. Was sich für einen Moment als Auswirkung herausstellte, wurde im nächsten Moment zu einer neuen Ursache.

„Der Rückenstoß hatte seine Ursache in den verrutschten Aktenordner. Dieses Verrutschen wiederum wurde verursacht durch a) einen zu großen oder unsauber gestapelten Aktenberg und b) durch ein anscheinend verletztes, zumindest aber bandagiertes Handgelenk. Die Ursache dafür?"

Jetzt wurde es schwieriger. Es schien mehrere Gründe zu geben: Eine Unachtsamkeit meiner Kollegin, eine Falscheinschätzung ihrer Balancier-Fähigkeiten, vielleicht ein zusätzliches Ausrutschen auf glattem Boden? Die Möglichkeiten vermehrten sich, je intensiver ich darüber nachdachte. Warum mußte sie überhaupt in diesem Moment hinter mir vorbeigehen? Warum konnte sie nicht rechtzeitig etwas sagen, so daß ich ihr hätte helfen können?

Ich war so auf das Finden weiterer Ursachen, die meine Kollegin betrafen, fixiert, daß ich die nächste Frage des Lichtes überhörte.

W*arum suchst du so sehr bei ihr?* kam die Wiederholung. *Es gibt genügend Ansatzpunkte bei dir selbst.*

„Bei mir? Aber ich habe doch nur da gestanden, die Tasse in der Hand."

Unendliche Geduld strömte mir in der Antwort des Lichtes entgegen, so daß ich mir wie ein begriffsstutziger Schüler vorkam - der ich ja in Wirklichkeit auch war:

Warum warst du zu diesem Zeitpunkt noch nicht unterwegs? Warst du nicht unter Zeitdruck und trankst deshalb die Tasse Kaffee im Stehen? Was war die Ursache für deine leichte Unruhe? Gut, es mußte noch einiges vorbereitet werden; warum aber konntest du nicht gelassener reagieren?

Ich war nachdenklich geworden, als das Licht mir diese Aspekte des eigentlich kaum der Rede wert gewesenen Zusammenstoßes aufzeigte. Ganz langsam begriff ich, daß selbst auf den ersten Blick unbedeutende Ereignisse bei näherem Betrachten eine Menge an Erkenntnissen hergeben konnten. Und dabei ging es bei unserer Analyse noch nicht einmal um tiefere Einblikke, sondern nur darum, festzuhalten, daß *jede Wirkung eine Ursache hat.* Das, was auf den ersten Blick als zufällig geschehen angesehen werden konnte, entpuppte sich als eine Verkettung vieler Ursachen und Wirkungen - kaum, daß man richtig hingeschaut hatte. Noch nicht einmal einen Bruchteil davon konnte ich richtig einordnen.

Die Auffassung von den Zufälligkeiten, die das Leben angeblich bestimmten, hatte sich als Märchen erwiesen. Und dennoch war da eine Frage offengeblieben. Eine? Fast hätte ich gelacht. Tausend und mehr waren noch offen! Ich dachte wieder laut:

„Wenn man ein Ereignis Schritt für Schritt zurückverfolgt, dann stellt man fest, daß nichts", ich verbesserte mich, „*fast* nichts einfach nur so geschieht, sondern daß das meiste einen Anlaß hat. Damit hat es eine Ursache und ist kein Zufall mehr. Da Gott keine halben Sachen macht, muß aber *alles* eine Ursache haben. An diesem Punkt komme ich noch nicht so recht weiter. Wo liegt denn die Ursache, wenn sie augenscheinlich nicht zu finden ist?"

Die meisten Menschen machen sich erst gar nicht die Mühe, nach Ursachen zu suchen. Das erspart ihnen, sich ernstlich mit sich selbst auseinanderzusetzen. Wenn sie dennoch fündig werden, geben sie sich mit der ersten Antwort zufrieden und - ein Augenzwinkern? - *trinken ihren Kaffee beim nächsten Mal im Sitzen.*

Wenn ein Fährtenleser eine Spur verfolgt und sie verliert, weil sie sich anscheinend in nichts auflöst, stellt er dann die ganze Spur in Frage? Sagt er sich: „Hier kann gar keine Spur gewesen sein", nur weil er den Anfang nicht findet? Oder würde er nicht viel eher sagen: „Weiter komme ich nicht, mehr erkenne ich nicht. Die Spur verliert sich, für mich nicht mehr sichtbar"?

Die Frage war rein rhetorisch. Deshalb nahm ich auch an, daß keine Antwort darauf erwartet wurde. Aber eine Antwort grundsätzlicher Art ergab sich aus dieser Überlegung:

„Du sprichst aus einer anderen Dimension zu mir, aus einer geistigen Welt. Unsere und eure Welt sind also gar nicht so streng voneinander getrennt, daß es nicht doch einen Austausch gibt." Freude war in meinem Herzen, als ich weitersprach:

„Du sagtest, du bist bei mir seit langer, langer Zeit. Du hast versucht, mich zum Guten hinzuführen, hast mir positive Anstöße gegeben. Mancher Impuls, den ich umgesetzt habe, ohne ihn bewußt wahrzunehmen, war von dir. Mich geistig anzustoßen war dir immer dann möglich, wenn ich nicht zu sehr mit mir selbst beschäftigt war.

Ich habe diese Anstöße nicht bemerkt und daher alles für Zufälligkeiten gehalten. *Ich* kam zufällig zum richtigen Zeitpunkt an den richtigen Ort. *Ich* rief zufällig jemanden an. *Ich* sagte zufällig etwas Tröstendes. *Ich* konnte zufällig nicht überholen, und *ich* blieb daher zufällig hinter einer Autofahrerin, der *ich* zufällig helfen konnte. *Ich, ich, ich* ..."

Es trat eine sehr lange Pause ein. Das Licht vor mir pulsierte leicht und hüllte mich immer wieder mit den Spitzen seiner Strahlen ein. Es war wichtig für mich, die wirkliche Bedeutung dessen zu erfassen, was mir da soeben klar geworden war: Die Spur der ursächlichen Zusammenhänge ist logisch zu erklären, solange sie mit dem Verstand zurückverfolgt werden kann. Doch sie hört nicht einfach auf, nur weil der Mensch sie mit seinen beschränkten Sinnen plötzlich nicht mehr erkennt. Sie hat (oder kann haben? Ich war mir noch nicht sicher) ihren Ursprung im Geistigen.

Und *ich* hielt mich für den autonomen Erbauer meines Schicksals, zumindest soweit es die Erfolge meines Lebens betraf! Das war sicher bei den meisten Menschen so. Dabei war diese Meinung gar nicht mal so falsch, wie sich später herausstellte. Nur: Die Sache aus einem etwas anderen Winkel betrachtet, und die Sicht veränderte sich gewaltig.

Alles auf dieser Erde beruht auf dem Prinzip von Saat und Ernte. Ich weiß, daß dies für dich viele Fragen aufwirft. Aber wir haben ja auch noch viel Zeit. Es beraubt dich unter anderem der Illusion, nicht für all dein Handeln verantwortlich zu sein. Dort, wo die laienhaften, menschlichen Erklärungsversuche für die Ursachen des ganzen Weltgeschehens enden, weil sie das Geistige nicht erkennen und daher nicht mit einbeziehen, da beginnt die Wahrheit. Da kann für den, der guten Willens ist, auch das große Abenteuer beginnen: die erfolgreiche Suche nach dem Sinn seines Daseins.

„Aus dem Geistigen heraus wird mein, wird unser Dasein bestimmt?"

Du bist Geist, und du bestimmst dein Leben. Das Materielle läßt sich vom Geistigen nicht trennen. Deine guten und schlechten Handlungen wirken nicht nur auf der Materie, sie bewirken auch etwas im Geistigen, in deiner Seele. Und so wirkt auch das, was in deiner Seele liegt, in deinen Menschen und damit in die Materie hinein.

Nicht nur ich habe aus der unsichtbaren Welt auf dich eingewirkt, wenn mir dies unter Beachtung deines freien Willens möglich war. Nicht nur meine Impulse waren Anstoß für dein Verhalten, waren ein Glied in der Kette vieler Ursachen und Wirkungen. Die Finsternis ist ebenso um dich bemüht, wie im übrigen um alle Menschen und Seelen. Sie darf sich an dir und an jedem messen. Sie achtet allerdings deinen freien Willen nicht.

Ich sah ein, daß sich meine Vorstellungen von Zufall, freier Entscheidung, Himmel und Hölle, Menschen und Seelen und vielem mehr auflösen und neu gestalten würden. Mir wurde langsam klar, daß ich sehr viel würde lernen müssen, viel mehr auf jeden Fall, als mir in der ersten Freude und Euphorie bewußt war. Aber ich wollte es ja nicht anders.

Heute jedenfalls war mir zu der entscheidenden Erkenntnis verholfen worden, daß es keinen Zufall, dafür aber eine Ordnung nach dem Prinzip von Saat und Ernte gibt. Und daß die Ursachen für mein und aller Menschen Verhalten nicht nur im Äußeren gesucht werden können bzw. dürfen, da sie ihren Grund im Geistigen, in der Seele haben. Für mich in *meine*r Seele. Schließlich hatte ich eingesehen, daß mir alles, was mir der Tag an Situationen zeigte, zur Erkenntnis dienen konnte. Aber so weit war ich noch nicht - wenn ich auch schon die vielen, vielen Möglichkeiten und Hilfen erahnte, die mir dieses Geschenk der „Tagessprache" bieten konnte.

Verschieben wir deine Fragen auf morgen.

Ich schaute überrascht. Für einen Augenblick hatte ich vergessen, daß meinem Licht nichts verborgen blieb.

„Eine Frage noch", bat ich. Denn es hatte sich in meinem Kopf eine Frage formuliert, die mir unendlich wichtig zu sein schien: Ich mußte wissen, wie die Liebe Gottes hineinpaßte in das Bild von Leid und Not, das ein großer Teil der Menschheit bot.

War das Gesetz von Ursache und Wirkung nicht gnadenlos? Wo blieb die Barmherzigkeit? Was war mit den vielen unschuldigen Kindern? Den Tieren und Pflanzen? Mußten die Menschen nicht zwangsläufig an Gott und seiner Gerechtigkeit zweifeln? Mußten sie sich nicht notwendigerweise von ihm abwenden?

Daran, daß es mehr als nur *eine* Frage war, die drängend in mir hochstieg, erkannte ich meine Ungeduld. Ich hatte Jahrzehnte „verschlafen", jetzt waren jeder Tag, ja jede Stunde und Minute wichtig. Meine Antwort erhielt ich prompt.

Die Liebe ist unendlich geduldig. Mit dir und mit jedem Geschöpf. Sie weiß, daß man eine Reifung nicht erzwingen kann. Sei auch du geduldig mit dir. Achte darauf, dich nicht an den Antworten zu ergötzen, sondern ziehe daraus für dein Leben die richtigen Schlüsse. So kann etwas in dir entstehen, das dir Kraft und Mut gibt - wenn du willst.

Ich fügte mich sehr rasch. Viel zu sehr freute ich mich auf unser Wiedersehen, als daß ich hätte widersprechen wollen. Zumal ich die Wahrheit in den Worten des Lichtes erkannte.

Gehe in die restlichen Stunden der Nacht. Meine Liebe begleitet dich, auch durch den morgigen Tag. Darf ich dir etwas mitgeben?

Ich nickte.

Wenn du aus Gott bist, dann bist du Sein Kind. Was ist dann Er für dich? Und ...

„Ich weiß“, murmelte ich gerade noch, „gebrauche deinen Verstand.“ Dann war ich richtig eingeschlafen.

6. Wiedergeburt als das bessere Angebot

Am nächsten Morgen schaute ich kurz im Büro vorbei, bevor ich mich auf den Weg zu meinen Kunden machte. Ich hatte kaum „Guten Morgen" und „Wie geht's heute?" gesagt, als Eva mir zeitungschwenkend zurief:

„Du, Ferdinand, da steht was Verrücktes. Es gibt Menschen, die glauben, daß sie schon einmal auf der Welt waren. Die einen haben Träume oder ähnliches gehabt, die anderen haben sich in Hypnose versetzen lassen. So wollen sie erfahren haben, daß sie schon mal gelebt haben." Sie schüttelte den Kopf. „Und was noch verrückter ist: Laut Umfrageergebnissen glaubt etwa ein Viertel der Deutschen an die sogenannte Wiedergeburt oder auch Reinkarnation genannt."

Sie sprach das Wort Reinkarnation aus, als handelte es sich um eine „Karnation", die „rein" war.

„Du betonst das Wort falsch," sagte ich, „es heißt Re-Inkarnation. Die erste Silbe ist „Re" und nicht „Rein."

„Was du alles weißt." Sie schaute mich für einen Moment groß an. „Hast du dich schon damit beschäftigt?"

„Nein, beschäftigt habe ich mich damit noch nicht." Ich grinste. „Allgemeinbildung."

„Angeber. Aber im Ernst: Glaubst du daran? Wenn das stimmt, was hier steht, daß jeder Vierte daran glaubt, dann gehörst du dazu." Jetzt grinste sie.

„Wieso ich?"

„*Ich* glaube nicht daran", antwortete sie, „unser Lehrling bestimmt auch nicht. Bei Peter kann ich mir das nicht vorstellen, der steht viel zu sehr mit beiden Beinen im Leben. Bleibst du als Vierter übrig, und jeder Vierte glaubt daran."

Ehe ich etwas erwidern konnte, fügte sie noch hinzu: „Irgendwie clever, oder?"

Wie schon erwähnt, hatte Eva das Herz auf dem rechten Fleck. Wir arbeiteten ernsthaft und viel miteinander, aber wir hatten auch unseren Spaß. Wir mochten uns, wir halfen uns, und wir akzeptierten einander so, wie wir waren. Was nicht heißt, daß wir nicht unsere Wünsche und „Verbesserungsvorschläge" im Umgang miteinander ausgesprochen hätten. Aber keiner versuchte, den anderen zu ändern oder ihm seine Meinung aufzudrängen. Wir waren zu einem eingespielten Team geworden: Peter, Eva und ich. „Ein ziemlich erfolgreiches, dreiblättriges Kleeblatt", so hatte uns einmal auf einer Betriebsfeier ein Arbeitskollege spaßhaft und neidlos und einigermaßen treffend bezeichnet.

Ich war ihr noch eine Antwort schuldig; einfach so darüber hinweggehen konnte ich nicht. Deshalb sagte ich:

„Ich weiß nicht, ob ich daran glauben soll, darüber habe ich mir bisher auch noch keine Gedanken gemacht. Auf den ersten Blick, da gebe ich dir recht, scheint es zu phantastisch zu sein, als daß jemand ernsthaft daran glauben könnte. Andererseits", mir kam ein Wort in den Sinn, „habe ich einmal einen Spruch gelesen, der lautete sinngemäß: 'Zweimal geboren zu sein ist nicht bemerkenswerter, als einmal geboren zu sein'. Ich glaube, er stammt von Voltaire."

Mit leicht gerunzelter Stirn schaute sie mich an. „Und was schließt du daraus?"

„Nichts. Noch nichts. Ich habe mich, wie gesagt, damit noch nicht beschäftigt."

„Du sagtest *noch* nichts. Hast du ernstlich vor, der Frage nachzugehen?"

„Vielleicht", sagte ich, „zumindest ist das Thema nicht uninteressant, das mußt du doch zugeben."

Inzwischen war mir nämlich die Idee gekommen, mein Licht nach der Möglichkeit mehrerer Leben auf dieser Erde zu fragen. Ich saß doch, wie es so schön heißt, an der Quelle. Es wäre völlig unlogisch gewesen, in unseren nächtlichen Zwiegesprächen diese Frage nicht zu stellen, zumal ich aus *dieser* Quelle eine Antwort erhalten würde, die - da war ich mir absolut sicher - die einzig richtige war.

„Interessant wäre es schon, wenn man wüßte, ob man schon mal da war. Und wer man gewesen ist", antwortete sie mit einem ganz leicht verklärten Blick, so als sähe sie sich auf irgendeinem Fürsten- oder Königsthron sitzen. Dann holte die Realität sie wieder ein. „Immer vorausgesetzt, das stimmt überhaupt. Ich kann es mir auf jeden Fall nicht vorstellen." Sie dachte einen Augenblick nach und sagte dann: „Ich hab's, ich weiß was ich tu. Ich frage heute abend unseren Pfarrer. Der wollte sowieso wegen unserer Oma ins Haus kommen. Wenn es jemand wissen muß, dann er."

„Oder auch nicht", wollte ich schon auf Grund einer gewissen Distanz zu allem Theologischen sagen, als ich mich eines Besseren besann. Ich schwieg. Ich hatte kein Recht, so zu denken. Ich war selbst unwissend. Solange ich mir keine eigene Meinung gebildet hatte, und solange diese Meinung nicht zu meiner tiefsten Überzeugung und zu einem Teil meines Lebens geworden war, wollte ich schweigen. Ich hatte mir ohnehin schon mehrmals vorgenommen, mein Leben auszurichten nach einer Weisheit, die mich einmal sehr angesprochen hatte. Sie lautete: „Rede nur, wenn du gefragt wirst, aber lebe so, daß man dich fragt".

Wie gesagt, ich hatte es mir schon mehrmals vorgenommen. Daran, daß ich dies immer wieder tun mußte, konnte ich erkennen, daß mein Bemühen noch keine allzu großen Früchte getragen hatte.

Ich sagte daher nur: „Vielleicht wissen wir anschließend mehr." Wenn ich Evas Gesichtsausdruck richtig deutete, hatte sie die Portion Skepsis wahrgenommen, die anscheinend in meinen Worten mitschwang.

„Ist aber doch seltsam, daß man noch nie was davon gehört hat, wo doch angeblich so viele Leute daran glauben sollen", sagte sie und legte, wie um das Thema abzuschließen, die Zeitung beiseite. Ich wollte sie gerade korrigieren und darüber aufklären, daß das Thema Wiedergeburt sehr wohl schon des öfteren in allen möglichen Medien behandelt worden war, als das Telefon klingelte und unser Gespräch beendete. Der Arbeitsalltag nahm uns gefangen. Mir blieb aber noch Zeit zu denken: „Viel seltsamer finde ich, daß diese Frage gerade *heut*e auftaucht."

Als ich den Gedanken nachschieben wollte: „So ein Zufall" mußte ich laut - und, wie es Eva schien, völlig grundlos - lachen.

*

Meine Tagestour endete überraschend schon am Nachmittag. Zwei Kunden hatte ich erst gar nicht angetroffen, bei einem anderen Kunden vereinbarten wir einen späteren Besuchstermin, und bei einem wiederum anderen ging alles viel schneller, als ich es eingeplant hatte. So beschloß ich, die geschenkte Zeit zu nutzen, um für mich etwas in Erfahrung zu bringen. Ein schlechtes Gewissen wegen eines nicht voll erfüllten Arbeitspensums brauchte ich nicht zu haben. Als Außendienstler hatte man ohnehin keinen geregelten 7- oder 8-Stundentag; fast immer wurden 10 und mehr Stunden daraus.

An diesem Nachmittag lenkte ich meine Schritte in Richtung Stadtbücherei. Während der Fahrt zwischen zwei Kundenbesuchen war ich auf eine

Idee gekommen. Eva hatte mich mit der Frage nach dem Glauben an die Reinkarnation neugierig gemacht. Die Antwort, die sie von ihrem Pfarrer bekommen würde, konnte mich ohnehin nicht zufriedenstellen. Das wußte ich jetzt schon. Dies mochte ein Vorurteil sein, doch ich hatte im Laufe meines Lebens des öfteren die Erfahrung gemacht, daß die Theologie vielleicht Wissenslücken ihrer Gläubigen füllen konnte, sofern es sich um Kirchengebote, Dogmen, Lehrsätze und um die Theorie kirchlichen Christentums handelte. In der Praxis aber, wenn es um wirklich lebenswichtige Glaubensfragen ging, hatte es immer nur unbefriedigende Antworten gegeben. Das betraf zum Beispiel die Frage nach dem „Warum läßt Gott das Leid zu?“ Fast immer wiesen die Antworten theoretisch-theologisch auf das „große Geheimnis Gottes“ hin und gipfelten gar einmal in der Aussage, „ ... daß Gott den straft, den er liebt.“

Deshalb glaubte ich nicht daran, daß Eva eine Erklärung bekommen würde, die ihr weiterhelfen könnte. Ich wußte, daß ich einen kompetenteren Gesprächspartner hatte: mein Licht. Aber mir war auch bewußt geworden, daß ich nicht einfach fragen konnte: „Du, gibt es eine körperliche Wiedergeburt?“ Das heißt, ich hätte schon fragen können, nur wußte ich inzwischen, daß die Antwort „so mir nichts, dir nichts“ nicht gegeben würde. Das Licht würde mich auffordern, erst einmal nachzudenken und mir wenigstens eine eigene Basis zu schaffen. Darauf könnten wir dann gemeinsam aufbauen.

So kam ich auf den Gedanken, ein paar Informationen über das Thema zu sammeln. Ich wollte nicht mit leeren Händen in unser nächtliches Gespräch gehen. Zwar wußte ich nicht, ob ich in unserer Stadtbücherei ein Buch über die Reinkarnation finden würde, aber es war einen Versuch wert.

Um es kurz zu machen: Ich saß noch da, als ich freundlich den Hinweis erhielt, daß man schließen wolle. Es war nach 18 Uhr geworden. Mein Magen knurrte, und mein Kopf war wie aus Watte. Ich hatte die Welt um mich herum vergessen und mich von einem Thema einfangen lassen, von dem ich nie gedacht hätte, daß es mich ernstlich interessieren könnte.

Ein Buch hatte ich gehofft zu finden, unzählige hatte ich gefunden. Beim Fachgebiet „Esoterik“ hatte ich angefangen und war dann über „Fremde Religionen“ und „Kulturen anderer Völker“ zur Abteilung „Geheimlehren“ gelangt. Überall gab es Hinweise und Quervermerke auf andere Quellen von „Kirchengeschichte der ersten Jahrhunderte“ bis hin zu „Reinkarnation in der Psychotherapie“.

Zuerst stand ich hilflos vor diesem Angebot an Information, nicht wissend, wo ich anfangen sollte. Das war zuviel; ich wollte doch nur ein paar Erklärungen, ein bißchen Hintergrundwissen, ob, wie, wann, warum ...

Ein junger Mann neben mir bemerkte mein Zögern. „Kann ich Ihnen helfen? Suchen Sie etwas Bestimmtes?“

„Nein, ich bin nur überrascht über den Umfang zu dieser Thematik. Eigentlich wollte ich mich nur ein wenig über Reinkarnation informieren. Und jetzt diese Fülle von Büchern.“

„Ja“, stimmte er mir zu, „und wenn Sie das Thema 'Leben nach dem Tod' auch noch dazunehmen, was man ja von der Reinkarnation nicht trennen kann, dann können Sie die Vielzahl der Bücher nicht mehr überblicken. Hier“, er deutete auf die Regale vor uns, „steht gar nicht mal so sehr viel. Gehen Sie mal in die großen Buchläden, und schauen Sie mal in die Buch-Kataloge der verschiedenen Verlage, dann werden Sie feststellen, daß Sie all das, was zu Tod und Wiedergeburt veröffentlicht worden ist, in diesem Leben kaum noch lesen können.“

„Danke“, sagte ich und dachte: „Du machst mir vielleicht Mut!“ Aber ich wollte ja auch gar nicht alles lesen. So nahm ich das erste Buch, zog mich in eine Ecke zurück und fing an, mir anhand des Inhaltsverzeichnisses ein Bild zu machen, um dann hier und da einen Absatz oder ein Kapitel zu lesen. Dann griff ich nach dem zweiten Buch, dem dritten und so weiter, ging schließlich zu anderen, thematisch angrenzenden Gebieten, traf auf Für und Wider, auf wissenschaftliche Arbeiten, Hypnose-Protokolle, kirchengeschichtliche Abhandlungen, Selbsterfahrungsberichte und vieles, vieles mehr.

Bis zu diesem Zeitpunkt hatte ich mich mit alle dem nicht beschäftigt, und deshalb überraschte mich am meisten das große Spektrum der Kulturen, Völker und Religionen, die an die Wiedergeburt glaubten. Dort war es keine Frage, ob es das gibt oder nicht; dort wurde nicht darüber gerätselt oder diskutiert; dort war es selbstverständliches Glaubensgut, integriert in das tägliche Leben und Sterben, die „natürlichste“ Sache der Welt.

Eigentlich war es egal, wo man zu suchen anfing. Die östlichen Religionen, wie z.B. der Buddhismus und Hinduismus, beinhalten die Lehre von der Reinkarnation, was mir ohnehin bekannt war. Das Tibetanische Totenbuch spricht davon. In der ägyptischen und griechischen Mythologie waren Tod und Wiedergeburt Elemente, die notwendigerweise zu einer allumfassenden Sicht der Schöpfung dazugehörten. Sokrates, Pythagoras, Empedokles, Platon und andere Weise glaubten daran. Für die frühen Kirchenväter wie Rufinus und Origenes, um nur zwei zu nennen, war der Glaube an wiederholte Lebensläufe Allgemeingut. Und für viele große Dichter und Denker des Abendlandes in der Antike und der Neuzeit war das Wissen um die Wiedergeburt eine Selbstverständlichkeit. Überzeugt davon waren unter anderem Vergil, Novalis, Voltaire, Kierkegaard, Goethe, Hölderlin, Schiller, Schleiermacher, Fichte, Kant, Schopenhauer, Nietzsche; auch Christian Morgenstern, Friedrich der Große, Wilhelm Busch, C. G. Jung und Giordano Bruno, der im Jahre 1600 wegen dieser Auffassung in Rom verbrannt wurde. Und, und, und ... Schließlich waren da noch die Anthroposophen, die Rosenkreuzer, verschiedene christliche und urchristliche Gruppierungen und viele andere mehr, die sich zu dem Glauben an die Reinkarnation bekannten.

Als ich dann darauf aufmerksam gemacht wurde, daß die Mitarbeiterinnen gerne nach Hause gehen würden, war es auch genug. Mehr als genug. All das zu erfahren, hatte ich gar nicht vorgehabt. Ich hatte nicht um die große Anzahl von Berichten und Abhandlungen und allgemeiner und spezieller Literatur gewußt. Ein paar Hinweise, die einem die richtige Richtung weisen konnten, hätten mir gereicht. Jetzt war mir klar, daß es überall und zu allen Zeiten den Glauben an und das Wissen um die Wiederverkörperung gegeben hatte und auch heute noch gibt. Die Menge des Materials war so beeindruckend, die Schilderungen so realistisch und lebhaft, die Folgerungen daraus so logisch und überzeugend, daß ich mich fragte, wieso die Reinkarnation in unserer heutigen Gesellschaft nicht auch schon längst (oder: schon wieder?) zum allgemeinen Gedankengut gehörte.

Natürlich war mir aufgefallen, daß die meisten Widerstände gegen die Auffassung von wiederholten Erdenleben von kirchlicher Seite kamen. Ich hatte in Bücher geschaut, die vehement zu beweisen versuchten, daß weder im Alten noch im Neuen Testament Aussagen über die körperliche Wiedergeburt des Menschen zu finden seien. Ebenso fanden sich andere Veröffentlichungen, die genauso vehement klarmachen wollten, daß es viele Stellen in der Bibel gab, die auf die Reinkarnation hinwiesen, und daß sogar Jesus selbst diese gelehrt habe.

Ich war jedoch noch weit davon entfernt, dies alles zu begreifen. Ich hatte keine Meinung zu den ablehnenden Ansätzen der Theologie, konnte diese nicht nachvollziehen und wollte es auch nicht. Das, was ich wollte und konnte, war, meinen Verstand zu gebrauchen. Dieser und ein nicht erklärbares Gefühl sagten mir, daß die Wahrscheinlichkeit weit eher *für* als gegen die

Wiedergeburt spräche. Den Rest, so hoffte ich, würde ich in der Nacht aushandeln.

*

Ich beschloß auf dem Heimweg, noch bei Peter und Katharina vorbeizuschauen. Wir wohnten nur ein paar Autominuten voneinander entfernt und waren ziemlich oft zusammen. Seit dem Tod meiner Frau Judith vor vier Jahren hatte Katharina versucht, in meinem Leben als Witwer eine „gewisse Ordnung aufrecht zu erhalten", wie sie es einmal mehr schelmisch als ernsthaft ausgedrückt hatte. Ihre mütterlichen Gefühle, die sie bis dahin nur ihrer Tochter Irene und auch ihrem Schwiegersohn Max entgegengebracht hatte (soweit dieser sich darauf einließ), weitete sie damals aus und bezog mich in den Kreis ihrer Fürsorge mit ein. Ich ließ es zu, solange es sich im Rahmen hielt. Ansonsten entzog ich mich, sie oftmals liebevoll neckend, diesem fürsorgenden Einfluß, wobei ich zugeben mußte, daß ich so manche Mahlzeit sicher nicht zu mir genommen hätte, wäre sie mir nicht von ihr ohne großes Drum und Dran vorgesetzt worden.

Ich brauchte also nie einen Anlaß, die beiden zu besuchen. Ich war bei ihnen wie zu Hause. Heute hatte ich zwei Gründe: Zum einen mußte ich mit Peter eine geschäftliche Angelegenheit besprechen, die gleichzeitig einen seiner und meiner Kunden berührte. Ich wußte nicht, ob ich ihn am nächsten Morgen in der Firma antreffen würde. Zum anderen ging mir die Sache mit der Möglichkeit mehrmaliger Leben nicht aus dem Kopf. Vielleicht tat es gut, sich darüber auszutauschen, denn eines war mir schon klar geworden:

Das Schwirren meiner Gedanken und diese leichte „Benommenheit" hatten ihren Ursprung nicht darin, daß ich viel Neues gelesen und mich beinahe drei Stunden in der Bücherei aufgehalten hatte.

Es war etwas anderes, das mich beschäftigte. Es waren die Konsequenzen, die sich für mich und jeden Menschen aus der Möglichkeit der Wiedergeburt ergaben, die inzwischen für mich schon fast zur Gewißheit geworden war. Wenn es denn tatsächlich so war, würde mein Verhältnis zu meinem Leben und seinem Sinn ein völlig anderes werden. Es hätte unter Umständen ungeahnte Folgen für das Verstehen des Schicksals, für das, was bisher geschah, was geschieht und noch geschehen wird. Es wäre dann, als würde ich durch eine Brille schauen, die vieles nicht nur deutlicher zeigt, sondern völlig neue Dinge. Dinge, die ich bisher nicht sehen konnte, weil ich blind war.

Das alles an einem Nachmittag war ein bißchen viel für mich. Ich sah zwar weitreichende Konsequenzen, konnte aber im einzelnen noch nicht erkennen welche. Das machte mich unruhig - nicht besorgt (ein wenig vielleicht doch), eher ungeduldig-neugierig. Ich wollte mehr wissen. Was aber würde schließlich am Ende dieses Weges zu finden sein? Dieses Suchpfades, verbesserte ich mich, denn mehr war es für mich ja noch nicht.

„Du kommst gerade richtig", sagte Katharina, als sie mir die Türe öffnete, „der Nudelauflauf steht schon auf dem Tisch. Irene ist mit ihrem Kleinen auch da."

Irene war etwas älter als meine Tochter Anne. Ich kannte sie schon als Kind, und es war selbstverständlich, daß die Freundschaft zu Peter und Katharina auch sie und ihre Familie einschloß.

„Tag Ferdinand", begrüßte sie mich und gab mir einen Kuß auf die Wange. Den „Onkel" vor dem Ferdinand hatte ich ihr schon seit langem abgewöhnt. „Schau mal, wer gekommen ist", rief sie ins Nebenzimmer, und ehe ich mich richtig versah, kam ein blonder Wirbelwind durch die Türe und sprang hoch, soweit dies die Beinchen zuließen.

Gerade noch rechtzeitig fiel mir ein, daß ich ihn auffangen *mußte*, weil er sich absolut darauf verließ. Wir hatten vor einigen Monaten mal ein kleines Spiel erfunden, das damit endete, daß er mir sagte:

„Du kannst mich so toll auffangen. Ich mach' sogar die Augen zu. Gell, Onkel Ferdi, du wirst mich nie fallen lassen, wenn ich spring'. Oder? Versprichst du mir das?"

„Großes Ehrenwort", hatte ich geantwortet, und von diesem Zeitpunkt an mußte ich immer damit rechnen, ein springendes oder fliegendes blondes Energiebündel auffangen zu müssen, sobald es mich hörte oder sah.

„Hallo Tommi", sagte ich. „Dir scheint's gut zu gehen."

„Zu gut manchmal", erwiderte Irene und nahm mir den Kleinen ab. „Komm an den Tisch, sonst wird das Essen kalt. Tommi setzt sich bestimmt neben dich."

Es tat gut, im Kreise von Freunden zu sein, dazu etwas Köstliches vorgesetzt zu bekommen und ab und zu eine kleine Hand an meiner zu spüren. Es war etwas Eigenartiges zwischen diesem Kind und mir. Als wir uns zum ersten Mal sahen, und ich mich über den Kinderwagen beugte und irgend etwas zu ihm sagte, ging ein so strahlendes Lächeln über sein Gesicht, daß es sogar Irene und Max erstaunte. Diese Freude blieb ungebrochen, sobald wir uns sahen. Sie drückte sich, als Tommi älter wurde, auf vielerlei Art und Weise aus. Und sie beruhte auf Gegenseitigkeit.

Mir fiel ein, daß Irene, als Tommi und ich einmal auf dem Rasen balgten, und er zum Schluß seine Ärmchen um meinen Hals legte, zu mir gesagt hatte: „Du hast Glück, daß der Max nicht eifersüchtig ist. So, wie ihr zwei miteinander umgeht“, ihr Blick ging von Tommi zu mir, „könnte man meinen, daß er dich mindestens so lieb hat wie seinen Vater.“ Ich erinnere mich noch, daß ich nicht wußte, was ich darauf antworten sollte. Es war auch nichts Vorwurfsvolles in dem, was sie sagte. Es war eine Feststellung. Vielleicht hatte sie recht. Beide wußten wir, Max eingeschlossen, daß wir nicht um Tommis Liebe buhlen mußten. Es war einfach so, und ich wünschte mir, daß es so bleiben würde.

Wir sprachen beim Abendessen über nichts, das besonders wichtig war: über ein bißchen Tagespolitik, das geschäftliche Problem, das Peters und meinen Kunden gemeinsam berührte, über Annes neuen Arbeitsplatz (wobei mir einfiel, daß ich sie mal wieder anrufen mußte), über ein bißchen Kindererziehung und Gartenarbeit.

Katharina mit ihrem feinen Gespür war wohl aufgefallen, daß mich noch etwas anderes beschäftigte, obwohl ich geistig nicht abwesend war. „Bewegt dich etwas?“, fragte sie.

„Ja, das tut es“, sagte ich, irgendwie froh, daß das Thema nun auf den Tisch kam. Ich hatte zwar keine Bedenken, mit meinen Freunden über so etwas „Verrücktes“ (wie Eva es ausgedrückt hatte) wie die Reinkarnation zu sprechen; ich wußte nur nicht genau, ob der Zeitpunkt nicht zu früh gewählt war. Schließlich hatte ich ja erst ein paar Informationen, und Hintergrundwissen und Schlußfolgerungen fehlten mir noch ganz. Andererseits war ich mit der Absicht hierher gekommen, meine Gedanken darüber mit jemanden auszutauschen. „Also, sei’s drum“, dachte ich mir.

Und dann erzählte ich von dem Zeitungsbericht, von meinem Besuch in der Stadtbücherei und all dem, was ich gefunden hatte. Wie sich herausstellte, hatte sich Irene mit dem Thema schon beschäftigt und auch einen klaren Standpunkt gefunden: Sie war dafür, Max im übrigen auch. Peter erinnerte sich, daß Irene vor längerer Zeit mit ihm einmal darüber gesprochen hatte. Aber anscheinend war dies mehr allgemein gewesen, so daß ihn das Thema nicht allzu sehr berührt und er für sich keine Notwendigkeit gesehen hatte, es zu vertiefen. Für Katharina war das mehr oder weniger neu.

Irene verhalf ihr, den Grundbegriff der „Inkarnation“ besser zu verstehen, als sie den Duden aufschlug und las: „‘Inkarnieren’ kommt aus dem Lateinischen und heißt soviel wie ‘fleischgeworden’ oder ‘verkörpert’. Demnach ist eine ‘Inkarnation’ die ‘Fleischwerdung’ eines geistigen Wesens. Oder anders ausgedrückt: Ein Geist wird in einen menschlichen Körper in diese Welt hineingeboren. Ein typisches Beispiel dafür ist z.B. die Inkarnation Christi.“

„Und was ist eine ‘Reinkarnation’?“, fragte Katharina.

„Ganz einfach“, sagte Irene, nahm ein Fremdwörterbuch und schlug bei „re“ auf. „Schau, ‘re’ kommt ebenfalls aus dem Lateinischen und steht für ‘zurück’ oder ‘wieder’. Du kennst die Verwendung der Vorsilbe ‘re’ von den Wörtern re-agieren, Re-generation usw.“

„An ihr ist eine Lehrerin verlorengegangen“, dachte ich bei mir. „Geduldiger und verständnisvoller kann man es kaum machen.“

Irene fuhr fort: „Wenn eine Inkarnation bedeutet, daß ein geistiges Wesen in einen menschlichen Körper eintritt, dann heißt Reinkarnation, daß dies nicht nur einmal, sondern zweimal oder sogar wiederholt geschieht. Natürlich nicht in denselben Körper“, fügte sie hinzu, „denn der ist bei einer erneuten Inkarnation, einer Reinkarnation also, in der Regel schon längst wieder zu Staub geworden.“

Katharina nickte. So, wie Irene es erklärte, konnte es jeder verstehen. „Verstehen schon,“ dachte ich, „aber wie sieht es mit dem Glauben aus?“

Als hätte Katharina meine Gedanken gelesen, fragte sie: „Muß ich das glauben?“

Jetzt übernahm ich die Antwort. Peter hatte sich bisher ruhig verhalten. „Gott sei Dank sind die Zeiten, da jemand etwas glauben *mußte*, anderenfalls er bestraft wurde, vorbei. Keiner muß. Ich weiß bis jetzt selbst noch nicht, was ich glauben soll.“

Beinahe hätte ich mich verraten und gesagt: „Aber morgen früh weiß ich es.“ Gerade noch rechtzeitig konnte ich meinen Mund wieder schließen. Nur Peter schien etwas aufgefallen zu sein. Ein kaum unterdrücktes Schmunzeln war in seinem Gesicht. Er würde mein Geheimnis für sich behalten, dessen war ich mir sicher.

„Was mich wundert“, sprach ich weiter, mehr zu mir selbst als zu den anderen, „ist die Tatsache, daß einerseits die Kirchen *eine* Inkarnation für etwas Selbstverständliches halten ...“

„... im Beispiel des Glaubensbekenntnisses, wo von dem 'eingeborenen Sohn Gottes' die Rede ist, also von der Menschwerdung eines Geistes", ergänzte Irene meinen Satz.

„... daß andererseits", fuhr ich fort, „eine *zweite* Inkarnation des gleichen geistigen Wesens - was man als Reinkarnation bezeichnet - als Irrlehre abgelehnt wird. Einmal in einen Körper hinein *ja*, ein weiteres mal oder sogar mehrmals *nein*. Da bleibt die Logik für mich auf der Strecke." Denn so viel hatte ich bei meinem Bücherstudium am Nachmittag schon erfahren, daß die Lehre von der Reinkarnation von beiden christlichen Kirchen als falscher Glaube abgelehnt wurde. In diesem Punkt brauchte ich nicht mehr auf die Auskunft zu warten, die sich Eva von ihrem Pfarrer erhoffte.

„Max hat einige Bücher zu diesem Thema. Er hat sich intensiv damit beschäftigt, schon bevor wir uns kennenlernten. Wenn du willst, bringe ich dir mal ein paar mit." Irene überlegte einen Moment. „Oder du kommst morgen bei uns vorbei und suchst dir einige aus. Ich weiß ja nicht, wie wichtig dir die Sache ist. Morgen ist Samstag. Wenn du magst, schau mal 'rein."

Für den kleinen Tommi war es spät geworden. Er saß inzwischen auf meinem Schoß; eigentlich lag er mehr in meinem Arm, und seine Augen waren ihm schon mehrmals zugefallen. Irene nahm ihn mir ab. „Vielleicht bis morgen", sagte sie zu mir gewandt und verabschiedete sich dann von uns.

Wir drei saßen noch eine Weile zusammen. Katharina blätterte in ihrem neuen, vegetarischen Kochbuch, das ihr Irene mitgebracht hatte, und schwärmte uns von neuen Gerichten vor, die sie in den nächsten Tagen ausprobieren wollte. Schließlich stand sie auf und ging in die Küche. Peter griff das Thema der Wiedergeburt noch einmal auf. Anscheinend ließ es ihm, ebenso wie mir, keine Ruhe.

„Was mich in dem Zusammenhang beschäftigt, ist nicht so sehr die Frage nach dem Ja oder Nein. Ich frage mich, was für ein Sinn dahintersteckt, sollte es das Wiedergeborenwerden tatsächlich geben. Solange mir dafür niemand eine zufriedenstellende Antwort liefert ..."

Wohl in Erinnerung daran, daß es über die bloße Information von dritter Seite hinaus auch die Möglichkeit gibt, sich selbst seine Gedanken zu machen, unterbrach er seinen Satz und formulierte anders: „... solange ich diesen Sinn nicht gefunden habe, und mir selbst nicht eine wirklich einleuchtende Erklärung dafür gekommen ist, lasse ich das mal offen."

Obwohl ich noch nichts Konkretes formulieren konnte (von Erdenschule, Lernen, Wiedergutmachung, Abtragung und anderem mehr hatte ich in den verschiedenen Büchern allerdings gelesen), ahnte ich den Sinn schon. Und nicht nur den Sinn, sondern auch den Grund für den Streit zwischen Gegnern und Befürwortern der Reinkarnation. Das Leugnen oder Bejahen mußte mit einer unterschiedlichen, ja direkt entgegengesetzten Auffassung von Himmel und Erde, von Gott und seinem Verhältnis zu den Menschen, vielleicht zur ganzen Schöpfung zusammenhängen. Es mußte fundamentale Glaubensgrundsätze berühren, nicht nur das Ja oder Nein zur Wiedergeburt, sondern auch ein Ja oder Nein zu bestimmten Glaubensrichtungen bis hin zur Existenzfrage diverser Glaubensgemeinschaften oder sogar Weltreligionen. Damit war es möglicherweise mit schwerwiegenden Konsequenzen verbunden.

Hier war sie wieder: die *Konsequenz*. Die Kirchen und Religionen, welche die Wiedergeburt verneinten, hätten es ja auch einfach dabei belassen können festzustellen, daß der Glaube an frühere und weitere Erdenleben falsch sei (so wie 2 + 2 = 5 auch falsch ist). Und jeder Gläubige würde das dann glauben oder nicht, je nachdem, wie es ihm gefiel. Was ja ohnehin bei den meisten Dogmen und Glaubenssätzen gängige Praxis ist.

Noch weit davon entfernt, schon umfassend informiert zu sein, hatte ich am Nachmittag beim Lesen der entsprechenden Literatur immerhin soviel erfahren: Es war über viele Jahrhunderte ein erbarmungsloser Krieg auch gegen diese Lehre und deren Vertreter geführt worden. Einige lebten im Schoß der Kirche, andere hatten sich von der Mutterkirche getrennt. Oftmals waren dies Gruppierungen mit zumeist urchristlichen Glaubensansichten, die in entscheidenden Punkten im Gegensatz zur kirchlichen Lehrmeinung standen. Die Liste der Repressalien diesen widerspenstig Andersgläubigen gegenüber umfaßte alles, was angebracht schien und möglich war - von der Androhung des Verlustes des Seelenheils über die Exkommunikation und Verdammung bis hin zum Töten.

Wäre die Frage der Reinkarnation von nur untergeordneter Bedeutung für die Kirche gewesen, hätte man sie nicht über anderthalb Jahrtausende rigoros unterdrückt. Dies war jedoch geschehen und geschieht heute noch. Deshalb schien mir die Vermutung nahezuliegen, daß die Anerkennung der Wiedergeburt oder auch nur ihre tolerierte Gegenwart weitreichende, vielleicht sogar lebens- oder *über*lebensentscheidende Konsequenzen für die

Kirchen haben mußte. Vorausgesetzt, daß diese Konsequenzen von den Gläubigen gezogen würden.

Dieser Gefahr war man sich anscheinend sehr bewußt. Hatte man doch von theologischer Seite aus schon vor Jahrhunderten konsequent alle notwendigen Schritte überdacht und auch getan, indem man entsprechende Dogmen und Glaubenssätze formulierte. Durch die Verpflichtung der Gläubigen, damit an *ein einziges* Leben zu glauben, konnte man das befürchtete Übel einer freien Geistesentfaltung für eine Zeitlang abwenden.

Diese *Konsequenz* war es, an der ich gedanklich hängengeblieben war.

Wenn meine Überlegungen nicht ganz falsch waren, lag hier ein zielstrebiges Durchdenken, Daran-Festhalten und Durchführen vor, das dann durchaus nachahmenswert sein konnte, wenn ihm die richtigen Motive zugrunde lagen. Etwas *so* unbeirrbar zu tun und *so* konsequent durchzuhalten - daran konnte man sich durchaus ein Beispiel nehmen. Im positiven Sinn.

Jetzt war mir klar, was mich beschäftigt hatte: Es waren die Schlußfolgerungen, die sich aus einem Glauben an die Wiedergeburt ergaben. Nicht nur die theoretischen Ansätze nach dem Motto „wenn das *so* ist, dann muß das *so* sein“, sondern die daraus zu ziehenden und zu *lebenden* Konsequenzen.

Was das für mich bedeutete, und ob ich damit den Grundwahrheiten des Daseins näherkommen würde, wußte ich noch nicht. Doch ich wollte es wissen. Erst dann konnte ich entscheiden, wie ich weiter damit umgehen würde.

Peter und ich hatten für eine Weile geschwiegen, weil er mir angesehen hatte, daß ich meinen Gedanken nachhing. Aber ich hatte noch im Ohr, daß er von dem „Sinn“ gesprochen hatte, den es zu finden galt. Da war ich mit ihm einer Meinung. Hatte sich erst einmal ein Sinn dahinter herauskristallisiert, so klar und unumstößlich, daß alles andere plötzlich irrelevant und mit unzähligen neuen Fragen belastet erschien, dann stände einer neuen Sicht nicht mehr viel entgegen.

„Du hast recht“, sagte ich. „Wenn es die Reinkarnation gibt, dann hat sie auch einen Sinn. Und dann werden wir ihn auch finden.“ Ich dachte an mein Licht. „Nichts bei Gott ist unlogisch. Wenn für mich oder für uns auch noch nicht alles durchschaubar ist, so glaube ich doch fest daran, daß es erklärbar sein muß - wenn auch in einfacher Form und vielleicht mit völlig unzureichenden Worten, weil wir es eben noch nicht besser verstehen können. Und wenn nicht mit Worten, dann mit dem Gefühl oder dem Herzen.

Willkür oder Unregelmäßigkeiten oder Abläufe außerhalb einer bestimmten Ordnung kann es bei Gott nicht geben.

Ich glaube, daß die Menschen, wenn ihnen eine Erkenntnis oder eine Lehre nicht in das Konzept gepaßt hat, lieber bei unlogischen Erklärungen Zuflucht gesucht haben, als daß sie auf Grund einer neu entdeckten Wahrheit auch ein neues, verändertes Verhalten an den Tag gelegt haben."

„Dem ist nichts hinzuzufügen", antwortete Peter. „Alter Philosoph."

Ich wollte schon widersprechen, als er weitersprach: „Ich weiß, ich mein's ja nicht so. Aber du mußt zugeben, daß du angefangen hast, deinen Verstand zu gebrauchen."

„Alter Freund", sagte ich. „Mach' weiter so, und du wirst sehen, wo und wie das endet."

Ich stand auf und legte ihm eine Hand auf den Arm. „Aber du hast mich an etwas erinnert. Es wird höchste Zeit, den Verstand zu gebrauchen. Zu lange hat er ein geruhsames Leben gehabt. Dieser Meinung ist wohl auch das Licht, sonst hätte es mich nicht in diesem Punkt gefordert. Und es wird mich noch an einem anderen Punkt fordern, an meinem Herzen. Das spüre ich ganz genau. Ich habe einmal gelesen: 'Laß nie zu, daß sich dein Verstand verselbständigt. Seine Aufgabe erfüllt er optimal als ausführendes Organ deines Herzens.'"

Ich spürte für einen Moment in mich hinein. „Ich glaube, da kommt noch was auf mich zu." Kleine Pause. „Aber ich freu' mich drauf."

„Du wirst mich auf dem laufenden halten", sagte Peter. „Das weiß ich. So, wie du es kannst und für richtig hältst." Eine kleine Pause seinerseits. „Ich bin schließlich auch noch nicht zu alt, um Neues zu lernen."

*

Ich wohnte damals in einem Mehrfamilienhaus am Stadtrand. Die Wohnung mit drei Zimmern, Küche, Bad und einem schönen Südbalkon hatte ich auch nach dem Tod meiner Frau beibehalten. Das dritte, kleine Zimmer hatte sich schon oft bewährt, unter anderem dann, wenn Besuch kam, der über Nacht blieb, wie zum Beispiel meine Tochter Anne. Leider kam sie für meine Begriffe zu selten. Ich hätte sie gerne öfters hier gehabt; wenn ich ganz ehrlich war, mußte ich sogar zugeben, daß ich sie hier und da vermißte.

Ich dachte an sie, als ich meine Wohnung betrat. Das veranlaßte mich, sie sofort anzurufen und dies nicht, wie es manchmal meine Art war, auf später zu verschieben. Wir freuten uns immer, wenn wir uns hörten oder sahen. Eigentlich war es mehr als Freude. Uns verband ein tiefes, inniges Gefühl. Oftmals reichte ein Gedanke aus, um die Empfindung ihrer Nähe aufsteigen zu lassen. Anne ging es ähnlich wie mir; sie hatte es mir einmal erzählt. Für uns beide war es das Natürlichste der Welt, wenn die Tochter den Vater liebt. Und umgekehrt.

Ich wollte wissen, wie es ihr geht, was sie macht, und ob sie wieder einmal Zeit für einen Besuch finden würde. Wir einigten uns auf das Wochenende in acht Tagen.

Nachdem ich aufgelegt hatte, saß ich noch einen Moment da, und mir ging durch den Kopf, daß ich doch im Grunde ein ganz glücklicher Mensch war. Sicher fehlte mir seit Judiths Tod etwas Entscheidendes. Vieles aber war da, das ich im Überfluß hatte, und das anderen fehlte. In erster Linie waren dies Freunde.

Ich hatte, soweit ich mich erinnern konnte, nie Feinde gehabt. Sicher hatte es ab und zu einmal Streitereien gegeben. Um diese immer zu vermeiden, hätte es einer größeren inneren Festigkeit und Freiheit bedurft. Aber es war nichts lauernd Übelwollendes oder Aggressives in meiner Umgebung oder meinem Leben. Dafür hatte ich mir eine, wenn auch noch kleine Basis inneren Friedens erarbeitet, indem ich mich bemühte, meinen Nächsten zu mögen. Wer immer dies sein mochte, und wo immer ich auf ihn traf. Zu „lieben", das schien mir noch ein zu hoher Anspruch zu sein, sozusagen noch „eine Nummer zu groß". Mir war klar, daß meine Basis ausbaufähig war; denn „mögen" bedeutet zwar schon mehr als tolerieren und akzeptieren, aber es war natürlich noch lange nicht der Gipfel der Selbstlosigkeit. Diesen aber, das sagte mir eine tiefe, noch nicht zu fassende innere Empfindung, würde ich irgendwann einmal erreichen müssen. Und nicht nur ich, sondern jedermann.

Es ging mir also gut, nicht zuletzt deshalb, weil mir vor vielen Monaten eine Weisheit geschenkt wurde, als ich nach dem *Geheimnis des Glücks* gefragt hatte. Seitdem versuchte ich, mein Leben mehr und mehr danach auszurichten. Wenn mir dies schon ab und zu gelang, mußte ich immer wieder feststellen, was für eine große Hilfe solche Regeln sein konnten, und wie sicher sie funktionieren. (Mit „Verwunderung feststellen", wie ich einmal scherzhaft gesagt hatte.) Zu *lieben*, zu *danken*, sich zu *bescheiden* und sich zu *erfreuen* - das waren für mich seitdem die vier Säulen des Glücks. Vielleicht gab es noch andere. Mir verhalfen sie zumindest zu einer weitgehend gelassenen Zufriedenheit. Und dann hatte ich seit ein paar Tagen natürlich noch mein Licht. Es gab wirklich keinen Grund zu Unzufriedenheit oder Trübsalblasen.

Ich entschloß mich, an diesem Abend etwas zu tun, was ich sonst nur selten tat: Ich wollte den Tag in Gedanken noch einmal an mir vorüberziehen lassen. Es gab vieles, was des Nachdenkens wert war. Was war an wesentlichen Dingen geschehen? Was war gut, was weniger gut gelaufen? Hatte ich was übersehen? Gab es noch etwas zu erledigen? Oder war noch etwas für morgen vorzubereiten? War ich mit mir und meinen Mitmenschen im reinen? Das Wichtigste schließlich: War ich vorbereitet, falls ich mein Licht treffen würde?

Als ich die Augen schloß, um über den Tag nachzudenken, kam mir als erstes die Anregung der letzten Nacht in den Sinn, darüber nachzudenken, was Gott für mich darstellt. Wenn ich sein Kind bin, was ist er dann für mich? Ich mußte mir eingestehen, daß ich nicht dazu gekommen war, mir diese Fragen zu beantworten. „Es war zu viel zu tun", entschuldigte ich mich vor mir selbst.

„Dann hast du doch jetzt Zeit, darüber nachzudenken. Hat dir der Tag möglicherweise Hilfen gegeben, Impulse zur leichteren Erkenntnis?", sagte etwas in mir.

„Was soll das gewesen sein?" Ich überlegte noch einmal, und da erkannte ich die Hilfe. Der Tag hatte, was diesen Punkt und diese Frage betraf, durch Tommi zu mir gesprochen. In diesem Kind war mir vieles entgegengekommen: Freude, Liebe, Sich-geborgen-fühlen und grenzenloses Vertrauen, alles Attribute einer glücklichen Beziehung.

Ich mochte Tommi sehr. Nie hätte ich zugelassen, sofern dies in meiner Macht gewesen wäre, daß ihm Böses geschähe. Gerade wollte ich mir vor Augen führen, was ich für ihn tun würde und könnte, sollte dies jemals erforderlich sein. Da wurde mir klar, daß es gar nicht um Tommi ging. Er stand nur stellvertretend für alle Kinder dieser Welt in diesem Bild und darüber hinaus stellvertretend für jeden Menschen und jede Seele. Es ging auch nicht um mich, nicht um meine Empfindungen und Gefühle, sondern darum, eine Relation zu verdeutlichen:

Unzählige Väter und Mütter, Freunde und Freundinnen sind willens, bereit und in der Lage, als Ältere und Reifere den Jungen und Unerfahrenen ihre ganze Liebe zu schenken, bis hin zur Selbstaufgabe. Und das, ohne zu fragen und ohne Gegenliebe zu erwarten. Wenn schon ein unvollkommener Mensch eine solche Liebe verschenken kann, um wieviel mehr wird es dann die göttliche Allmacht, die die Liebe selbst ist, können und auch tun.

„Interessant", dachte ich noch, „zu welchen Erkenntnissen *ein* Tagesimpuls anregen kann, wenn man nur auf ihn achtet." Mir war jedoch auch klar, daß diese eine Erkenntnis noch längst nicht alle Aspekte enthielt. So tief konnte ich gar nicht schürfen (außerdem wurde ich langsam müde), als daß ich auch nur annähernd hätte erkennen oder gar ausschöpfen können, was - wie ein Netzwerk - allein in einer einzigen Begegnung oder Situation enthalten war.

Eine Ahnung, fast ein Wissen, stieg in mir auf, daß Gottes Liebe unendlich viel größer sein mußte als die größte menschliche Liebe. Ein Bruchteil dieser Liebe hatte ich vor kurzem einmal einen Augenblick lang empfinden dürfen; mehr hätte mein unvollkommen entwickeltes Bewußtsein nicht ertragen. Seine Liebe mußte, knüpfte ich meinen Gedanken weiter, so groß sein, daß sie überhaupt fern irgendwelcher menschlicher Maßstäbe war. Diese Vorstellung machte mich auf der einen Seite leicht mißvergnügt wie alles, was ich gerne verstehen wollte, aber nicht konnte. Auf der anderen Seite erfüllte sie mich mit einer nie gekannten Freude und Erleichterung: Wenn *ich* das Kind war, dann war *Er* mein *Vater.* Und wenn diese nicht zu beschreibende Liebe *Seine* Liebe war, dann gehörte sie auch mir. Und mit mir allen, die Seine Kinder, Seine Geschöpfe waren. Gab es etwas Größeres im ganzen Universum als diese Liebe?

Ich stand auf und ging ins Bad, um mich für die Nacht vorzubereiten. Als ich im Bett lag und die Augen schloß, dachte ich noch: „Was sind das für Zeiten!" Dann war ich eingeschlafen.

7. Göttliche Gerechtigkeit = ein Prinzip für alle

Mein Wunsch war natürlich, daß mir das Licht erschien. Doch inzwischen war mir auch klargeworden, daß ich dies nicht so ohne weiteres erwarten konnte. Mich einfach zur Ruhe zu begeben und mit der größten Selbstverständlichkeit der Welt - als ob ich Anspruch darauf hätte - die Erscheinung zu begrüßen, das würde nicht gehen. Mir wurde etwas Wunderbares geschenkt; ich würde mich dieses Geschenkes würdig erweisen müssen. Noch war es ein Vorschuß, das stand für mich fest. Es glich einer hilfreich ausgestreckten Hand einem Kleinkind gegenüber, das die ersten Schritte tut. Ich würde mitmachen müssen - und wollen. Allein das ehrliche Ringen schon, auch wenn das Ergebnis noch viel zu wünschen übrig ließ, würde von meiner Liebe anerkannt werden. Immerhin war es ja die *Liebe.* Daß sie sich nicht von einem Suchenden und Mühenden zurückziehen würde - der willens, aber noch nicht erfolgreich war, - das war für mich gewiß.

Ich freute mich also auf meinen „Boten des Himmels", wie ich ihn inzwischen getauft hatte, und ich wurde nicht enttäuscht. Strahlendes Licht erfüllte plötzlich den Raum, und ein Friede umfing mich, der mir fremd war.

Auch du bist ein Bote des Himmels (Hatte er oder es wieder in meinen Gedanken gelesen?). *Ich brauche nicht deine Gedanken zu lesen, um dich zu kennen. Du bist wie ein offenes Buch für mich; wir sind miteinander verbunden. Du und ich, wir sind Geschwister. Und nicht nur wir beide. Jeder Mensch, jede Seele, jedes geistige Wesen ist des anderen Bruder oder Schwester.*

„Weil wir alle den gleichen Ursprung haben, die gleiche Heimat. Vor allem aber", mir war, als würde mein Herz ein wenig überfließen, „den gleichen Vater."

Dein und mein Vater ist der Eine, Gott, die unendliche Liebe. Er ist der Vater aller Kinder hier, in den Himmeln und den vielen außerhimmlischen Bereichen. Er ist der Urgrund aller Geschöpfe, weil alles aus Ihm und durch Ihn ist.

Ohne belehrend zu wirken, brachte das Licht ganz sachte, Schritt für Schritt, neue Begriffe ein und erweiterte so das Spektrum seiner führenden Aufklärung, ohne mich zu überfordern. Das war mir schon einmal aufgefallen. Diesmal waren es die „außerhimmlischen Bereiche" und die nicht zum ersten mal verwendete Mehrzahl von Himmel, nämlich „die" Himmel. Ob es mehrere gab? Am liebsten hätte ich gleich alles dazu gefragt, was mir in den

Sinn kam. Gleichzeitig erkannte ich aber auch, daß dann die ganze Sache ausufern würde, weil *eine* Antwort viele neue Fragen aufwerfen würde. Ein „roter Faden“ wäre so nicht zu halten gewesen. Außerdem würde das Licht dies nicht mitmachen. Mit Recht, wie ich mir eingestehen mußte. Also schwieg ich.

Du wirst alles erfahren und erkennen, was für dich wichtig ist. Es hilft dir nichts, deinen Kopf mit Wissen zu füllen, das du noch nicht umsetzen kannst. Wissen für sich allein ist wie eine hohle Frucht. Wenn es dazu dient, die geistige Entwicklung zu fördern, erfüllt es einen Sinn. Dient es dazu, vor anderen zu glänzen und sich selbst größer erscheinen zu lassen, als man ist, dann behindert oder vereitelt es die Entwicklung. Es wäre dann besser, auf dieses Wissen zu verzichten.

Mit jeder Minute bekam ich, liebevoll aber unmißverständlich, eine Lektion.

„Ich vertraue dir blind“, sagte ich aus tiefster Überzeugung. „Doch zum besseren Verstehen: Ist nicht eine Portion Grundwissen nötig, um überhaupt an sich arbeiten zu können? Wie kann man, ohne von den Dingen überhaupt zu wissen, eine seelische oder geistige Entwicklung einleiten? Bedarf es nicht zum Beispiel des Wissens um Gott, um sich für oder gegen Ihn zu entscheiden?“

Ich merkte, wie ich wieder begann, mich langsam „in Fahrt“ zu reden. „Wie soll man hinter das Schicksal schauen, wenn man nichts über Wirkungen und Ursachen weiß? Wie kann man hinter den Sinn des Daseins kommen, wenn man nicht ein paar Informationen hat?“

Und du glaubst, daß Informationen und Wissen erforderlich sind, um sich auf den Weg zu Gott zu machen?

„Ja, das glaube ich.“

Aber du glaubst nicht, daß Information und Wissen zwangsläufig zu Gott führen?

„Nein, natürlich nicht, sonst müßten ja alle Leute mit Wissen automatisch Gottsucher oder -finder sein.“

Wenn also Information und Wissen nicht notwendigerweise zu Gott führen, dann kann dies auch keine unabdingbare Voraussetzung sein. Muß es dann nicht einen anderen Mechanismus geben, der die Menschen auf den Weg ins Licht bringt?

„Warum muß es das?“ Ich verstand die Logik nicht.

Weil Gott die Liebe ist, und weil die Liebe die Gerechtigkeit beinhaltet. Das heißt gleichzeitig, daß alle Menschen auf der ganzen Welt und alle Seelen in den jenseitigen Welten die gleichen Chancen haben müssen - sofern sie diese nicht selbst beschnitten oder zerstört haben. Aber selbst dann sind sie nicht verlassen. Sie fangen bei ihrer Suche nur etwas weiter vorne an als andere.

Ich versuchte zu verstehen, aber es war nicht einfach.

„Du glaubst also ..." Ich zuckte ein bißchen zusammen, als mir diese Formulierung bewußt wurde. Da ich nicht im Traum daran dachte, die Kompetenz des Lichtes in Frage zu stellen, konnte und wollte ich natürlich auch nicht diskutieren. Ich konnte die Aufklärung annehmen oder nicht. Das war doch auch schon was.

„Entschuldige", sagte ich, „ich drücke es anders aus. Du willst mir damit sagen, daß es nur der Beachtung *eines* Aspektes bedarf, der Erfüllung *eines* Gebotes? Also *eine* Voraussetzung für alle Menschen gleichermaßen, um in den Himmel zu kommen? Egal, ob einer Wissen hat oder nicht, ob er klug oder dumm, reich oder arm, gesund oder krank ist, in Afrika oder Europa lebt, Atheist, Moslem oder Christ ist?"

So ist es.

Ich konnte dem noch nicht folgen. „Aber ist es nicht so, daß man wenigstens ein *bißchen* was wissen muß, um überhaupt auf irgend etwas aufbauen zu können?" Noch gab ich nicht auf. „Ganz ohne Kenntnis der einfachsten Zusammenhänge, ohne Hinweise oder vielleicht sogar Beweise kann doch keiner aus seinen Startlöchern heraus."

Jeder spricht sich selbst. (Was war das?) *Aber nicht jeder braucht diese Anstöße, wie sie dir zuteil werden. So manch einer verfügt über einen Reifegrad, den ihm seine Umwelt nicht ansieht. Er redet nicht, er l e b t, was er empfindet. Du kannst natürlich unseren nächtlichen Austausch, deine Unterweisung als eine besondere Auszeichnung deiner Person ansehen. Keiner könnte dich daran hindern. Doch überlege einmal, ob es nicht erkenntnisreicher wäre, noch andere Möglichkeiten in Betracht zu ziehen.*

Einfühlsamer konnte man mich wirklich nicht auf meine Fehler und Schwächen hinweisen; aber damals fiel es mir noch schwer, darin ausschließlich die Liebe und Hilfe zu erkennen. Ich schluckte daher, war aber so vernünftig, mir ein bißchen Bedenkzeit zu erbitten. Ich dachte nach.

Es stimmte: Demut war noch nie eine Stärke von mir gewesen. Früher hatte ich sie mit Fügsamkeit verwechselt und deshalb als alter Rebell, der ich war, abgelehnt. Später schien es mir nicht mehr erforderlich zu sein, darüber nachzudenken, weil ich mich inzwischen als einen netten und freundlichen Mitmenschen betrachtete. Arroganz fehlte mir weitgehend, da war ich mir ziemlich sicher. Aber, so mußte ich jetzt vor mir selber zugeben, das Fehlen von Arroganz bedeutet nicht unbedingt das Vorhandensein von Demut. Auch eine noch so feine Abwertung eines anderen Menschen - das kam mir in diesem Augenblick - stellt ein Höherstellen des eigenen Ichs dar. Meistens war sie zudem gar nicht so fein, sondern recht massiv. Damit gab es in meiner Welt ganz Gute, weniger Gute, Mittlere, Schlechte, ganz Schlechte und die Allerletzten. Natürlich zählte ich mich nicht zu den ganz Guten ... oder vielleicht doch?

Ich merkte, daß ich mich verrannt hatte und mich in einer Sackgasse befand. Aber zumindest wollte ich, wenn ich schon ein schlechter Analytiker war, doch wenigstens ehrlich zu mir und meinem Licht sein.

Mit absoluter Sicherheit gab es Menschen, nicht nur irgendwo auf der Welt, sondern auch in meiner Nähe, deren Herz viel größer war als meines. Diese Menschen mußten nicht in höheren Positionen oder Akademiker, Wissenschaftler, Politiker und Theologen sein. Sehr wahrscheinlich würden gerade sie es sogar schwerer haben. Es mußten - es waren! - Menschen, die Mitgefühl in ihren Augen hatten, Selbstlosigkeit in ihren Händen und Barmherzigkeit in ihren Herzen. Es waren Menschen, die sich schwer taten, mit geschliffenen Formulierungen zu glänzen und einen Brief fehlerfrei zu schreiben - und die keine Ahnung hatten von Karma und Wiedergeburt. Die aber dennoch dort, wo sie hingestellt waren, voller Bescheidenheit und Dankbarkeit ihren Platz ausfüllten.

Es tat ein bißchen weh, die eigene Unfertigkeit zu erkennen, und das alles ausgelöst durch ein paar ganz einfache Fragen.

„Mir würde es sehr schwer fallen, vielleicht wäre es mir sogar unmöglich, ohne Hintergrundinformationen oder Hilfen oder Anstöße auf die Suche nach dem Sinn des Lebens zu gehen“, sagte ich nach einer Weile. „Ich ziehe meinen Hut vor den Menschen“, und ich meinte das inzwischen ehrlich, „die die Stärke haben, auf ihr Herz zu hören, und die ihren Weg gehen. Möglicherweise ohne dies zu wissen, aber unbeirrbar.“

Was mußt du wissen, um zu lieben? Es ist sicher eine Hilfe - so wie es dir geschieht -, ein Wissen zu erhalten, um daraus weitere Schlüsse ziehen und sich für oder gegen ein bestimmtes Verhalten entscheiden zu können. Nicht umsonst erfährt gerade diese eure Zeit die Gnade der Fülle aus den

Himmeln. So können auch diejenigen Menschen angesprochen und eventuell zum Nachdenken angeregt werden, die zu schläfrig sind, um aus den bereits sichtbaren und erfahrbaren Informationen die notwendigen Konsequenzen abzuleiten.

Die Liebe Gottes, die du gerade - noch aus großer Distanz - anfängst zu erahnen, schenkt euch Wissen, damit ihr die Liebe entwickeln lernt. Damit hat Wissensvermittlung einen Sinn: Das Erkennen eures wahren Wesens und eurer Verstrickungen in dieser Welt, die Hilfe bei eurer Entscheidung für eine Veränderung hin zum Guten, die schrittweise Überwindung eurer Fehler und das gleichzeitige Hineinwachsen in eine universelle Liebe. Wissen, das nicht diesen Zielen dient, lenkt euch ab und ist im Prinzip nutzlos.

Wenn d u Wissen benötigst, weil dies deine Entwicklung am ehesten fördert, so entspricht dieses Erfordernis deiner Mentalität, deiner Seelenbeschaffenheit. Nimm dieses Wissen, gebrauche deinen Verstand, und vergiß dein Herz dabei nicht.

Doch kannst du dir vorstellen, daß es auch anders geht? Anders gehen muß, weil Gott alle Seine Kinder gleich liebt? Einem j e d e n Kind muß die Möglichkeit gegeben werden, auf einem Weg zu Ihm zurückzufinden, den a l l e gehen können. Ob sie Wissen erhalten oder nicht. Diesen Weg zurück gehen bereits diejenigen, welche die Barmherzigkeit in ihren Herzen haben, wie du es ausdrückst. Kannst du dir vorstellen, welches göttliche Prinzip hier wirkt?

Ich war fasziniert von dieser Art Austausch. Es war etwas so zwingend Logisches darin, etwas so außerhalb jeden Disputs Liegendes und doch gleichzeitig völlig frei irgendwelcher Einflußnahme, daß ich den Wunsch hatte, so lange wie möglich dieser absoluten Souveränität und Freiheit nahe zu sein. Am liebsten für immer.

Es gab also ein Prinzip, das für *alle* galt. Und es gab *nicht mehr* als dieses *eine* Prinzip, diesen *einen* Maßstab. Es konnte nicht mehr geben, weil dies der Gerechtigkeit Gottes entgegenstehen würde. „Chancengleichheit für alle, würden wir heute sagen“, dachte ich. An jeden Menschen wurde dieser Maßstab angelegt. Jeder konnte ihn an sich selbst anlegen, um Gut und Böse, richtig und falsch zu unterscheiden - und dann, in freier Entscheidung, entsprechend handeln.

Ich spürte, daß es leichter war, logisch zu denken, wenn ich mich „seelisch völlig entspannte“ und mich voller Vertrauen einfach dem Licht hingab. Sobald negative Emotionen in mir aufstiegen - was ich zwar erkennen, aber nur schwer kontrollieren konnte -, verflüchtigte sich die Fähigkeit zum klaren Denken und machte einem persönlich gefärbten Urteil und einer dementsprechend kurzsichtigen Meinung Platz. Ich nahm mir vor, auf diese Fußangel besonders zu achten und mich der geistigen Führung anzuvertrauen, so gut ich es konnte.

„Wenn dem so ist", dachte ich laut und begann langsam, die sich daraus ergebenden Konsequenzen für die unterschiedlichen Religionen und Glaubensgemeinschaften dieser Welt zu erkennen, „dann müßte dieser eine Maßstab überall bekannt sein, und jeder Mensch müßte danach leben können. Dem Prinzip nach", schränkte ich ein.

Die Schlußfolgerungen daraus schienen mir noch zu gewagt.

Zieh' sie trotzdem.

Ich zog sie, sehr vorsichtig. „Wenn nur dieser eine Maßstab und sonst nichts wirklich wichtig ist, dann ist alles andere, was sich um diesen Kern herum drapiert, ihn oftmals dekorativ bis zur Unkenntlichkeit ausschmückt, unwichtig." Die fundamentale Bedeutung dieser Aussage empfand ich zwar schon, konnte sie aber noch nicht definieren.

Nachdem ich mir vorgenommen hatte, in der Logik zu bleiben, mußte ich dies auch tun, egal, wie überraschend, unangenehm oder unannehmbar das Ergebnis auch sein mochte.

Das Ergebnis ist nur dann unangenehm oder unannehmbar, wenn es nicht in das Weltbild eines Menschen hineinpaßt, oder er es nicht hineinpassen läßt. Dann wird er sich nicht nur dem Ergebnis widersetzen, sondern schon dem Ansatz. Wenn er dagegen unvoreingenommen und einigermaßen frei in seinem Denken ist, dann kann ihn das Resultat höchstens überraschen oder verwundern und, wenn er vielleicht sogar auf der Suche nach der Wahrheit ist, mit tiefer Freude erfüllen.

Diese Freude fühlte ich schon jetzt in mir wachsen. Ich nahm meine letzte Überlegung wieder auf. „Das, was dann aber unwichtig, ja überflüssig und sogar störend ist, gerade das ist es aber doch, was die verschiedenen Weltanschauungen und Religionen voneinander trennt."

Unterscheidet, ist das richtige Wort. Nichts ist voneinander getrennt.

„Mehrere Klassen besser als ich", dachte ich neidlos. Ich war mir sicher, daß mein Licht diese bewundernde, warmherzige Keckheit verstand. Ich traute ihm sogar allerhand an Humor zu. Es würde ihn auch gewiß benötigen bei seiner schwierigen Aufgabe; denn Führer oder Begleiter oftmals widerspenstiger und uneinsichtiger Menschen zu sein, das schien mir eine sehr schwere Arbeit zu sein, die mit Lächeln und Humor (himmlischem natürlich, falls es so etwas gab) leichter zu erledigen war. Ob auch Gott ...?

Mich liebevoll von meinem Ausflug zurückholend (wie eine Mutter ihr verspieltes Kind), verstärkte das Licht für einen Moment seine Strahlung und nahm mich sachte darin auf.

Gott ist auch die Freude, und jedes Wesen aus Ihm ist Freude. Es ist eine Freude anderer Art, als ihr sie hier auf der Erde kennt. Eure Späße sind nicht selten verletzend und derb. Selbst das, was ihr Humor nennt, ist nach unseren Maßstäben noch grob und weit entfernt von dem, was wir empfinden. Eine „gelassene Heiterkeit", um eure Worte zu gebrauchen, würde auf unser Wesen vielleicht am ehesten zutreffen. Sie entspringt unserer absoluten Willensfreiheit, unserer Unabhängigkeit und unserer Liebe.

„Danke", konnte ich nur sagen.

Obwohl es so schien, als ob wir von Thema zu Thema springen würden, war das Ganze für mich doch wie aus einem Guß. Nie hatte ich das Gefühl, wir würden uns verzetteln oder auf unwichtige Nebengeleise kommen. (Wenn überhaupt jemand, dann höchstens *ich.*) Mein Licht hielt den Gesprächsfaden in der Hand. Deshalb war ich sicher, daß wir alles, was für mich wichtig war, auch miteinander bereden würden.

Einiges war angeschnitten, einige Fragen standen noch im Raum: Was bedeutete der *Vater* für mich? Warum läßt Gott das Leid zu? Was war nun mit der Reinkarnation? Welches Fazit ergab sich aus der Erkenntnis, daß nur *ein* Maßstab für *alle* Seine Kinder der Gerechtigkeit Gottes entsprechen konnte? Dann waren da natürlich noch die vielen Fragen, die ich noch gar nicht gestellt hatte, und die vielen Aspekte, die sich notwendigerweise aus den Antworten ergeben würden. Es war eine ganze Menge, empfand ich, das noch im Dunkeln lag. Doch wir würden dieses Dunkel gemeinsam erleuchten; ich wußte es.

Ich weiß, daß du mich liebst und mir vertraust. Du wirst erkennen und begreifen. Alle Aspekte des Lebens, der gesamten Schöpfung, sind - vergleichbar einem riesigen Netz - miteinander verbunden. Wie unter einer Decke, welche die Wahrheit noch verhüllt, liegen für dich und die meisten Menschen die sogenannten „Geheimnisse Gottes" verborgen. Ist es für die Wahrheitsfindung wohl entscheidend, welchen Zipfel deiner Unwissenheit wir zuerst lüften?

Soviel hatte ich inzwischen begriffen: Es konnte nur *eine* Wahrheit geben, alles andere mußten Aspekte davon sein. Doch mein Verstand würde nicht ausreichen, diese eine Wahrheit in ihrer ganzen Bedeutung zu erfassen.

Auch wenn es nur eine Wahrheit gibt, so kann für dich doch immer nur das Wahrheit sein, was du momentan als Wahrheit erkennst. Was du nicht als Wahrheit akzeptierst, wird für dich keine Stufe auf deiner Entwicklung sein, auf der du aufbauen kannst. Und wenn es tausendmal die reinste Wahrheit wäre.

„Deshalb kann und wird sie mir von dir auch nur in einem Umfang gezeigt, den mein Bewußtsein aufnehmen kann." Jetzt verstand ich. Die Aspekte, die mir ein neues, tiefergehendes Verständnis vermittelten, konnte ich mir zu eigen machen. Ich konnte darauf aufbauen, indem ich nicht aufhörte, mich selbst immer wieder zu hinterfragen - alleine oder mit Hilfe des Lichtes. Und ich konnte dieses Hinterfragen ausweiten und anwenden auf alte und neue Heilslehren, auf die „Großen dieser Welt" und alle, die vorgaben, Lösungen für die seelischen und materiellen Probleme der Menschheit zu haben.

Darum, das erkannte ich, war es egal, an welchem Knotenpunkt des Netzes man begann. Wenn man nicht zu früh aufhörte, Fragen zu stellen und Antworten zu prüfen, mußte man des Rätsels Lösung finden. Das Licht hatte sich bei mir für den Einstieg mit der Frage *Und wer bist du?* entschieden; das wohl deshalb, weil es auf diese Weise für mich und mein Denken am einfachsten war. Bei anderen Menschen konnte das ganz anders sein.

Du bist auf dem richtigen Weg. Entscheidend ist, daß du und jeder, der die Wahrheit wirklich sucht, nach dem ersten Knoten den zweiten, dann den nächsten, den übernächsten und so weiter löst. Du bist der Lösung eines Knotens von vielen relativ nahegekommen: Es gibt nur e i n e Richtschnur, um sich dem Licht der Himmel wieder zu nähern. Was darüber hinaus angeboten, gelehrt, dogmatisch vorgeschrieben und als zwingend notwendig angepriesen wird, lenkt vom Kern der Wahrheit ab.

„Dann lenken aber alle Religionen oder zumindest die meisten von der Wahrheit ab."

Um welchen Kern herum „drapieren" denn, wie du es ausdrückst, eure vielen Religionen und Gruppen ihre eigenen Vorstellungen von dem Weg zur Seligkeit?

Jetzt gingen mir die Augen auf und das, was ich bisher nur vage erkannt hatte, ließ sich plötzlich fassen.

„Um die zentrale Aussage: die Liebe."

Um die Liebe, die erst in ihrer vollen Bedeutung durch Jesus von Nazareth in die Welt kam. Es ist die Liebe, die alles versteht, die alles verzeiht, die sich verschenkt, die nichts erwartet - die selbstlose Liebe.

Ich begann, schrittweise zu begreifen. Noch konnte ich mit der Bedeutung des Wortes „selbstlos" nicht viel anfangen; was das praktisch heißt, würde mir schon noch klarwerden oder klargemacht werden. Wichtiger für mich war die Erkenntnis, daß die Glaubensaussagen und -vorschriften aller Religionen der Welt auf die einzig und allein entscheidende Aussage und Aufforderung: *Liebe! Liebe Gott, deinen Vater, und deinen Nächsten wie dich selbst* verdichtet werden konnten. Was für Konsequenzen müßte das nach sich ziehen ...

„Da ausschließlich Liebe und nichts anderes gefordert ist ..."

... geboten ist. Gott ist die Freiheit.

„ ... geboten ist, heißt dies gleichzeitig, daß alles andere die seelische Entwicklung im besten Fall nicht fördert, im schlimmsten Fall hemmt oder, noch schlimmer, verhindert."

Damals war mir noch nicht klar, daß eine Entwicklung nicht auf Dauer verhindert werden kann. Wollte ich überhaupt eine Formulierung dieser Art gebrauchen, dann wäre der Zusatz „vorübergehend" in diesem Zusammenhang richtiger gewesen. Doch selbst dahinter setzte ich später ein großes Fragezeichen. Im Moment ließ das Licht meine Aussage so stehen.

Noch rechtzeitig erinnerte ich mich daran, daß ich auf meine Emotionen achten wollte, um mir einen ungetrübten Blick bewahren zu können. Doch ich war „warmgelaufen".

„Da alles außer der Liebe für das Seelenheil nicht erforderlich oder gar schädlich ist, kann es weggelassen werden. Vielleicht muß es sogar weggelassen werden, um der Seele zu ermöglichen, sich zu entfalten. Die *Anweisungen für ein Leben der Liebe* machen nur einen verschwindend kleinen Teil der ganzen Lehren aus; die Auslegungen, die kirchlichen Ge- und Verbote, Riten, Vorschriften, Dogmen und vieles mehr nehmen den weitaus größeren Platz ein. Sie bilden sogar vielfach das entscheidende Kriterium, ohne deren Beachtung und Erfüllung - zumindest nach der offiziellen Lehre so mancher Kirche - noch nicht einmal das Seelenheil in Aussicht gestellt werden kann. Ich sag' dir ein Beispiel."

Wieder hatte ich vergessen, daß ich mein Licht nicht aufklären mußte. Ich war dabei, unsere Rollen zu vertauschen. Es nahm meinen Eifer nachsichtig-gelassen, beinahe eine Spur amüsiert (?) hin, nach dem Motto: *Wenn du es brauchst, und wenn es dich glücklich macht ...*

„Während meiner Kirchenzugehörigkeit wußte ich nicht viel von dem, was ich *wirklich* glauben mußte. So geht es im übrigen fast jedem in der Kirche. Mein Wissen beschränkte sich auf das, was man erzählt bekam. Später habe ich mich dann ein wenig mit Dogmen und diesen Dingen beschäftigt und einiges herausgefunden. Es gibt dort Glaubensvorschriften, da sträuben sich dir ..., entschuldige, ... einem die Haare. Man muß nur mal damit anfangen, sich mit dem auseinanderzusetzen, was man glauben *muß*. Denn ein Dogma, wie unverständlich es auch sein mag, ist ein verbindlich zu akzeptierender Glaubenssatz, dessen Leugnung die Exkommunikation nach sich zieht. Was natürlich so gut wie niemand weiß, weil man es ihm vorsichtshalber nicht sagt. Denn würde man dies den Gläubigen sagen, würden sich die allermeisten als bereits exkommuniziert erkennen und sicher nicht mehr viel Interesse daran haben, nur noch zahlend dabeibleiben zu dürfen."

Ich holte einmal tief Luft um sicherzustellen, daß ich in der Ruhe blieb. Dann griff ich zwei Lehrsätze von vielen heraus. (Das Erinnern an einen irgendwann einmal gelesenen Text schien mir in der Aura meines Lichtes selbstverständlich zu sein.) Bei dem einen ging es um die Unterwerfung aller Menschen unter den römischen Papst, was zum Heile jedes Menschen unbedingt notwendig ist[1], bei dem anderen um die Feststellung, daß niemand außerhalb der katholischen Kirche des ewigen Lebens teilhaftig wird, sondern vielmehr dem ewigen Feuer verfällt ...[2]

„Beide Lehrsätze", konnte ich mir nicht verkneifen zu sagen, „enthalten den ausdrücklichen Zusatz 'unfehlbar', sind daher dogmatisch verpflichtend und können nicht mehr zurückgenommen werden."

Die souveräne Art und Weise, wie mein Licht auf meine gefühlvoll vorgetragenen Ausführungen reagierte, hätte mir damals schon als Vorbild dienen können. Aber so weit war ich noch nicht.

Wenn der Mensch glaubt, mit seinem Verstand die Lehre der Liebe ergänzen oder verbessern zu müssen, dann kann er niemals im Sinne Gottes handeln. Auch dann, wenn vorgegeben wird, der Geist Gottes habe eure Hochgestellten oder Führer inspiriert, seid ihr nicht von der Verpflichtung entbunden, die „Geister" zu prüfen, wie ihr es ausdrückt. Kommt die Botschaft, die Anweisung, die Richtlinie oder die Aufklärung aus der Liebe?

[1] Neuner-Roos: Der Glaube der Kirche, Verlag Friedrich Pustet, 11. Auflage, Glaubenssatz Nr. 430
[2] Neuner-Roos Nr. 381

Oder wird damit ein Exclusivanspruch verbunden, der auf der Erfüllung von Vorschriften basiert, obwohl es doch um nichts anderes als um die Umsetzung des Liebegebotes geht? Wenn dies geschieht, entfernen sich nicht nur Religionen und Menschen voneinander, auch der Verursacher entfernt sich von der Wahrheit. Denn die Wahrheit heißt „liebe“. Sonst nichts.

Es entstand eine kleine Pause, die ich dazu nutzte, mich für einen Moment in der Rolle des Rechthabenden, Überlegenen zu fühlen. Dann wurde ich auf den Boden zurückgeholt.

Das ist die eine Seite. Doch es gibt auch noch eine andere, und die betrifft dich - dich und jeden Menschen. Du wirst erst später richtig verstehen, was ich dir jetzt sage: Du befindest dich auf der Erde im Herrschaftsbereich des Hochmuts. Die Gefahr ist übergroß, aus einer kleinen oder großen Erkenntnis heraus andere Anschauungen oder Menschen zu beurteilen.

Ich wollte etwas sagen, doch vor der liebevollen Autorität des Lichtes schloß ich den Mund gleich wieder. Fast hatte ich die Empfindung, als hätte mein Licht - bildhaft ausgedrückt - eine Hand erhoben.

Ich weiß. Du glaubst, du beurteilst nicht, sondern du stellst nur fest. Doch sei dir stets der Gratwanderung bewußt, auf der du dich dabei befindest. Der Schritt von feststellen zu bewerten ist nicht groß, und der von beurteilen zu ver-urteilen erst recht nicht.

Und dann wurde mir - im positiven Sinne - eine Lektion erteilt, die mich über eine lange Zeit beschäftigte.

Hast du dir nie Gedanken darüber gemacht, daß ein anderer nur dann Macht über dich ausüben kann, wenn du es zuläßt? Du wirst sagen: „Er ist stärker als ich“. Wäre nicht richtiger zu antworten: „Ich bin zu schwach“? Wenn du aber zu schwach bist, weil du noch nicht das entwickelt hast oder entwickeln wolltest, was es zu entwickeln gilt - wem willst du die Schuld dafür geben? Ist es fair, den anderen verantwortlich zu machen, wenn er dich gängelt, bevormundet, benachteiligt oder unterdrückt? Oder ist es nicht vielmehr so, daß du sehr oft sowohl Anstrengungen als auch Konsequenzen scheust, mit denen du deine Schwächen überwinden könntest?

Bist du nicht am Ende vielleicht sogar mitverantwortlich dafür, daß der andere sich versündigt hat, weil du ihm durch deine Schwäche erst zur Ausübung seiner Macht verholfen hast?

Mein Licht ließ mich für eine Weile mit meinen Gedanken allein. Mir war klar, daß ich noch lange brauchen würde, um das soeben Gehörte wirklich zu verstehen und vor allem, mein Verhalten danach auszurichten. Andere Ansichten oder Lehren, die doch offensichtlich falsch waren, nicht zu bewerten oder zu beurteilen - das müßte eine Toleranz, eine Weisheit voraussetzen, die mir übermenschlich erschien. So war es im wahrsten Sinne des Wortes wohl auch: über-menschlich.

Ich nahm schließlich den Faden wieder an der Stelle auf, wo ich durch meine Beleuchtung der zwei Dogmen abgewichen war. „Laß mich zusammenfassen, was wir erarbeitet haben", bat ich. „Gott hat in Seiner Gerechtigkeit allen den gleichen Maßstab gegeben, um zu Ihm zu finden ..."

Zurückzufinden. Es war keine Unterbrechung, sondern - wie selbstverständlich - eine Ergänzung, eigentlich eine Berichtigung. *Alles ist aus Ihm, und alles ist von Ihm ausgegangen. Alle Menschen und Seelen haben ihre Heimat, ihren Ursprung in den Himmeln. Aus den unterschiedlichsten Gründen haben sie ihr göttliches Zuhause verlassen. Weil Gott die Liebe ist und die Allmacht hat, wird Er alle zurückholen. Alle werden zu Ihm zurückfinden. Gott wird keines Seiner Kinder an die Finsternis verlieren.*

Das waren wieder neue Wahrheiten für mich. Dort hinein paßte nicht die Lehre von der ewigen Verdammnis. Ich nahm mir vor, später unbedingt darauf zurückzukommen, weil ich über das „Wie?" und „Weshalb?" mehr wissen mußte - bis mir klar wurde, daß ich auch ohne mein wißbegieriges Fragen die Antworten erhalten würde. Die Zusammenhänge würden sich vermutlich von selbst ergeben.

Ich setzte, dankbar für die Korrektur, den Gedankengang fort. „Er hat allen den gleichen Maßstab gegeben, damit jeder zu Ihm zurückfinden kann. Dieser Maßstab wurde verändert, ergänzt, verdreht und mit viel Überflüssigem und Irritierendem versehen, bis er oftmals nicht mehr zu erkennen war. Um sich auf den Weg zurück zu Gott zu machen, bedarf es daher nicht der Zugehörigkeit zu einer religiösen Ideologie oder Glaubensgemeinschaft, sondern eines Lebens, in dem das Bemühen um das rechte Miteinander im Mittelpunkt steht."

Wie sieht es nun mit dem Wissen aus? Du hast ein wenig, manch anderer auch, aber die Mehrzahl der Menschen hat dieses Wissen und andere Erkenntnisse nicht. Was glaubst du: Sind diese Menschen chancenlos, unfähig, vielleicht unwürdig?

Das wollte ich dich auch gerade fragen, hatte ich schon auf der Zunge, als mir noch früh genug einfiel, daß ich schon wieder dabei war, unsere Rollen zu vertauschen.

Was machte also jemand ohne Aufklärung? Wie detailliert mußte eine Information sein, um darin das Liebegebot erkennen und vielleicht sogar weitere Schritte des Nachdenkens tun zu können? Bedurfte es mehr oder weniger umfassenden Wissens um geistige Gesetze, um die Schöpfung, um die Finsternis und vieles mehr, um *lieben* zu üben und zu lernen? Oder war es möglicherweise anders herum, daß man - beinahe „automatisch" - auf den Weg zur Wahrheit fand, wenn man sich erst einmal auf den Weg der Nächstenliebe begeben hatte?

Wer auf der Welt weiß nicht, was gut und böse, richtig und falsch ist? Bedarf es tatsächlich einer äußeren Rechtsprechung, um deutlich zu machen, daß Mord und Totschlag gegen das Gesetz das Lebens verstoßen? Daß Diebstahl sich gegen den Nächsten richtet? Daß Gewalt, schon in kleinster Form, demütigt, verletzt und zerstört und damit dem Liebegebot entgegensteht?

Ich begann zu verstehen. Auch ohne Gesetzesvorschriften hat jeder Mensch eine Instanz in sich, die ihm Maßstab für Recht und Unrecht ist, wenn er will. Es ist sein Gewissen, wenn auch bei jedem unterschiedlich stark ausgeprägt. Nach diesen Unterschieden muß ich gelegentlich noch fragen, nahm ich mir vor; jetzt wollte ich nicht schon wieder abschweifen. Vielleicht würde ich es ja auch selbst herausfinden.

Das Entscheidende ist vor 2000 Jahren geschehen. Die Kunde von der Liebe des Vaters kam durch Christus in diese Welt. Er brachte den Menschen die Botschaft, die die Christen „Frohbotschaft" nennen, und die sie doch größtenteils nicht verstanden haben. Er verkündigte ihnen eine Ethik, der ihr den Namen „Bergpredigt" gegeben hat. Diese ist über die Erde verbreitet. Wer sich entscheidet, d a n a c h zu leben, der wird feststellen, daß die meisten der Gesetzbücher dieser Welt ihre Notwendigkeit verlieren, weil deren Inhalte als Essenz in der Bergpredigt zusammengefaßt sind.

„Selbst wer sie nicht kennt", dachte ich, „ist dennoch nicht allein gelassen. Seine 'Stütze' ist sein Gewissen."

Vielleicht ahnst du schon die Größe und Liebe Gottes, die keines ihrer Geschöpfe ohne Hilfe läßt. Der eine braucht Wissen, der andere einen Anstoß. Ein dritter fragt sein Herz, ein vierter findet als Mitglied einer Religionsgemeinschaft in sein Inneres zu Gott. Entscheidend ist deshalb bei allem das T u n . Alles andere ist Schall und Rauch.

Damit brauchte ich meine Frage nach der Wichtigkeit des Wissens um die Reinkarnation nicht mehr zu stellen, die ich noch im Hinterkopf hatte.

Sie war indirekt beantwortet worden. Wem es half, der konnte diese Erkenntnis nehmen, um daraus sein Verständnis für die Zusammenhänge von Leben und Tod abzuleiten. Wer dies für seinen Glauben und sein Weltbild nicht benötigte, der fand vielleicht seinen Ansatz für den Weg ins Licht im praktischen Bemühen. Der Einblick in die Verknüpfungen und geistigen Gesetzmäßigkeiten würde sich früher oder später von selbst einstellen.

Möglicherweise, dachte ich mir, waren diese Menschen besser dran. Ich wollte mich aber nicht davon abhalten lassen, doch noch ein wenig mehr zu erfahren. Für dieses mal jedoch war es anscheinend genug.

Meine Liebe begleitet dich.

Dann war ich allein. War ich wirklich allein?

8. In die Wissens-Falle gegangen

Der Samstagmorgen gab mir Gelegenheit, das Nötigste in der Wohnung aufzuräumen, einige Einkäufe zu erledigen und mein Auto zu waschen. Natürlich ging mir unser nächtliches Gespräch nicht aus dem Kopf. Um es konkreter auszudrücken: Es hatte sich tief in meine Seele eingeprägt, von deren Wesen und Bedeutung ich damals allerdings noch nicht viel wußte. Mir schien, als hätte sich eine innere Türe geöffnet, wenige Millimeter nur, aber doch ausreichend weit genug, um Neuland erkennen zu lassen, viel noch zu Erforschendes und unendliche Weiten. Ich hatte mir vorgenommen, zu erkunden, was zu erkunden war. Und was zu verstehen war, wollte ich mit jeder Faser meines Herzens begreifen und altes durch neues Denken ersetzen, wenn es erforderlich sein sollte.

Ich fuhr bei Irene und Max vorbei. Max war mit dem Kleinen schwimmen, Irene im Vorgarten beschäftigt, so daß sie mich bat, in aller Ruhe die große Bücherwand selbst durchzustöbern. „Wahrscheinlich findest du links oben, was du suchst", hatte sie mir geraten. Es überraschte mich, was ich alles fand. Max hatte sich offenbar sehr intensiv mit diesem Thema befaßt. Zum Teil waren es die gleichen Bücher, wie ich sie tags zuvor in der Stadtbücherei gefunden hatte. Natürlich nicht in gleich großem Umfang. Einiges war aber auch neu; eigentlich war alles neu für mich.

Nachdem ich einige Zeit mehr oder weniger wahllos in den Büchern geblättert hatte, legte ich einige, die ich mir ausleihen wollte, zur Seite. Es handelte sich dabei nicht nur um Berichte und Eigenerfahrungen, sondern auch um Literatur zu geschichtlichen Hintergründen und theologischen Auseinandersetzungen. Was mich selbst ein bißchen überraschte, weil dies bisher nie mein Thema war. Früher hatte ich mich zwar ein wenig mit der Herausbildung der kirchlichen Institution im Frühchristentum und der späteren Entstehung der Dogmen beschäftigt, niemals jedoch so ernsthaft, daß es zu tiefgreifenden Veränderungen in meinem Denken und Leben geführt hatte. Mich hatte an dieser Thematik mehr der psychologische Aspekt interessiert, das unkritische Glaubenmüssen an so manche Ungereimtheit und das Unterwerfen unter religiöse Zwänge. Darauf führte ich damals die in meinen Augen weitverbreitete Gleichgültigkeit und innere Inaktivität unter den mir bekannten Kirchenchristen zurück. Von einer wirklichen Freude und Freiheit schienen diese mir noch weit entfernt zu sein, mich selbst eingeschlossen.

Jetzt aber war mir offensichtlich auf einmal auch die theologische Seite der Medaille wichtig. Ich glaubte wohl, ohne diese Zusammenhänge das Thema nicht erfassen und verstehen zu können. Was ja, wie ich aufgeklärt worden war, bei mir auch ohne weiteres der Fall sein konnte.

Nachdem ich die Bücher eingesteckt hatte, in die ich mich an diesem Wochenende vertiefen wollte, richtete ich einen Gruß an Max und Tommi aus und verabschiedete mich. Ich überlegte: Sollte ich essen gehen, mir zu Hause selbst etwas machen oder heute mittag das Essen ausfallen lassen, um stattdessen die sonnigen Mittagsstunden zu nutzen? Ich entschied mich für eine Kombination aus Mittagssonne und Lesen und suchte mir in dem gleichen Park, in dem mir bereits einmal ein Erkenntnishinweis durch einen Vogel gegeben worden war, eine ruhige Bank. Dann nahm ich ein erstes Buch, eher eine kleine Broschüre, und begann zu lesen.

Es ging darin um die Aussage, daß die Lehre von der Wiedergeburt durchaus zu den Glaubenssätzen des frühen Christentums gehört hatte. Origenes, so lernte ich, der etwa von 185 - 254 lebte und als einer der größten griechischen Kirchenväter galt und noch gilt, lehrte die Reinkarnation mit großer Überzeugung. Ihm standen noch die ursprünglichen Handschriften der Bibel in griechischer und hebräischer Sprache zur Verfügung.

Meine neugierigen Gedanken eilten voraus: „Dann ist es um so erstaunlicher, daß dieses Wissen von den abendländischen Kirchen nicht gelehrt wurde und wird. Warum nicht? Oder richtiger: Warum nicht mehr? Wer hat dieses Wissen beseitigt? Und wie? Und warum überhaupt? Ist es denn so entscheidend für die Kirchen, ob es eine Wiedergeburt gibt oder nicht?“

Ich zügelte mich selbst; ich würde alles erfahren, läse ich nur in Ruhe weiter.

Origenes mußte eine überragende Gestalt und überall anerkannt gewesen sein, denn sowohl seine Befürworter als auch seine Gegner beriefen sich auf ihn. Er galt als *die* Autorität. Man verknüpfte das Wissen um die Reinkarnation immer mehr mit seinem Namen. Als in den darauffolgenden Jahrhunderten der Streit um Origenes immer heftiger wurde und eine Entscheidung erforderte, kam es auf der Synode der Ostkirche im Jahre 543 in Konstantinopel zu einem Ereignis, das die Verdrängung und Beseitigung der Reinkarnationslehre zur Folge hatte: Die Lehre des Origenes - die ja gar nicht *seine* Lehre, sondern unveränderliche, ewige Wahrheit war - wurde auf Anweisung von Kaiser Justinian I. mit neun Bannflüchen belegt und verworfen. Darunter befinden sich auch zwei Verfluchungen, die die Wiedergeburtslehre indirekt verurteilen.

Als ich das Wort „Verfluchung" las, schloß ich für einen Moment die Augen, dachte intensiv an mein Licht und vergegenwärtigte mir seine Liebe.

Das war die Wahrheit, und diese Wahrheit wollte ich mir nie wieder nehmen lassen. Ich würde sie, soweit ich es konnte, erkennen, auch wenn noch viele, viele Fragen offen waren. Auch wenn es bequemer war, sich vorgesetzten Glaubensaussagen anzuschließen, wollte ich den Weg des Fragens, Zweifelns und Ringens gehen. Es mochte sein, daß er schwerer war als der kirchlichen Glaubensgehorsams, mit Sicherheit sogar. Doch ich ahnte jetzt schon, daß nicht erst am Ende des Weges, sondern bereits nach einigen erfolgreich getanen Schritten eine Freiheit und Gewißheit entstehen würden, die mit nichts vergleichbar waren.

„Komisch", dachte ich plötzlich, „daß mir das jetzt in den Sinn kommt." Ich erinnerte mich nämlich in diesem Moment daran, daß ich mir vor vielen Jahren in einer philosophischen Anwandlung schon einmal den Kopf zerbrochen hatte. Ich hatte mich damals gefragt, was für mich das wichtigste Gut sei, das ich mir nie nehmen lassen oder aber erarbeiten wollte, falls ich es noch nicht besäße. Es mußte etwas sein, ohne das mir ein wirkliches Leben nicht möglich und lebenswert erschien. Zwei Voraussetzungen hatten sich für mich als unumgänglich herauskristallisiert: Freiheit und Würde. Freiheit verband ich damals mehr mit äußeren Umständen, weil mir die innere Gebundenheit noch kaum bewußt geworden war. Würde war in meinen Augen erforderlich, um sich nicht selbst zu verleugnen durch die ungeprüfte, aufoktroyierte Annahme von Ideologien gleich welcher Art. Denn der Verlust der Würde hätte auch den Verlust der Achtung vor sich selbst und anderen zur Folge.

Ich schüttelte im Stillen den Kopf wegen meiner Abschweifung; nicht deshalb, weil sich meine Ansichten im Laufe der Jahre geändert hatten, sondern weil meine Gedanken sich immer wieder verselbständigten.

Zurück zu Origenes, befahl ich mir.

Mit dem Bannfluch belegt wurde unter anderem die Auffassung, daß die Seelen der Menschen zu früheren Zeiten reine Engelwesen gewesen seien und nach wiederholten Erdenleben früher oder später alle in die Herrlichkeit Gottes zurückkehren würden.[3] Ein weiterer Glaubenssatz wurde ebenfalls als Irrlehre verdammt, daß nämlich die Bestrafung der Dämonen und

[3] Denzinger-Schönmetzer Nr. 403, die Nummernangabe entspricht dem dort niedergeschriebenen Dogmensatz

der gottlosen Menschen zeitlich sei, und daß sie zu irgendeiner Zeit ein Ende habe, und es eine Wiedereinbringung (sprich: Rückkehr in den Himmel) von Dämonen oder gottlosen Menschen gäbe.

Ich mußte diese Stelle mehrmals lesen, bis ich sie richtig verstanden hatte. Es bedeutet nichts anderes, als daß die Bestrafung der Dämonen und Sünder durch Gott zeitlich unbegrenzt - also *ewig* - ist, und daß keiner von ihnen jemals wieder in seine himmlische Heimat zurück kann, sondern auf immer verloren ist. Jede andere Auffassung ist irrig. Wer dennoch sagt oder meint, die unendliche Liebe Gottes sei höher zu bewerten als jedes Kirchengebot, indem er im Gegensatz zur dogmatischen Lehre an die mögliche Rückkehr aller gefallenen Kinder Gottes glaubt, „ ... der sei verflucht.“[4]

Zehn Jahre später unterzeichnete dann Papst Vigilius auf dem V. Allgemeinen Konzil von Konstantinopel die Konzilsakte und setzte damit gültiges Recht. Auch der darin enthaltene Bannfluch gegen Origenes und andere Kirchenlehrer „ ... samt denen, welche die gleiche Gesinnung hatten und haben ...“, ist bis heute nicht aufgehoben.

Also, dachte ich, dann bin ich verflucht; denn so weit hatte sich das neue Denken schon in mir verfestigt, daß ich begann, mich als Vertreter der Wiedergeburtslehre zu fühlen. Ich mußte nur noch den Sinn dahinter herausbekommen. Nur gut, daß das Licht keinen Unterschied machte zwischen den Verfluchten und den Gerechten. Ich wünschte jedenfalls jedem die gleiche, schöne Erfahrung, wie ich sie in den letzten Tagen gemacht hatte.

„Is bei Ihnen noch frei“, sagte plötzlich eine Stimme. Ich entgegnete ohne aufzublicken „natürlich“, warf aber dann doch einen Blick auf meinen Nachbarn. Das ließ sich schon deshalb nicht vermeiden, weil er einen Rucksack auf den freien Platz zwischen uns stellte und mir dabei mein Arm in meine Seite gedrückt wurde. Ich rückte, soweit es der freie Raum zuließ, nach links und versuchte, mich wieder auf den für meine Begriffe ungemein wichtigen Abschnitt der Kirchengeschichte zu konzentrieren.

Ich las von der durch die Verdammung der Reinkarnationslehre entstandenen Lücke im Glaubensgebäude der Kirche und dem Versuch, dieses Loch durch neue Glaubenssätze, größtenteils dogmatisch-verbindlicher Art, zu schließen. Diese betrafen vor allem die Erbsünde, die Schaffung der Seele im Augenblick der Zeugung, die Todsünde, das Jüngste Gericht, das Fegefeuer und die ewige Verdammnis. Zugleich wurde damit die Heilsnotwendigkeit der priesterlichen Vermittler begründet, denn ohne sie hätte

[4] Denzinger-Schönmetzer Nr. 411

dieses Lehrgebäude nicht funktionieren können. „Und es funktioniert seit rund anderthalb Jahrtausenden“, dachte ich.

Ich spürte einen leichten Griff an meinem rechten Arm. „Woll'n Se auch ‘nen Schluck?“, fragte der Mann neben mir und hielt mir eine Flasche Rotwein entgegen.

„Natürlich nicht“, antwortete ich leicht konsterniert und wandte mich wieder meiner Literatur zu.

„Stört es Sie, Chef, wenn ich was trinke und esse?“ Papier knisterte, während er ein Brot auspackte.

„Natürlich nicht“, entgegnete ich, ohne ihn anzuschauen, wobei mir aber doch auffiel, daß sich mein Wortschatz in den letzten Minuten erheblich reduziert hatte. Das aber war mir egal. Ich brauchte und wollte meine Ruhe; reden stand jetzt nicht auf dem Programm. Schließlich war ich kurz davor, eines der größten Rätsel der Weltgeschichte zu lösen! Was war dagegen die Unterhaltung mit einem - gelinde ausgedrückt - Tippelbruder, der dringend eines Bades bedurfte.

Er ließ sich entweder nicht einschüchtern, oder er hatte kein Gespür für andere Menschen. Nach einer Pause machte er munter weiter.

„Ich heiße Willi, und meine Frau ist tot.“

Ich hatte nicht hingehört. Gerade hatte ich ein Kapitel begonnen, das den Kampf der Kirche gegen Andersdenkende, gegen Abweichler von der offiziellen Lehrmeinung schilderte. Bekannte Namen tauchten da auf. Immer hatte es einzelne Menschen oder Gruppen gegeben, die aus ihrer, der kirchlichen Lehre widersprechenden Auffassung kein Hehl gemacht hatten. Für ihr Verständnis von einem Gott der Barmherzigkeit und Vergebung waren sie nicht selten in den Tod gegangen. Theologische Gelehrsamkeit, die ihre Überlegenheit aus geschliffenem Intellekt und der Macht des Klerus' auf der einen Seite und Angst und Unwissenheit des einfachen Volkes auf der anderen Seite bezog, konnte die Ketzer nicht überzeugen. Der Glaube an die Liebe Gottes siegte, auch über Verfolgung und Tod hinaus.

„So muß es sein“, dachte ich mir. „Das Herz siegt über den Kopf.“

Der Mann neben mir sagte etwas, das ich vielleicht verstanden hätte, wenn ich ihm hätte zuhören wollen. Aber ich wollte nicht; ich hatte Bedeutenderes zu tun. Erneut wurde ich unterbrochen.

„Alma hieß meine Frau, und ich heiß' Willi.“

„Schön, Willi", antwortete ich. Der Gedanke, meinen Nachbarn anzuschauen und mich vorzustellen, kam mir nicht. Ich wollte in Ruhe den Sieg der Liebe über den Intellekt feiern, doch Willi war erbarmungslos.

„32 Jahre waren wir zusammen, 32 Jahre lang! Und dann läßt se mich im Stich - und stirbt." Er setzte die Flasche an. „Und nun isse tot."

Eine längere Pause entstand; ich hoffte auf ein Einsehen seinerseits, mich lesen zu lassen. Ich hatte mich getäuscht.

„Glaubst du ...", er entschuldigte sich gestenreich, „is mir so 'rausgerutscht, weil ich nich mehr oft mit so feinen Menschen zu tun habe. Glauben Sie", begann er erneut und rülpste, „daß sie irgendwo is?"

Ich hatte mich immer für einen relativ geduldigen Menschen gehalten. Jetzt spürte ich, daß meine Geduld arg strapaziert wurde. Einerseits wollte ich nicht unhöflich sein, sondern nur in Ruhe gelassen werden; andererseits konnte ich mir nicht vorstellen, wie das möglich sein sollte, ohne daß ich mich gegen dieses, unter meinem Niveau liegende Gerede entsprechend zur Wehr setzte. Eine andere Bank zu suchen, fiel mir gar nicht ein.

„Einen Versuch noch", sagte ich mir, wobei mir gar nicht bewußt war, daß ich noch gar keinen unternommen hatte. Vielleicht konnte ich ihn mit einem gewissen Grad an Aufmerksamkeit meinerseits und ein bißchen Logik dazu bringen, für wenigstens eine Weile schweigend nachzudenken und nicht so ein unwichtiges Zeug zu schwätzen.

„Wer soll denn wo sein?", fragte ich.

Er schaute mich groß an, so als würde er sich fragen, ob ich ihn und seine Ausführungen überhaupt verstanden hatte.

„Alma natürlich."

„Natürlich", sagte ich zum vierten Mal. „Aber ich denke, sie ist tot. Ist sie nun tot, oder soll sie irgendwo sein?"

Ich bemühte mich nach besten Kräften, ruhig und nachsichtig zu sprechen. Für einige Minuten herrschte Schweigen. Ich hatte erreicht, was ich wollte. Ich konnte in Ruhe weiterlesen. Daß die Flasche verkorkt und der Rucksack zugeschnürt wurde, nahm ich kaum wahr. Erst seine Stimme riß mich in die Realität unserer Gemeinsamkeit zurück, in der ich nichts anderes als eine mich störende, ablenkende Zufälligkeit sehen konnte.

„Ich bin nur ein einfacher Mensch, Chef. Wenn *Sie* mir das nicht sagen können, woher soll ich das dann wissen?"

„Was denn?" Noch einmal nahm ich mich zusammen.

„Wo se is, die Alma."

Jetzt hatte er den Bogen überspannt. Gut, seine Frau war gestorben, so wie ich ihn verstanden hatte. Wer weiß, vor wieviel Jahren. War das ein Grund, öffentlich zu trinken und Unsinn zu reden? Ich wußte, wie einem Witwer zumute sein kann. Ich war ja auch einer. Doch sein Alleinsein gab ihm kein Recht, mich in Beschlag zu nehmen mit Problemen, die er nicht formulieren und die ich nicht erkennen konnte.

Ich packte meine Bücher zusammen und stand auf.

„Herr Willi", sagte ich, „ich weiß nicht, was Sie heute noch vorhaben. Was auch immer es sein mag: Was *ich* vorhabe, ist wahrscheinlich wichtiger. Verstehen Sie?" Ich beugte mich zu ihm herunter, weil er mir auf einmal aus unerfindlichen Gründen leid tat, und versuchte zu erklären: „Ich brauche Ruhe dafür, und die habe ich hier nicht."

Während ich mich abwandte, bemerkte ich einen tieftraurigen, hilflosen Ausdruck in seinem Gesicht. Für einen Moment überlegte ich, ob ich mich noch einmal umdrehen und ihm irgend etwas sagen sollte. Doch dann ging dieser Augenblick ungenutzt vorüber. Leicht irritiert verließ ich den Park, ohne mich noch einmal umzuschauen. So konnte ich nicht sehen, wie er die Hand hob, als wollte er mir noch etwas sagen, sie dann aber mit einer Geste der Resignation wieder fallen ließ.

*

Nachdem ich es mir zu Hause gemütlich gemacht hatte, wollte ich weiterlesen, fand aber nicht mehr den richtigen Zugang zu dem Thema. Ich war nicht bei der Sache, tausend Dinge gingen mir durch den Kopf, und immer wieder mußte ich auch an die Begegnung im Park denken. Mein Unmut hatte sich inzwischen gelegt. Und doch war da etwas, das mich nicht in meine sonstige Gelassenheit finden ließ, das ich aber nicht fassen konnte. Ich schrieb meine Unkonzentriertheit meinem Überkonsum an esoterischer und kirchengeschichtlicher Literatur zu und beschloß, eine Pause zu machen. Ein bißchen Joggen, ein Bier und ein Bad würden mir guttun.

So war es denn auch. Ich lag schließlich in der Badewanne, las die Tageszeitung und war wieder mit Gott und der Welt und mir zufrieden. Den Abend verbrachte ich zwischen verschiedenen Fernsehprogrammen hin- und herschaltend. Schon hatte ich beschlossen, ins Bett zu gehen, als ich auf eine

Fernseh-Diskussionsrunde mit dem Titel *„Ich war schon einmal tot"* aufmerksam wurde, in der es lebhaft zuging. Da stritten sich auf der einen Seite Leute, die ein Leben nach dem Tod ablehnten („mangels Beweisen und weil noch keiner zurückgekommen ist") und auf der anderen Seite solche, die von sich behaupteten, klinisch tot gewesen zu sein. Für wenige Minuten oder auch länger hätten sie ein Leben in einer anderen Form geführt, bevor sie dann wieder in ihren alten, kranken oder verletzten Körper zurückkehrten.

Ich schaute und hörte mir die Runde eine Weile an. Hauptsächlich war ich an Einzelheiten eines Lebens in einer anderen Welt interessiert, an dem „Wo?" und „Wie?", und nicht so sehr an der Grundsatzfrage „Ob überhaupt?". Die hatte ich, wie ich feststellte, für mich schon beantwortet: Ich glaubte daran. Denn da ich mich inzwischen für die Wiedergeburt entschieden hatte, schien mir der Glaube an ein Leben nach dem Tod ein *Muß* zu sein. Wie sollte sonst das Wiedergeborenwerden funktionieren, wenn da nichts mehr war, was wiedergeboren werden konnte?

Manchmal prallten die gegenteiligen Meinungen hart aufeinander; da fehlte dann leider die notwendige Toleranz. Ich maßte mir nicht an, schon eine ausgereifte Meinung dazu zu haben; dafür war meine Exkursion auf diesem Gebiet noch zu jung. Aber ich hätte mir ein wenig mehr Verstand und Herz der Teilnehmer gewünscht. Verstand, um so manchen guten Ansatz zu Ende bringen, und Herz, um auch mal ohne das Pochen auf Beweise schlüssige Folgerungen ziehen zu können.

Ich hatte mir Details über jenseitige Welten erhofft, was zugegebenermaßen meiner Neugier entsprang. Die Einzelheiten dazu waren jedoch sehr spärlich. Ich nahm mir vor, mehr darüber zu lesen. Einiges würde sich vermutlich ohnehin ergeben, wenn ich mich weiter mit der Reinkarnation beschäftigen würde, denn das eine war vom anderen nicht zu trennen.

Was mich überraschte und mein Herz höher schlagen ließ, war die Schilderung einer Frau, die von einem Licht, einem tiefen Verständnis und einer großen Geborgenheit sprach, die sie erlebt hatte. Davon ließ sie sich auch nicht abbringen, als ihr entgegengehalten wurde, sie sei gar nicht richtig tot gewesen, sonst hätte sie ja nicht weiterleben können. Was sie und andere erlebt hatten, mußte sehr beeindruckend gewesen sein, denn es hatte bei drei der vier ins Leben Zurückgeholten zu einer anderen Sinngebung ihres Daseins und damit zu einem Wandel in ihrem Leben geführt.

Diesen Ausführungen konnte ich sofort zustimmen; sie fielen bei mir auf fruchtbaren Boden. Ich hatte ja ebenfalls mein Licht. Die Ansichten eines Arztes und eines Psychiaters waren mir zu wissenschaftlich verkopft, und die beiden ebenfalls eingeladenen Theologen hatten unterschiedliche Ansichten. Vielleicht, weil sie aus verschiedenen Lagern kamen.

Einen Hinweis aus der Diskussionsrunde notierte ich mir. Irgend jemand verwies auf zwei Doktoren namens *Karlis Osis und Erlendur Haraldsson* und deren gemeinsames Buch *Der Tod - ein neuer Anfang*[5]. Zumindest einer von ihnen muß ein „starrköpfiger, illusionsloser Wissenschaftler"[6] gewesen sein, der die ihm unverständlichen Visionen Sterbender und Wiederbelebter als bloße Hirngespinste hinstellte. Beide versuchten alles, um zu beweisen, daß es sich dabei lediglich um Halluzinationen handeln konnte. Es war ihnen gelungen, Sterben und Tod bei über 1000 Patienten zu untersuchen - immer in der Absicht, die Unmöglichkeit eines Überlebens, gleich in welcher Form, zu dokumentieren. Beide wurden von ihrer Ungläubigkeit „geheilt"; sie änderten schließlich ihre Meinung und traten für ein Weiterleben nach dem Tode ein, das ihnen im Laufe ihrer Arbeit zu einer persönlichen Gewißheit geworden war. Ich nahm mir vor, mich nach dem Buch zu erkundigen.

Als ich müde wurde, schaltete ich ab und ging zu Bett. „Irgendwie interessant, wie sich ein Mosaiksteinchen zum anderen findet", dachte ich. „Wievieler Steinchen bedarf es wohl, bis das Bild komplett ist?" Ob man es überhaupt komplett machen konnte? Wahrscheinlich nicht, solange man hier als Mensch lebt. Drüben - ich war verwundert, wie leicht mir inzwischen der Gedanke an „drüben" kam - drüben würde es vermutlich einfacher sein.

„Wie gut, daß ich das Licht habe", war mein letzter Gedanke. Ich würde Weiteres erfahren, wenn es diese Nacht käme.

[5] Hermann Bauer Verlag KG, Freiburg 1978

[6] Currie, Niemand stirbt für alle Zeit, Bertelsmann Verlag, München, Goldmann TB 1982

9. Ein erleuchtender Umkehrschluß

Doch das Licht kam nicht. Es kam auch in der nächsten und übernächsten Nacht nicht. Es erschien erst wieder, als ich nach Grübeln und Enttäuschtsein, nach Hilflosigkeit und Resignation in mir auf eine Spur für meine „Verlassenheit" stieß - wie ich meinen Zustand selbstmitleidsvoll bezeichnete. Das geschah aber erst nach ein paar Tagen. Ich ging auch sehr vorsichtig bei meiner Fährtensuche vor, so als ob ich ahnte, daß ich nicht ganz ohne Blessuren davonkommen würde. Bis es aber soweit war, mußte ich ohne den unmittelbaren Kontakt zu meinem Licht auskommen.

Natürlich fiel mir beim Erwachen am nächsten Morgen als allererstes auf, daß es keine nächtliche Begegnung gegeben hatte. Was war geschehen? War das Licht vielleicht doch dagewesen, und mich ließ nur mein Erinnerungsvermögen im Stich? Ich entschied mich gegen diese Annahme auf Grund meiner intensiv erlebten Eindrücke, die ich jeweils in das Erwachen mit hineingenommen hatte. Also gut - also schlecht, korrigierte ich mich -, in dieser Nacht war nichts geschehen. Das mußte nicht unbedingt ein Grund zur Beunruhigung sein. Ich hatte ja schon selbst erkannt, daß ich einerseits keinen Anspruch auf ein pünktliches und regelmäßiges Erscheinen erheben konnte, und außerdem mochte es andererseits durchaus eine vernünftige und akzeptable Erklärung für sein Fernbleiben geben.

„Schade", dachte ich, „es wäre etwas einfacher gewesen." Nun mußte ich sehen, wie ich das Beste daraus machte und selbst mit meinen Informationen, Eindrücken und Schlußfolgerungen zurechtkam. Für wie lange? „Bestimmt nicht für lange", sagte ich mir. Das Licht wußte ja um meine Liebe.

„Vielleicht soll ich auch nur lernen", kam mir ein weiterer Gedanke, „mehr auf eigenen Füßen zu stehen und nicht wie ein kleines Kind bei jeder Gelegenheit zur Mutter zu laufen. Jawohl, so wird es sein. Also, Ferdinand, keine Trübsal blasen. Tu was, damit du bei unserem nächsten Treffen nicht mit leeren Händen dastehst."

Nach einem ausgiebigen Frühstück, bei dem mir der Gedanke an *Saat und Ernte* immer wieder in den Sinn kam, rief ich Anne an. Mit meinen Überlegungen war ich an einem bestimmten Punkt ins Stocken geraten. Vielleicht konnte sie mir helfen. Es ging um das Bibelwort „Was der Mensch sät, das wird er ernten". Die Aussage war zum einen sehr klar, zum anderen lagen die möglichen Ableitungen daraus für mich im Nebel: Wann wird der

Mensch ernten? Wo wird er ernten? Was wird er ernten? Hat er keine Möglichkeit, seine Saat - falls es eine schlechte war - vor der Ernte noch erfolgreich und dauerhaft zu „korrigieren“? Konnte man erfahren, was man gesät hatte, um daraus schon vor der Ernte das mögliche Ergebnis abzuleiten? Hatten wirklich alle diejenigen, denen augenscheinlich eine gute Ernte beschert war, auch nur gute Saat ausgebracht? Wird jeder ernten - also auch Kinder, geistig Behinderte, völlig Unwissende usw? Erfolgte eine buchhalterische Aufrechnung von Gut gegen Böse? Galt diese Regel auch für Gruppen, ganze Völker, Systeme? Galt sie gleichermaßen für die Oberen wie für die Unteren, für die Belehrenden wie für die Belehrten?

Einige Antworten konnte ich selbst finden: Das Gesetz mußte für *alle* gelten, weil Gott die Liebe ist. Aber gerade diese Feststellung warf neue Fragen auf. Wo war der Knoten, den es zu lösen galt?

Ich fragte also meine Tochter: „Was verstehst du darunter, wenn es heißt: Was du säst, wirst du ernten?“

Sie antwortete prompt: „Was du erntest, hast du gesät ...“

„Nein, du hast mich falsch verstanden. Du hast es ‘rumgedreht. Es heißt: Was du säst im Sinne von ‘säen wirst’, das wirst du später mal ernten!“

„Ja, sag’ ich doch, Papa. Was jemand jetzt erntet, das hat er früher gesät. Das ist das, was ich darunter verstehe.“

Es folgte eine so lange Stille, daß Anne schließlich beinahe besorgt fragte: „Ist was, Papa. Bist du noch dran?“

„Ja, ich bin noch dran. Und wie ich dran bin! Ich glaube, jetzt löst sich ein weiterer Knoten.“

„Ist wirklich alles in Ordnung mit dir?“

„Natürlich, mir geht’s gut. Ich habe nur gerade über etwas nachgedacht.“

„Willst du mir sagen, über was?“

„Wenn du kommst, kann ich dir vieles erzählen.“ Ich freute mich auf ihren Besuch am Wochenende. Ob sie alles glauben und verstehen würde? „Laß es jetzt gut sein. Du hast mir geholfen mit deiner Satzverdreherei.“

„Ich bin gespannt“, sagte sie. „Ich freu’ mich, mach’s gut.“

„Du auch, mein Liebes“, antwortete ich und legte auf.

Ich schüttelte den Kopf: Eine kleine Wortspielerei, die zudem noch gar keine richtige war, sondern nur eine andere Sichtweise ein und derselben Weisheit, stellte sich als der gesuchte Schlüssel heraus. Wenn man nämlich - das war mir bei unserem kurzen Telefonat schlagartig deutlich geworden - das Gesetz von Saat und Ernte nicht ausschließlich *in die Zukunft* projiziert (wie es von den Kirchen getan wird), sondern es auch *auf die Vergangenheit* anwendet, dann finden auf einmal offene Fragen logische Antworten. Irgend etwas in meinem Kopf begann sich, vergleichbar einem Buch voller Lösungen, aufzublättern; zwar waren es erst ein paar Seiten, aber ich hatte das Gefühl, es waren entscheidende.

Man konnte als Beispiel und durchaus richtig annehmen, daß ein zu *diesem Zeitpunkt* verursachtes Unrecht zu einem *späteren Zeitpunkt* eine Folge nach sich ziehen wird. Denn so wird das Gesetz von Ursache und Wirkung interpretiert. Dann mußte man aber ebenso annehmen dürfen - müssen, wie ich mich verbesserte -, daß eine zu *diesem Zeitpunkt* erfolgte Wirkung ihre gesetzte Ursache zu einem *früheren Zeitpunkt* haben mußte.

„Das ist verrückt", dachte ich. „Was ich heute - ohne dieses 'heute' wörtlich zu nehmen - verursache, wirkt sich morgen aus. Und was sich heute auswirkt, habe ich gestern verursacht."

Übertrug ich diese Überlegungen auf die Zukunft, dann führten sie über die noch vor mir liegenden Jahre bis an den Punkt meines Lebensendes und dann darüber hinaus in ein irgendwie geartetes Dasein danach. Nach allgemein vorherrschender Auffassung stellten dann Himmel, Hölle oder Fegefeuer die Ernte meines jetzigen Tuns dar. Glaubte man an die Reinkarnation, so gab es ein neues Leben in einem neuen Körper. Auf jeden Fall mußte es eine Möglichkeit geben, die Ernte einfahren zu dürfen (falls es eine gute war) oder einfahren zu müssen (wenn sie weniger gut war); ansonsten hätte das Gesetz keinen Sinn. Wäre nämlich der Tod das endgültige Ende, das unwiderrufliche Aus für Leib und Seele, dann würde mit dem Tod alles einfach erlöschen. Die Ernte einer lebenslang ausgebrachten Saat könnte gar nicht eingefahren oder (von wem?) nicht eingefordert werden. „Das wäre wie das Fehlen einer Exekutive in einem Staat", dachte ich.

Wendete ich nun die Gesetzmäßigkeit von Ursache und Wirkung auf die Vergangenheit an, indem ich in meinem Leben Schritt für Schritt zurückging, dann mußte ich wie bei meiner vorigen Überlegung ebenfalls an einen bestimmten Punkt und darüber hinaus kommen: diesmal nicht an meinen Tod, sondern an meine Geburt und die Zeit davor.

Ich konnte das weitere „Aufblättern", wie ich es genannt hatte, nicht verhindern. Es ging wie von selbst vor sich.

Gott ist die Gerechtigkeit, ging es mir durch den Kopf. Bisher hatte ich mir über die scheinbaren Widersprüche zwischen göttlicher Gerechtigkeit und dem Zustand der Welt, dem Unglück ganzer Völker, den Einzelschicksalen so vieler Menschen keine großen Gedanken gemacht. Es gab für mich keine Veranlassung für tiefschürfende Gedankenakrobatik. Mit dem Erscheinen des Lichtes war das anders geworden.

Die Gerechtigkeit, so hatte ich erkannt, mußte allen die gleiche Chance geben. Diese Chance war aber offensichtlich nicht vorhanden, denn bei den weltweit unterschiedlichen Startbedingungen, die die Kinder mit ihrem Eintritt in das Leben vorfanden, konnte man nach menschlichem Ermessen nicht von Gleichheit sprechen. Die Lösung lag so offensichtlich da, und die Antwort war so zwingend, daß ich mich im Nachhinein fragte, warum ich sie nicht schon früher gefunden hatte.

Gottes Liebe vorausgesetzt, hatte sich jedes Neugeborene seine Lebensumstände selbst geschaffen oder selbst ausgesucht (Genaueres konnte ich noch nicht überblicken). Es war keine Strafe, keine Unachtsamkeit, kein unerklärbarer Ratschluß Gottes - nein, alles unterlag einem Ablauf, dessen Verständnis sich einem entzog, wenn man das Gesetz von Ursache und Wirkung nicht mit einbezog. Tat man dies jedoch, dann öffneten sich einem „geistig die Augen“. Falls man sie öffnen wollte. Denn es bedeutete, daß es ein Dasein, ein Leben *vor* diesem Leben gegeben haben mußte! Das war die aus dieser Einsicht zu ziehende Konsequenz, es sei denn, man nahm zu theologischen Erklärungen Zuflucht, die den Gott der Liebe achselzuckend und es nicht bessser-wissen-könnend oder -wollend gleichzeitig als Gott der Willkür und Ungerechtigkeit darstellten.

Die Richtigkeit der Reinkarnation ergab sich so wie von selbst, abgeleitet aus dem Gesetz von Ursache und Wirkung. Das, was die Sünden- und Vergebungstheorie unter anderem erst rechtfertigte - nämlich dieses *Was der Mensch sät, das wird er ernten* -, richtete sich so gegen diejenigen, die diese Aussage für ihre Zwecke deuteten und für ihre Machtausübung einsetzten. Jetzt wendete sich das Blatt: *Saat und Ernte* mit der Reinkarnation als Folge wurden so zu einem doppelten Bumerang. Einerseits konnte nun in diesem Licht die Liebe Gottes richtig verstanden werden, und andererseits verlor damit die Erfordernis priesterlicher Vermittlertätigkeit an Bedeutung. So schien es mir. Oder sollte der Priester wirklich in der Lage sein, als Bindeglied zwischen Gott und mir zu fungieren, mir meine schlechte Saat abzunehmen und damit schlechte Ernte abzuwenden? Wenn er das könnte, wäre das natürlich eine einfache und schöne Sache. Konnte er es aber nicht, was ich stark vermutete, dann war er zumindest in dieser Funktion überflüssig.

Wieder einmal bemerkte ich, daß sich meine Gedanken verselbständigt hatten. Das war aber auch kein Wunder; zuviel in mir war es, was von den Erkenntnissen der letzten Minuten berührt wurde. Es würde fast nichts geben, das ahnte ich, das nicht in irgendeiner Form davon betroffen wäre. Es wäre schön, wenn mein Licht jetzt da wäre, dachte ich ein wenig wehmütig. Es gab doch vieles, das mir nicht gleich in den Kopf wollte. Oder ich machte zu viele Umwege gedanklicher Art. Doch ich rief mich zur Ordnung, ich wollte nicht undankbar sein.

Jedes Neugeborene kam nicht unvorbereitet, nicht unschuldsvoll wie eine taufrische Rose in das vor ihm liegende Leben. Zu diesem Schluß war ich gekommen. Wie das praktisch vor sich gehen konnte, war mir noch völlig unklar. Es hatte in seinem „Gepäck" die Ursachen (oder vielleicht einen Teil davon), die in seinem kommenden Leben eine Rolle spielen würden. Es mußte so sein. Es gab keine andere Erklärung dafür, daß schon ein Kind - oftmals von der Geburt an - ein schweres Schicksal zu tragen hatte. Es sei denn, man ließ die Gerechtigkeit Gottes außer Betracht. Dann aber konnte man meines Erachtens Ihn selbst gleich außer Betracht lassen und dafür an den Zufall glauben. Was aber auch keine Lösung war, denn der hatte sich als Illusion erwiesen. Oder man glaubte an göttliche Unordnung und Inkompetenz oder an theologische Erklärungsversuche.[7] „Dann noch eher an den Zufall", sagte ich mir.

Das Problem bestand wohl für die meisten Menschen darin, daß für sie Neugeborene etwas Makellos-Unschuldiges, Kostbares darstellten, etwas, das anscheinend aus dem Nichts in diese Welt gekommen war. Deshalb war es nahezu unmöglich, in diesem zarten und liebebedürftigen Wesen mehr zu sehen als ein kleines, hilfloses Bündel Mensch - das es ja zweifelsfrei bei seinem Erdenantritt auch war. Und trotzdem konnte es nicht anders sein, als daß jeder Neuankömmling dem Äußeren nach zwar „neu", im Inneren aber schon „alt" sein mußte.

[7] Ich erinnerte mich plötzlich, in einem Buch von Max etwas dazu Passendes gelesen zu haben. Ich suchte die entsprechende Stelle, sie lautete: „ ... die Beziehung Gottes zu uns ist die Liebe. Der Herr züchtigt den, den er liebt ... nun ist es allerdings schwer zu fassen, wie Leid aus der Hand Gottes kommen kann, wenn doch Gott die Liebe ist. Wenn wir Menschen einen Menschen lieben, dann wollen wir doch auch das Leid aus seinem Leben fernhalten, und wenn es in sein Leben eingebrochen ist, es daraus wegnehmen. Warum nimmt Gott das Leid nicht von uns weg? Ja, warum schickt er gerade dem Leid, den er liebt? Wir können und dürfen hier nicht mehr weiterfragen." (aus der Schrift „Directorium spirituale", Herausgeber Bischöflicher Stuhl Regensburg)

Er mußte etwas mitgebracht haben, das zwar nicht sichtbar, aber dennoch so schwerwiegend-entscheidend war, daß es sein Leben prägte oder zumindest mitbestimmte. Er mußte etwas mitgebracht haben, das nur ihm allein „gehörte“, das nur ihn allein ausmachte, das nicht zu trennen war von seiner Person. Es mußte die Summe an Wachstum und Entwicklung, an Erkenntnis und Fortschritt aus dem oder den letzten Leben sein, aber auch die Bilanz negativer Entscheidungen und Handlungen. Das Licht, so fiel mir ein, hatte im Zusammenhang mit dem Karmagesetz einmal darüber gesprochen. Als „Karma“ wurden demnach die durch einen Verstoß gegen das Liebegebot entstandenen Ursachen in ihrer Gesamtheit bezeichnet. Ich hatte diesen Begriff auch schon einmal in Verbindung mit östlichen Religionslehren gehört und nahm mir vor, bei nächster Gelegenheit danach zu fragen.

Wenn neben den Stärken (dem Positiven) auch die Schwächen (das Negative) früherer Leben in das neue Erdendasein mit hineingebracht wurden, mußte es einen „Träger“ für das Mitgebrachte geben. Da es der Körper nicht sein konnte - dieser war ja von den Eltern gezeugt worden -, mußte es das sein, was mein Licht die „Seele“ genannt hatte. Auch ich hatte diesen Ausdruck schon oft verwendet, ohne mir über seine Bedeutung im klaren zu sein.

Ich hatte das Gefühl, ein ganzes Stück vorangekommen zu sein. Es zeichnete sich eine Erklärung für das Leid und Unglück in dieser Welt ab. Dabei wurde für mich allerdings die neue Frage aufgeworfen, warum denn Gott in Seiner Barmherzigkeit und mit Seinen Möglichkeiten nicht wenigstens die schwersten Schicksalsschläge milderte („und wenn sie tausendmal selbst verursacht worden sind“, sagte ich mir).

Außerdem gab es mit der Akzeptanz des Lebens nach dem Tod und der Wiedergeburt Fragen nach der genaueren Bestimmung von „woher?“ und „wohin?“. Vor allem aber die alles entscheidende Frage nach dem Sinn des Ganzen, dem Sinn des Leidens, des Rhythmus’ von Tod und Wiedergeburt, des Lernens und Liebens. Ich hatte das unbestimmte Gefühl, daß sich einem die vielen, noch offenen und ungestellten Fragen wie von selbst beantworten würden, könnte man den Sinn hinter all dem erfassen. Eine Lampe nach der anderen könnte in meinem Kopf angehen. Am Ende würde das unendliche Staunen stehen, das auf dem Begreifen und einem daraus resultierenden Leben beruht, und das dann allen Unglauben und auch einen oft genug abstrakten Glauben abgelöst hätte.

Ich war noch lange nicht so weit. Doch ab und zu, ganz leise, ahnte ich schon in der hintersten Kammer meines Herzens, was jeden Menschen einmal an unermeßlichem Verstehen erwartet. Nur schade, daß ich im Moment ohne mein Licht war.

10. Von der Unmöglichkeit, Energie zu vernichten

Bevor ich am nächsten Morgen ins Büro fuhr, nahm ich mir Zeit, bei einer Tasse Kaffee und einem aufgebackenen Brötchen in die Zeitung zu schauen. Ich war relativ früh aufgewacht; der neue Tag kündigte sich gerade durch das erste Dämmerlicht an. Normalerweise hätte ich mich noch einmal auf die Seite gedreht und noch ein wenig geschlafen. Da mir aber beim Aufwachen als allererstes bewußt wurde, daß ich mein Licht nicht erlebt hatte, fiel es mir schwer, wieder in den Schlaf zu finden. Meine Gedanken beschäftigten sich immer wieder damit, so daß ich nach einigem Hin- und Herwälzen beschloß, aufzustehen und in aller Ruhe die Woche zu beginnen.

Bei den Leserbriefen der heutigen Zeitungsausgabe blieb ich regelrecht hängen, weil mein Blick auf das Wort „Reinkarnation“ in den Überschriften fiel. „Die haben aber rasch reagiert“, dachte ich, bis mir einfiel, daß Schnelligkeit im Zeitalter moderner Kommunikationsmöglichkeiten, zu denen auch das Faxen gehört, kein Problem mehr darstellt. Mich wunderte darüber hinaus die Vielzahl der abgedruckten Leserstimmen; immerhin waren es sechs Briefe, einige davon aber offensichtlich gekürzt und damit auf das Wesentliche beschnitten. Das Interesse und Mitteilungsbedürfnis zu diesem Thema waren wohl doch größer, als ich es noch vor ein paar Tagen vermutet hätte.

Es herrschte Ausgeglichenheit: Drei waren dagegen, drei dafür. Die Gegner beriefen sich auf entsprechende Bibelstellen (mit „Wiedergeburt“ sei immer eine solche im Geiste gemeint). Sie bezeichneten den Glauben an die Reinkarnation als Irrglauben und unchristliche Auffassung und schrieben sie fernöstlichen Lehren oder modernem Religionsersatz zu. Auch der „zwar menschlich verständliche“ Wunsch nach einer Art von ewigem Leben wurde als Erklärung angeboten. Ein Schreiber, der sich als Realist bezeichnete („ ... ich glaube nur, was ich sehen, hören und fühlen kann“) konnte das Ganze überhaupt nicht nachvollziehen.

Zwei der von einem „Wiederkommen ins Fleisch“-Überzeugten führten Argumente ins Feld, von denen mir die meisten beim Lesen der Bücher schon begegnet waren. Einer von ihnen hatte jedoch noch einen weiteren Ansatzpunkt. Er warf die Frage nach dem Sinn wiederholter Erdenleben auf und schrieb von dem „Rad der Wiedergeburt“, in dem wir uns nicht freiwillig befänden, sondern mehr oder weniger gezwungenermaßen. Sinn und Zweck wiederkehrender Einkörperungen oder Einverleibungen der Seele in einen materiellen Körper sei daher, vorhandene Seelenbelastungen (damit meinte er Sünden aus diesem und früheren Leben) abzubauen, damit eine schrittweise Rückkehr zu Gott erfolgen konnte.

„Der Schreiber spricht mir aus der Seele“, dachte ich, „schrittweise lernen, wie in einer Schule. Dort schafft man auch nicht in einem Jahr das ganze Pensum. Da geht es nach einer Ferienpause in das nächste Schuljahr.“

Der Gedanke war ausbaufähig; er mußte ein weiterer Schlüssel sein. Wobei die Frage blieb, wer im *Leben* die antreibende Kraft war und die nötige Hilfe geben konnte. In der *Schule* waren es die Lehrer und Eltern - außer einem mehr oder weniger starken Selbstanschub des Schülers. Im Leben war der Mensch weitgehend auf sich selbst angewiesen. Wenn er die nötige Motivation nicht aufbrachte oder vielleicht nicht genug davon: War er dann dazu verdammt, auf ewig im „Rad der Wiedergeburt“ seine Runden zu drehen?

Was mich an dem letzten Brief berührte war eine Logik, die aus einem großen Herzen zu kommen schien. Es hieß da:

„Allein das ‘Vater unser’ müßte allen, die es beten, ein Beweis sein. Ich spreche mit diesem Gebet meinen himmlischen Vater an, der - im Gegensatz zu meinem irdischen Vater - der Schöpfer des nicht-materiellen Teils meiner Person, meiner Seele, ist. Damit bete ich zu einer Macht, von der ich annehme, daß sie das Universum erschaffen hat und erhält. Dieser Macht kann und darf ich doch zutrauen, daß sie das von ihr Geschaffene unter Kontrolle hat. Wenn dieser große Geist alle Seine Kinder liebt, wird Er sie auch nicht verlorengehen lassen; denn Er hat die Macht dazu, dies zu verhindern. Das würde ich als weltlicher Vater oder Mutter nicht anders machen. Und ich bin nur ein Mensch.

Außerdem traue ich Gott, der für mich die Liebe ist, im Gegensatz zu mir nicht zu, daß Er verärgert oder frustriert ist. Und daß Er aus diesem Frust oder auch nur aus falsch verstandener Konsequenz heraus Seine Kinder zur Strafe verlorengehen läßt, weil diese Seine Gebote nicht eingehalten haben. Läßt Er sie aber nicht verlorengehen, dann erhält Er sie und holt sie zu sich zurück.

Das bedeutet für mich, daß es keinen Tod gibt und ich, falls ich nach einem Erdenleben noch nicht wieder reif für den Himmel bin, eine neue Chance bekomme. Ich darf versuchen, es diesmal besser zu machen - bis Er mich schließlich heimholen kann.“

Vor diesem Vertrauen verblaßten für mich alle Argumentationen, alle Konzile, geschichtlichen Ereignisse, Verdammungen, Hypnose-Rückführungen und alles andere an Für und Wider. Ich freute mich, einen ähnlich denkenden Menschen gefunden zu haben. Vielleicht würde ich ihm einmal schreiben.

Ein Blick auf die Uhr erinnerte mich daran, daß es Zeit war, ins Büro zu fahren. Ich wollte gerade aufstehen, als mir ein Gedanke wie ein Blitz durch den Kopf schoß, und ich mich wieder hinsetzte. Mein Licht hatte mich gefragt: *Wenn du aus Gott bist, dann bist du Sein Kind. Was ist Er dann für dich?*

Ich hatte zwar darüber nachgedacht, hatte auch mit meinem Licht über meinen *Vater* gesprochen, aber ich war nicht so weit gekommen, und es war nicht so tief gegangen wie das, was ich da gerade gelesen hatte. Jetzt lag die Antwort vor mir. Ich schüttelte wie ungläubig den Kopf. Und sie war so einfach formuliert und kam aus einem kindlich-vertrauensvollen Herzen. Eigentlich falsch, dachte ich mir, es müßte „erwachsen-vertrauensvollen" Herzen heißen. Denn wenn wir Erwachsenen unsere Aufgabe erfüllt hätten, dann könnten die Kinder von uns Vertrauen erlernen und nicht umgekehrt. Dann müßten sie nicht *uns* als Vorbild dienen, sondern wir *ihnen*.

Ich riß mich los; die Tagesarbeit rief. Die kommende Zeit würde mir Gelegenheit geben, mich an dieser Aufgabe zu üben. Da war ich ganz sicher. Ich hatte auch nichts dagegen, denn wenn ich dorthin zurück wollte, wo ich hergekommen war, dann mußte ich üben und üben und üben ... Das war mir klar. Nur, so allein war's halt nicht ganz das Wahre.

Du bist nicht allein.

Was war das? Ich schaute mich vorsichtig um, als wollte ich mir selbst nicht trauen. Natürlich war da nichts. Es wurde Zeit, daß ich mich mit handfesten Dingen beschäftigte. Zuviel nachzudenken über Gott und die Welt war am frühen Morgen wohl doch nicht angebracht.

*

Kaum war ich an meinem Arbeitsplatz, ging's los, so als hätte die halbe Firma nur auf mich gewartet. Der Versand kam mit einer Kundenrücksendung, mit der er nichts anzufangen wußte; durch zwei eilige Aufträge, deren Waren heute noch bei den Kunden sein mußten, änderte ich meine Tagestour; unser Lehrling fand sein Ausbildungsheft nicht und stellte jeden unserer

Schreibtische auf den Kopf; aus Versehen übernahm ich den Anruf eines verärgerten Kunden, der eigentlich die Buchhaltung betraf - bis Eva ein Einsehen hatte und mir wenigstens die Anrufe vom Leib hielt, die an diesem Morgen nicht unbedingt sein mußten. Es wurde kurz nach zehn Uhr, bis ich mit meinen Vorbereitungen soweit war, daß ich für einen Moment verschnaufen konnte.

Peter war schon unterwegs. Er hatte eine Zeit lang an dem Schreibtisch mir gegenüber gesessen und seine Anrufe getätigt. Weil so viel zu tun war, kamen wir nicht dazu, mehr als ein paar private, belanglose Worte zu wechseln. Als wir einmal für einen Augenblick alleine waren und Peter bereits in der Türe stand, fragte er mich, ob es was Neues gäbe. Ich wußte natürlich, was er meinte, auch wenn er nicht mehr dazu sagte. Aus „Sicherheitsgründen" waren wir stillschweigend übereingekommen, das Licht-Thema mit keiner auch noch so kleinen Andeutung zu erwähnen.

Vielleicht spürte er, daß irgend etwas nicht so ganz im Lot war?

„Nein, nichts Wichtiges", sagte ich, teils deshalb, weil mehr dazu zu sagen im Büro nicht angebracht war, und teils wegen meiner Hoffnung auf baldige „Normalisierung" meiner Nächte. Peter erwartete auch nicht mehr, aber sein einfühlsames Interesse war angekommen.

„Gelegentlich mehr." Peter war bereits auf dem Sprung. „Ich ruf' dich an", sagte ich noch.

Ich hatte inzwischen mein Auto auch gepackt. Nochmals ging ich ins Büro zurück, um eine kleine Terminverschiebung für den Nachmittag zu bestätigen. Bevor ich endgültig aus dem Haus ging, fiel mir ein, daß Eva ihren Pfarrer nach den Möglichkeiten oder Unmöglichkeiten der Reinkarnation hatte fragen wollen. Meine Meinung dazu hatte sich inzwischen so verfestigt, daß ich sie mir nicht mehr nehmen lassen würde. Insofern war die Ansicht ihres Pfarrers für mich auch nicht mehr maßgebend. „Wenn ich ehrlich sein soll", dachte ich, „wäre sie es sowieso nicht gewesen."

Aber Eva hatte sich die Mühe gemacht, danach zu fragen. Jetzt sollte sie auch sagen dürfen, was sie erfahren hatte. In dem Trubel des Morgens hatte sie die Sache völlig vergessen. Als ich sie daran erinnerte, antwortete sie:

„Also, unser Pfarrer ist wirklich ein netter Mensch. Mit dem kann man richtig normal reden. Der hat so gar nichts Studiertes an sich, er wirkt eher wie ...", sie suchte nach den richtigen Worten, „ ... wie ein großer Bruder."

„Und was hat er gemeint, dein großer Bruder?"

„Ferdinand.“ Sie hatte ihre Stimme leicht angehoben und die letzte Silbe meines Namens gedehnt.

„Ist ja schon gut“, entschuldigte ich mich, „war nicht so gemeint. Ich weiß, daß es ganz patente Pfarrer gibt.“ Das wußte ich wirklich. Ein Cousin von mir hatte Theologie studiert und war Geistlicher geworden. In der Jugend waren wir dicke Freunde gewesen, jetzt hatten wir nur noch selten Kontakt miteinander. Es wäre ungerecht von mir gewesen, über einen Menschen zu urteilen, nur weil er einer Institution angehörte, deren Vorgehensweise und Zielsetzung ich nicht teilte.

Sie mußte gespürt haben, daß es mir ernst war mit meiner Entschuldigung.

„Unser Pfarrer hat auf jeden Fall gemeint, daß der Glaube an die Wiedergeburt nicht aus der Bibel abgeleitet werden kann. Er hat aber auch zugegeben, daß es ernstzunehmende Autoren gibt, die sehr wohl die Wiedergeburt in der Bibel begründet sehen. Anscheinend hat er sich früher einmal damit beschäftigt.“

Sie wirkte im Nachhinein noch ein bißchen erstaunt, als sie nach einer kleiner Pause fortfuhr:

„Mich hat überrascht, daß er überhaupt etwas darüber wußte. Ziemlich viel sogar, wie es für mich den Anschein hatte, viel mehr vielleicht, als er zugeben wollte. Zusammengefaßt lautete seine Aussage: ‘Wir leben nur einmal.’ Das wäre die Lehre seiner Kirche.“

Ich wollte gerade sagen, daß ich das erwartet hatte, als Eva weitermachte.

„Ich frage mich jetzt, warum er so betonte, daß das die Lehre der Kirche sei. Vielleicht hätte ich ihn nach seiner persönlichen Meinung fragen sollen. Ob er sie mir gesagt hätte?“

„Meinst du, sie wäre anders als die offizielle Lehrmeinung gewesen?“

„Möglicherweise ja. Dem würde ich's zutrauen.“ Sie dachte einen Moment nach. „Er machte nämlich eine eigenartige Bemerkung zum Schluß. Er sagte: ‘Wenn ich allerdings bedenke, wie chancenlos und daneben so manch ein Leben verläuft, würde ich mir schon wünschen, daß man es nochmals versuchen dürfte. Es wäre irgendwie fairer.’“

„Na bitte“, hatte ich auf der Zunge, als mir die Ernsthaftigkeit bewußt wurde, mit der Eva sprach. Es mußte sie mehr berührt haben, als sie selbst wahrgenommen hatte.

„Eigentlich weiß ich jetzt auch nicht mehr als vorher“, sagte sie dann, „viel linientreue Ablehnung und ein bißchen versteckte Zustimmung.“ Sie verzog den Mund, fast wie um zu schmollen. „Jetzt, wo es gerade anfing, mich zu interessieren.“

„Vielleicht kann dir etwas weiterhelfen“, sagte ich schon unter der Tür stehend. „Schau mal in die Zeitung; da sind ein paar schöne Leserbriefe drin.“

Ich war bereits draußen, als sie mir nachrief: „Du tust ja gerade so, als wüßtest du schon mehr.“

Ich winkte ihr kurz zu, dann fuhr ich los. Für diesen Tag waren die Termine ziemlich dicht gedrängt, nicht zuletzt wegen der zwei zusätzlichen Besuche und der damit verbundenen Umstellung meiner Route.

*

Es gelang mir trotzdem, eine leicht verspätete Mittagspause einzuhalten. Ich suchte mir einen ruhigen Waldparkplatz, was ich bei schönem Wetter oft tat. Auf Essen und Trinken verzichtete ich heute, auch auf einen kleinen Spaziergang. Die Ruhe des Waldes und die frische Luft, die durch die geöffnete Türe kam, taten mir gut. Ich hatte mir die Bücher von Max mitgenommen, in denen ich noch nicht gelesen hatte. Eines war dabei, das mich besonders interessierte: Es war ein Buch mit Abhandlungen zu dem Vakuum im theologischen Glaubensgefüge, das mit der Abschaffung der Wiedergeburt entstanden war. Darin wollte ich noch ein bißchen lesen, dann aber mit diesem Teil der Thematik Schluß machen.

Ich spürte, daß es Wichtigeres auf meinem gerade erst begonnenen Weg in die Heimat gab, als sich auf Dauer mit der Entstehung von Ersatz-“Wahrheiten“ zu befassen. Zum Erkennen der Knebelung des freien Geistes und zum Aufspüren dogmatischer Fallstricke *ja*, als Argumentations-Schwert zum Zuschlagen und zu scharfsinnigen oder -züngigen Angriffen, die lediglich nur den Intellekt kurzfristig befriedigten, *nein*.

Soviel hatte ich von meinem Licht schon gelernt, daß es auf das *Tun* ankam; ob mit oder ohne Wissen um Verdrehungen, Manipulationen und Machtgelüste spielte schlußendlich keine Rolle. Daran wollte ich mich halten.

Ich entdeckte einiges, von dem ich nicht verstehen konnte, wieso ich so etwas einmal geglaubt hatte. Ich korrigierte mich selbst: Ich hatte es ja gar nicht geglaubt, ich hatte es ja nicht einmal gekannt. Für mich beschränkten sich damals Inhalt und Umfang des Glaubens auf das im Religionsunterricht Gelernte und bei gelegentlichen Kirchenbesuchen Gehörte. So ging es wahrscheinlich den meisten. Mehr erfuhren sie nicht, nach mehr fragten sie nicht. Damit waren sie (ich selbst vor Jahren mit eingeschlossen) wie die Mitglieder eines Vereins, die gutgläubig den Worten des Vorstands lauschten und vertrauten, ohne sich jemals um die Satzungen und Statuten des Vereins zu kümmern - um die hochbrisanten und zum Teil nicht offen zugänglichen Paragraphen. Gerade diese aber entschieden letztlich über Wohl oder Wehe der Mitglieder.

Als ich so in meinem Auto saß und las, fiel mir eine kleine Begebenheit ein, die sich vor Jahren zugetragen hatte. In einem Gespräch mit einem Bekannten hatte ich über die Schritte in meinem Leben gesprochen, die für mich wichtig gewesen waren. Schließlich hatte er zu mir gesagt: „Du denkst zuviel, du hast zu viele Informationen."

„Willst du die gleichen haben?", hatte ich ihn gefragt. Er hatte abwehrend die Hände gehoben und gesagt: „Nein, nein, dann muß ich ja möglicherweise die gleichen Konsequenzen ziehen."

Keiner wird müssen, dachte ich im Rückblick auf die damalige Begegnung. Jeder hat den freien Willen bekommen. Wie Gott aber Seine Kinder jemals wieder zurückbekommen würde bei gleichzeitiger Respektierung ihres freien Willens, das war eines der Rätsel, deren Lösung für mich noch im tiefsten Dunkeln lag. Doch dann besann ich mich, daß ich dieses Problem gut Ihm überlassen konnte. Ich hatte meine eigenen.

Was mir bei der Beschäftigung mit den vielen Dogmen zum Sündenfall, zur Zeugung der Seelen und zur Erbsündenlehre, zu Himmel, Hölle und Jüngstem Gericht, zur ewigen Verdammnis und zur Auferstehung des Fleisches und anderem mehr besonders aufgefallen war, betraf die Tatsache, daß ein großer Teil der verbindlichen Glaubenssätze nur in lateinisch-griechischem Originaltext vorliegt. Das macht das Lesen und Verstehen der Regeln und Normen für den Durchschnittsbürger nahezu unmöglich; er weiß nicht einmal um diese Glaubensvorschriften.

Der kleinere, wohl nicht für so explosiv gehaltene Teil war in deutscher Sprache nachzulesen - falls man sich um die entsprechenden Bücher bemühte. Aber selbst dieser Teil kirchlicher Glaubenslehre brachte mich abwechselnd zum Kopfschütteln, Erstaunen und Erschrecken. Ich vergaß völlig die Warnung des Lichtes vor den Fallen des Hochmuts. Ich las, daß kein Dogma von einem Getauften beharrlich geleugnet oder bezweifelt werden darf, erfuhr von Zweiflern und Leugnern, die sich der Sünde der Häresie (= von der Kirche abweichende Lehre) schuldig machen und von der durch die Tat von selbst eintretenden Exkommunikation.

Als es mir schließlich zuviel wurde, legte ich die Bücher an die Seite. Ich war um einiges an Wissen reicher geworden, doch war ich nun zufriedengestellt? Ohne die Hinweise des Lichtes wäre ich in Gedanken schon längst daran gegangen, zu be- und verurteilen, zu verteufeln, herabzusetzen. Doch selbst mit den mir erteilten Ratschlägen war es mir nicht möglich, den notwendigen inneren Abstand zu wahren, gewissermaßen eine neutrale Haltung einzunehmen.

Vielleicht hatte das, kam es mir in den Sinn, etwas mit fehlender Kraft zu tun. Die vermeintliche Stärke des anderen, war ich belehrt worden, konnte ebensogut durch eine noch nicht bearbeitete Schwäche in mir bedingt sein. Wo aber konnte diese Schwäche liegen?

War es Schwäche, gegen etwas anzugehen, das man als falsch erkannt hatte? Was war mit den Menschen, die auf Grund unzureichender Bildungsmöglichkeiten, fehlender Aufklärung und mangelnder Vorbilder keine Chance hatten, freie Gedanken zu denken und sich entsprechend zu entwickeln? „Gut", sagte ich mir, „du magst vielleicht, aber wirklich nur *vielleicht*, die Lehre anprangern (vor wem eigentlich?), was aber ist mit den Menschen? Was ist mit denen, die guten Gewissens mit ihrem Glauben leben, die ihn lehren? Kannst du schon den Menschen von der Sache trennen? Bekommt der Mensch, dein Nächster, nicht automatisch einen Teil deiner Mißbilligung ab?"

Nein, mußte ich zugeben, trennen konnte ich das noch nicht. Doch ich konnte auch nicht einsehen, alles so zu belassen. Wo war die Lösung? Warum war ich überhaupt so an einer Lösung interessiert? Waren es Überreste eines ehemaligen Fanatismus', beginnende Überheblichkeit des Besserwissens oder erste Ansätze von Selbstlosigkeit? Letzteres bezweifelte ich.

Ich schloß für einen Moment die Augen. Von all den Bindungen und Zwängen, den Verboten und Abhängigkeiten wollte ich nichts mehr wissen. Ich sehnte mich nach dem Weg, der mir gezeigt worden war, und wollte und würde auf dem Weg vorangehen, der für mich die Wahrheit war. Ich sehnte mich nach meinem Licht.

Die Stunde, die ich mir selbst als Pause gegeben hatte, war fast um. Ich packte die Bücher wieder ein und machte mich auf den Weg zu meinem nächsten Kunden. Einerseits war ich froh, der Gegenseite ein wenig in die Karten geschaut zu haben, denn - so sagte ich mir - „wer frei werden will, muß erkennen, was ihn fesselt." Andererseits war ich traurig, weil ich ahnte, daß viele Menschen noch auf die Frühlingsboten der Wahrheit warteten und auf einen Gott der unendlichen und bedingungslosen Liebe.

*

Meine weiteren Besuche zogen sich bis in den Abend hinein. Die Gespräche waren fast alle erfolgreich gewesen; und das nicht nur im Hinblick auf Umsatz, Gewinn und Provision. Das war für mich nie das einzig Entscheidende gewesen. Das Vertiefen von Freundschaften, eine beiderseitige Zufriedenheit, das Lösen von Problemen und das Sammeln von Erfahrungen waren für mich ebenso wichtig. Ich hatte an diesem Nachmittag auf meiner Tour größere Strecken als sonst zurückgelegt. Das hatten die eingeschobenen Termine und die sich daraus ergebenden weiteren Entfernungen zwischen den einzelnen Kunden verursacht.

Es würde später werden, bis ich heute nach Hause käme, dachte ich. Da ich nichts vorhatte an diesem Abend, spielte das keine Rolle. Im Gegenteil: Es gab mir Gelegenheit, während der längeren Fahrtstrecken ein wenig nachzudenken. Das schöne Wetter und die waldreiche Landschaft trugen ihren Teil zu einer inneren und äußeren Entspannung bei.

Alle möglichen und unmöglichen Gedanken gingen mir durch den Kopf. Mal war es eine Gedankenkette, aufeinander aufbauend und sinnvoll, mal waren es einfach Gedankenfetzen, oftmals ausgelöst durch die Landschaft mit ihren Dörfern, durch die ich fuhr. Mein geplanter Urlaub kam mir in den Sinn, das Wochenende mit Anne, die vermutlich notwendig werdende Operation meines linken Hüftgelenkes, die Manipulation der Nachrichten und, und, und ... Ich hatte das Radio eingeschaltet, hörte aber nur mit halbem Ohr hin. Plötzlich drang ein Liedtext in mein Bewußtsein: *„Es war einmal eine Liebe, die war ...* ", dann wurde das Lied ausgeblendet, weil es nur als Übergang zu einem Wortbeitrag diente.

Ich schaltete ganz spontan das Radio aus, weil ich spürte, daß es nützlich sein könnte, ein paar Gedanken darauf zu verwenden. Nicht so viel, daß es die Aufmerksamkeit für den Straßenverkehr beeinträchtigen würde, sondern einfach ein bißchen „laß' es mal kommen, schau'n wir mal, was draus wird." Soviel war mir im selben Augenblick klar geworden, daß es schon eigenartig sein müßte, wenn mir dieser „Zufall" nicht irgend etwas sagen könnte oder wollte, und sei es nur eine Kleinigkeit. Wenn man Zufall im Sinne von „das fällt einem zu" verwenden würde, sagte ich mir, könnte sicher so manch einer eher einen Zugang zu den Zufälligkeiten seines Lebens finden.

Was mich natürlich beschäftigte (vermutlich sehr viel mehr unbewußt als bewußt) war die Frage, ob und wann mein Licht wiederkommen würde. Nicht nur, daß ich mich in den paar Nächten unseres Beisammenseins schon an sein strahlendes Auftreten und seine Nähe gewöhnt hatte, und ich es deshalb vermißte - es war mehr. Das Licht hatte eine Seite meines Wesens, meiner Seele berührt und ein bißchen von dem freigelegt, das darin bisher verschüttet gewesen war. Da wollte etwas hervorkommen, das spürte ich genau. Was mochte es sein? Das beginnende Erkennen der Wahrheit war sicher ein Teil davon. War das aber alles? Formte sich nicht dahinter schon mehr? Vielleicht der Wunsch nach tiefgreifender Veränderung?

Ich war belehrt worden, daß das Herz über dem Verstand steht, die Liebe über dem Wissen. Dafür gab es einen einfachen Beweis: Wissen ergab sich wie von allein *immer* aus der Liebe[8], Liebe dagegen *niemals* von selbst aus dem Wissen.

In den vergangenen Nächten hatte ich diese Liebe verspüren dürfen. („In Mini-Portionen", dachte ich.) Sie fehlte mir. Ich wollte sie wieder erleben, sie wiederhaben, nie mehr davon lassen müssen. Ich wollte und würde mich nicht mit *„Es war einmal eine Liebe ..."* abfinden. *Ich ... ich ... ich ...* und ... *wollte ... wollte ... wollte.*

Wenn das Erscheinen des Lichtes keine Selbstverständlichkeit war, sagte ich mir, dann mußte ihm eine Regel zugrunde liegen. Ich erinnerte mich plötzlich an das erste Gespräch zwischen Peter und mir. Wenn das Licht nicht

[8] Ich mußte an den Mystiker Jacob Böhme denken, der einmal gesagt hat: „Meine Erkenntnisse habe ich nicht aus Büchern geschöpft, sondern aus meinem eigenen Innern. Denn Himmel und Erde und alles, was darinnen und darüber ist, auch Gott selbst, wohnen im Menschen ... Das Tor ins Freie ward mir geöffnet, und in einer Viertelstunde schaute und erkannte ich mehr, als ich auf allen Hochschulen der Welt hätte lernen können" (zit. nach K.O. Schmidt, Engelberg u. München 1976)

wiederkäme, hatten wir herausgearbeitet, dann deshalb nicht, weil es meinen freien Willen akzeptieren würde. Aber ich hatte doch niemals etwas Entsprechendes gesagt! Doch auch ohne Worte kann man etwas zum Ausdruck bringen, fiel mir ein. Zum Beispiel durch die ausgeführte Tat, durch eine Handlung. Und wo, bitte, sollte ich so etwas getan haben?

Den Einschub „bitte“ in meinem letzten Gedanken konnte ich nicht mehr verhindern. Es war zu spät für eine gedankliche Korrektur; vielleicht war es sogar gut so. Denn sofort erkannte ich, daß keineswegs Höflichkeit diesem Wort „bitte“ zugrundelag, sondern ein trotziges Aufbegehren. Es tat mir in der gleichen Sekunde leid, es tat mir weh. Doch es war passiert („Gott sei Dank dafür“ zu sagen, gelang mir allerdings noch nicht).

Ich war ein bißchen aus der Fassung geraten, gestolpert sozusagen über mich selbst, und hatte den Faden verloren. Ich spürte, daß ich einer möglichen Lösung näher gekommen war. Mehr aber war wohl im Moment nicht drin. Ich schaltete das Radio wieder ein. *„ ... bitte sag' mir, warum?“*, tönte es mir entgegen. „Das darf doch nicht wahr sein“, dachte ich und schaltete wieder ab.

*

Den letzten Besuch machte ich um kurz nach sechs Uhr, kurz vor sieben Uhr verabschiedete ich mich. Vor mir lag eine knappe Stunde Fahrt. Ich war mit mir wieder im reinen und sah mich schon in meinem Schaukelstuhl sitzen. Vielleicht würde ich noch etwas essen gehen, überlegte ich, dann eine Dusche, dann die Füße hochlegen und ausspannen. An einer Tankstelle sprach mich ein junger Mann an und bat mich, ihn mitzunehmen. Er wollte zu seiner Mutter, die nur einen Häuserblock von mir entfernt wohnte, wie sich herausstellte. Ich nahm ihn selbstverständlich mit; gegen ein wenig Gesellschaft hatte ich nichts einzuwenden.

Beide hatten wir keine Kontaktschwierigkeiten und kamen deshalb schon bald in ein Gespräch. Wir hatten uns vorgestellt. Er hieß Martin und studierte Physik. Damit hatte ich mich zwar nie befaßt, aber mich hatten immer schon unerklärliche Phänomene fasziniert, UFOs, Naturerscheinungen, übersinnliche Wahrnehmungen und so weiter. Wie sich herausstellte, hatten wir da ein gemeinsames Interessensgebiet. Nur war er viel belesener als ich. Außerdem verhalf ihm sein Studium dazu, vieles besser verstehen und erklären zu können.

In bezug auf UFOs hatten wir die gleichen Ansichten. Er glaubte wie ich daran. Beide konnten wir natürlich nicht erklären, wie es möglich sein sollte oder könnte, Raum und Zeit zu überbrücken. Die bisher bekannten physikalischen Gesetze ließen eine realistische Annahme dieser Möglichkeit nicht zu. Schneller als mit Lichtgeschwindigkeit, soviel glaubte ich von der Relativitätstheorie verstanden zu haben, konnte man nicht fliegen - ganz abgesehen von den dann auftretenden Verschiebungen im Zeitgefüge. Wollte bzw. konnte man also tatsächlich kosmische Entfernungen überwinden, mußte man zwangsläufig andere Fähigkeiten entwickelt haben.

Unvermittelt fragte mein Beifahrer: „Kennen Sie die Geschichte aus der Bibel, in der Jesus Wasser in Wein umgewandelt hat?“

Ich stutzte, weil ich keinen direkten Zusammenhang sah. Martin hatte damit anscheinend keine Schwierigkeiten.

„Es muß da einen Zusammenhang geben“, fuhr er fort. „Dieser Jesus war offensichtlich in der Lage, Wunder zu vollbringen. Nur glaube ich nicht, daß es Wunder waren, weil es in meinen Augen keine gibt. Ich glaube vielmehr, daß Wunder Abläufe sind, die auf Gesetzmäßigkeiten beruhen, die der Normalsterbliche nicht kennt.“

Ich schwieg, es wurde interessant. Seinen Gedankengang wollte ich nicht unterbrechen.

„Wenn wir diese uns jetzt noch unbekannten Gesetze einmal entdeckt haben und damit umgehen können, werden die Wunder Wirklichkeit, alltägliches und immer wieder nachvollziehbares Geschehen.“

„Aber dann werden neue ‘Wunder’ auftauchen, weil für uns nach wie vor viele - vermutlich die meisten - Wirkungsmechanismen und Zusammenhänge noch im Dunkeln liegen.“

„Richtig.“ Er nickte. „Doch je weiter wir uns entwickeln, um so mehr werden wir verstehen und auch umsetzen können. Geistig entwickeln, meine ich, nicht nur technisch.“

Ich registrierte überrascht den für mich erstaunlichen Tiefgang, den ich bei einem so jungen Menschen nicht erwartet hatte.

„Was hat jetzt das Wasser-und-Wein-Wunder deines Erachtens damit zu tun?“ wollte ich wissen.

„Dieser Jesus war weiter entwickelt als die anderen Menschen. Ich weiß nicht, wie er das gemacht hat, ist auch egal. Ich denke mir“, er zuckte mit den

Schultern, „vielleicht habe ich auch unrecht, daß bei diesem sogenannten Wunder eine Energieumwandlung erfolgt ist. In jedem Fall muß meiner Meinung nach eine Art geistiger Eingriff in die Materie vorgenommen worden sein. Oder so etwas ähnliches."

Ich spürte deutlich, daß er von der Richtigkeit seiner Annahme überzeugt war, auch wenn er Schwierigkeiten hatte, sie zu begründen.

„Ist das möglich, ich meine, daß der Geist die Materie beherrscht?"

Er grinste. „Zu einem angehenden Wissenschaftler paßt das eigentlich nicht, doch ich glaube daran. Denn schließlich ist Materie nichts anderes als Energie. Und geistige Energie müßte in der Lage sein, materielle Energie zu beherrschen."

Langsam wurde es mir zu kompliziert. Auf was hatte ich mich da eingelassen?

„Um auf die UFOs zurückzukommen ...", sagte ich.

„Ja, richtig, genau das meine ich. Auch hier muß ein anderes Prinzip wirken als die bisher bekannten. Vielleicht sind andere Wesen, die weiter entwickelt sind als wir, in der Lage, ebenfalls die Materie zu beherrschen. Und zwar so zu beherrschen, daß sie sie nicht zerstören müssen, um etwas Neues daraus zu bauen oder zu schaffen, sondern daß sie sie ...", er suchte nach Worten, „ ... auflösen und anders wieder zusammensetzen. Dann würden Raum und Zeit ihre Dominanz verlieren."

Er war in seinem Element und erzählte mir von Versuchen, bei denen durch Beschleunigung kleinster Materieteilchen ein Punkt erreicht wurde, bei dem sich Materie - wenn auch nur für Bruchteile von Sekunden - in reine Energie umwandeln ließ und dann wieder zurück in Materie. So verstand ich ihn wenigstens. Dem Augenschein nach verschwand die Materie in einem Moment spurlos, um im nächsten in ihrer neuen Gestalt als Energie aufzutauchen. Und umgekehrt.

Martin erzählte mir weiter, daß sich seiner Ansicht nach die Wissenschaft in einer ganz ähnlichen Situation befände wie die des Mittelalters, „ ... noch genauso in den Kinderschuhen wie damals, gemessen an dem, was wir noch nicht wissen."

„Und das willst du ändern?", fragte ich neckend und doch gleichzeitig ernstgemeint, weil ich das jugendliche Engagement hinter seinen Worten verspürte.

„Wenn ich kann", grinste er. „Was ich jetzt schon kann, ist meinen Kopf zu gebrauchen."

„Und das bedeutet für dich ...?“ Jetzt war ich neugierig geworden. Er machte eine kleine Pause.

„Ich denke immer, man müßte den Dingen auch anders auf den Grund gehen können, als durch Studieren und Experimentieren. Manchmal helfen ein paar Schlußfolgerungen mehr als monate- oder jahrelange Versuche.“ Er schaute mich an. „Das habe ich gemeint.“

Mir war, als hätte ich einen Gleichgesinnten, einen Verbündeten gefunden. „Jetzt sind wir schon zu zweit“, dachte ich.

„Etwas geht mir seit langem nicht aus dem Kopf“, begann mein Beifahrer nach einer Weile von neuem. Er sprach zögernd, als würde er überlegen, ob er mir seine Gedanken anvertrauen könnte. Schließlich war ich ein Fremder; vielleicht glaubte er auch, sich lächerlich zu machen.

„Nur Mut“, sagte ich.

Wieder eine Pause. Dann rückte er damit heraus: „Ich glaube, ich habe den Beweis für ein Leben nach dem Tod gefunden.“

*

Für eine Weile schwiegen wir. Er, weil ihn seine Aussage gegenüber einem Fremden vielleicht selbst erschreckt hatte; ich, weil ich innerlich zusammengezuckt war und im Moment auch nicht wußte, was ich sagen sollte. Denn alles hätte ich an diesem Abend erwartet, nur nicht einen solchen Satz von einem Anhalter in meinem Auto.

Wir näherten uns langsam der Stadtgrenze. Das war kein Grund, unser Gespräch jetzt schon zu beenden. Noch hatten wir ein paar Minuten, „wenn's sein muß, auch noch mehr“, dachte ich.

Damit er nicht auf den Gedanken käme, er hätte mich damit schockiert (was ja auch nicht der Fall war, höchstens überrascht), und weil ich es wirklich wissen wollte, fragte ich ihn: „Wie bist du zu dieser Überzeugung gekommen?“

Er war inzwischen wieder in seiner Mitte eingekehrt. „Ich meine natürlich, daß ich ihn nur für *mich* gefunden habe. Kein anderer würde das als Beweis anerkennen. Eigentlich geht es auch keinen etwas an; man kann ja auch mit keinem Menschen darüber reden. Aber weil wir hier so miteinander gesprochen haben, dachte ich ...“

Ich ließ ihn in Ruhe. Er sprach weiter.

„Vor Monaten ist mein Vater gestorben. Ich habe ihn sehr gemocht, Mutter natürlich auch. Sie hätte Hilfe und Trost gebraucht. Ich konnte ihr nicht viel davon geben, weil ich selbst am Boden war." Wir waren inzwischen in der Stadt. Er nahm das kaum wahr. „Eines Tages las ich etwas über ein Leben nach dem Tod. Das machte mich neugierig. Ich wollte mehr wissen. Alles, was ich las, war zwar irgendwie beruhigend, aber mir fehlte etwas. Der Wissenschaftler in mir wollte mehr wissen, nach Möglichkeit Beweise sehen." Jetzt lächelte er: „Dabei bin ich noch gar keiner. Aber dann habe ich mich an was erinnert."

Fragend schaute er mich an. „Können Sie sich vorstellen, was das war?"

Ich schüttelte den Kopf.

„Ich erinnerte mich an ein physikalisches Gesetz, nachdem es unmöglich ist, daß Energie verlorengehen kann. Anders ausgedrückt: Man kann Energie nicht vernichten. Verstehen Sie?"

Ich verstand noch nicht viel. Inzwischen waren wir vor dem Haus seiner Mutter angekommen.

„Es ist ganz einfach", belehrte er mich. „Man kann Energie wohl umwandeln, aber niemals vernichten. Aus Eis wird Wasser, aus Wasser wird Wasserdampf, und dieser löst sich schließlich auf und verflüchtigt sich für das Auge. Ergo: Das Eis existiert nicht mehr, es ist verlorengegangen, vernichtet. Oder?"

Jetzt war das jugendliche Grinsen wieder in seinem Gesicht.

„Nichts ist vernichtet. Das Eis hat eine andere Form angenommen und ist zu Wasser geworden. Das Wasser hat eine andere Form angenommen und ist zu Dampf geworden. Der Dampf hat sich in Feuchtigkeitstropfen von Molekülgröße verwandelt, die nicht mehr sichtbar sind. Aber alles ist noch da, nur in einer anderen Beschaffenheit. Nichts ist vernichtet."

Er hielt inne. Jetzt erst schien ihm aufzufallen, daß wir bereits geparkt hatten. Er warf einen Blick auf seine Uhr.

„Es ist spät geworden. Danke, daß Sie mich mitgenommen haben."

Ich wartete immer noch auf die Auflösung.

„Verstehen Sie jetzt?"

„Ich glaube schon", sagte ich zögernd. Schließlich wollte ich nicht den Anschein erwecken, als sei ich schwer von Begriff. Würde er mir helfen, das letzte, noch fehlende Glied in der Kette zu erkennen? Das meiste hatte ich ja begriffen. Meine zögernde Antwort hatte ihn erkennen lassen, daß es bei mir zum letzten Durchblick noch nicht reichte.

„Es ist unmöglich, Energie zu vernichten. Man kann sie nur umwandeln. Sie verändert dabei ihre Form, aber ihr 'Inhalt' bleibt der gleiche. Deshalb habe ich darin für mich den Beweis dafür gefunden, daß es keinen Tod gibt. Mir ist natürlich klar, daß dieser 'Beweis' einer strengen wissenschaftlichen Prüfung nicht standhält. Aber das ist eben *meine* Art, an die Sache heranzugehen, wenn ich anders nicht weiterkomme. Deshalb glaube ich an ein Leben nach dem Tod", eine kleine Pause, wie um das Ganze spannender zu machen, „weil nämlich Leben nichts anderes als Energie ist."

„Und Energie kann nicht vernichtet werden", wiederholte ich.

„Genau", sagte er beim Aussteigen, „nur verändert. Genau wie Materie." Er nahm seinen Rucksack vom Rücksitz und gab mir die Hand. „Sonst mache ich das eigentlich nicht, daß ich so viel von mir erzähle. Wir kennen uns ja kaum." Fast entschuldigend sagte er das; anscheinend wunderte er sich über sich selbst. „Dennoch, es war nett, sich mit Ihnen zu unterhalten. Wenn wir uns nicht zufällig an der Tankstelle getroffen hätten ..."

„Ja", sage ich, „Zufälle gibt's."

11. Gott tritt nicht als Gläubiger auf

In der folgenden Nacht hatte ich einen Traum. Vieles aus dem Tag war mir noch durch den Kopf gegangen, ehe ich in den Schlaf gefunden hatte. Plötzlich stand ich vor einem Gebäude, über dessen Tür eine blinkende Neon-Schrift zum Eintritt aufforderte. „Entwicklungs-Museum“ las ich. Eine Stimme, die aus dem Nichts zu kommen schien, bat mich herein. Wie von Geisterhand öffneten sich die Türen; ich trat ein und befand mich in einer Halle mit riesigen Ausmaßen.

Überall waren Behälter aufgestellt, angefangen von Kästen in Zigarrenkistengröße bis hin zu Containern, die bis fast zur Decke reichten. Während ich noch da stand und nicht recht wußte, was ich nun tun sollte, setzte sich einer der Behälter in Bewegung und kam direkt auf mich zugerollt. Er hatte etwa die Größe eines Kinderwagens. Während er auf mich zukam, wurden seine Seitenwände durchsichtig, und ich hatte den Eindruck, plötzlich vor etwas Ähnlichem wie einem Aquarium ohne Wasser zu stehen. Ich traute meinen Augen nicht, als ich sah, daß sich Menschen darin bewegten: große und kleine, junge und alte, weiße und farbige - ein kunterbuntes Gemisch. Die Landschaft ähnelte der, wie man sie bei Miniatur-Eisenbahnen antrifft. Alles war vorhanden: Häuser, Fabriken, Büros, Geschäfte, Post, Bahnhof, Kirche, Schule, Gasthäuser und vieles mehr.

„Wir haben versucht, in unserem Museum eine Schule des Bewußtseins nachzubauen; hier zum Beispiel einen ganz normalen Alltag“, sagte die körperlose Stimme. „Sie haben sicher schon davon gehört.“ Hatte ich?

„Wenn nicht, erkläre ich es Ihnen kurz. Die Grundschule und die weiterführenden Schulen sind hinlänglich bekannt. Dort lernt der Mensch fürs Leben, für seinen künftigen Beruf. Weniger bekannt“, die Stimme nahm einen bedauernden Unterton an, „ist die Tatsache, daß auch das Bewußtsein des Menschen eine Entwicklung durchmacht. Sie reicht von egozentrisch und auf die primitiven Bedürfnisse fixiert bis hin zum Anstreben sittlich hochstehender, ja selbstloser Ziele.“

Der Behälter entfernte sich, während seine Wände wieder undurchsichtig wurden. Kaum hatte er seinen Platz eingenommen, rollte der nächste auf mich zu. Als ich durch die Wände schauen konnte, erkannte ich einen Spielplatz, auf dem allerdings nur Erwachsene herumtollten. Viele von ihnen waren gut gekleidet, teilweise sogar in Abendgarderobe; alle beschäftigten sich mit Spielen unterschiedlichster Art, angefangen von Burgenbauen über Fangmich-doch bis zu Ball- und Versteckspielen.

Der Behälter rollte fort, es kam der nächste. In seinem Mittelpunkt stand die verkleinerte Ausgabe einer Universität, und während es aus einem Lautsprecher in ständiger Wiederholung ertönte „Wissen ist Macht“, strömte eine unübersehbare Schar von Menschen auf die Türen zu und verschwand in dem Gebäude. Ich überlegte gerade, was sich darin wohl abspielen würde, als ein freundlicher Herr auf mich zutrat und sagte: „Treten Sie doch ein.“ Im nächsten Augenblick schon wohnte ich der Verleihung irgendeiner Auszeichnung bei, die in Form eines vergoldeten Lorbeerkranzes dem Preisträger über das Haupt gehalten wurde und dann, wie von Zauberhand gehalten, schwebend an seinem Platz blieb.

Während ich noch staunend schaute, hob mich eine Hand in den nächsten Behälter, mitten in eine religiöse Feier hinein. „Kult- und ritenfeie Zone“ las ich auf einem Transparent, das von der Decke hing. Um mich herum sah ich viele andächtige Gesichter. Ernsthaftes Beten wechselte sich ab mit freudigen Gesängen, liebevollen geistigen Hilfen, Lachen, Tanz und meditativer Stille. Während die Anwesenden sich schließlich tiefer und tiefer versenkten, schrumpften sie gleichzeitig und lösten sich, als sie nur noch ein Punkt waren, auf. Im selben Moment entstanden sie neu an ihren Arbeitsplätzen. Ich war überrascht, was und wen ich alles sah: einen muslimischen Lehrer, eine jüdische Ärztin, zwei chinesische Krankenpfleger, einen behinderten Gärtner, einen Manager, einen schwarzen Leichtathleten, eine Nonne, einen Bergführer, einen orthodoxen Priester, ja sogar einen Bischof. Als ich auf Letzteren zugehen und ihn fragen wollte, wie es möglich sei, daß Menschen so unterschiedlicher Nationalitäten, Religionszugehörigkeiten, Berufe und Interessen gemeinsam beten und singen können, verschwand der Behälter. Ich stand wieder allein inmitten der großen Halle.

„Die meisten unserer Besucher verstehen nicht sofort“, ertönte wieder die Stimme aus dem Nichts. „Dabei ist es doch so einfach; denken Sie immer nur an die Schuljahre, die Sie durchschritten haben. So können Sie nie etwas falsch verstehen oder falsch machen.“

Ein Behälter, der mir bis zum Bauch reichte, kam auf mich zu. Da die Wände nicht durchsichtig wurden, hob ich den Deckel an.

„Ach ja, beinahe hätte ich etwas vergessen. Entschuldigen Sie. Als Museumsdirektor obliegt mir die Aufgabe, darauf zu achten, daß keiner unserer Besucher sich an unseren Schülern vergreift. Sie wissen nicht, was ich meine? Schauen Sie, auch die Erwachsenen sind hier Schüler. Sie bleiben es so lange, bis sie uns verlassen. Wenn unsere Besucher sehen, daß zum Beispiel ein älterer, gestandener Herr noch traumverloren im Sandkasten spielt, nehmen Sie oftmals die Figur heraus, weil sie sich in ihren Augen im falschen Behälter befindet. Sie glauben, unserem Schüler einen Gefallen zu tun, wenn sie ihn in den Behälter setzen, den sie für richtig halten."

Die Stimme wurde streng. „Tun Sie das nie! Sie würden das ganze System durcheinanderbringen. Der Schüler würde vielleicht Schaden erleiden, und wir müßten Sie leider aus dem Museum verweisen. Regreßansprüche, das werden Sie verstehen, müßten wir uns vorbehalten.

Ansonsten haben Sie die Freiheit, sich bei uns anzuschauen, was immer Sie wollen. Schauen Sie, schauen Sie. Und denken Sie immer daran: Unsere Schüler haben ebenfalls die Freiheit, die absolute Freiheit, zu tun und zu lassen, was sie mögen; sie können hingehen und bleiben, wo immer es ihnen gefällt. Ich wünsche Ihnen schöne Stunden. Schauen Sie, schauen Sie ..."

Ich kam dieser Aufforderung gerne nach. Den Deckel des vor mir stehenden Behälters nahm ich ganz herunter, legte ihn auf den Boden und beugte mich dann über den Rand, um sehen zu können, was sich dort für eine Klasse des Bewußtseins aufhielt.

Ich hörte ohrenbetäubendes Geschrei und Gezeter und sah viele Menschen, die mit Kostümen in schrillsten Farben herumliefen. Sie schlugen sich mit Fliegenpatschen die Papiermützen von den Köpfen, sprangen sich hinterrücks an, stießen sich um, lachten die Hingefallenen aus. Sie waren voller Spott und Tücke und machten einen Heidenlärm. Es war kaum auszuhalten.

„Spinnen die?", dachte ich und beugte mich tiefer.

„Willst du was?", rief einer zu mir hoch und machte mir eine lange Nase.

„Seid ihr noch ganz sauber?", schrie ich. „Habt ihr nichts Besseres zu tun?"

„Lauter, ich versteh' dich nicht."

Ich hatte schon so laut geschrien, wie ich konnte. „Dann hört doch mit eurem Krach auf! Das hält ja kein Mensch aus. Wenn ihr leiser wäret, könntet ihr mich auch verstehen."

„Sprich lauter oder komm näher, wenn du was Wichtiges hast, alter Sauertopf."

Ich beugte mich noch tiefer in den Behälter und rief so laut ich konnte: „Es gibt Wichtigeres auf dieser Welt, ihr Tagediebe. Euch müßte man Ordnung beibringen. Ruhe, wenn ich ...“

Weiter kam ich nicht, weil ich das Übergewicht verlor und in den Behälter fiel. Ich spürte noch, wie mir jemand eine Pappnase aufsetzte; dann verschwamm das Bild und ich erwachte.

Ich lag eine Weile da, ehe ich wieder einschlafen konnte. Selten hatte ich einen Traum von dieser Klarheit gehabt, der mir auch noch nach dem Aufwachen gegenwärtig war. Viel gab es nicht an der Symbolik herumzudeuteln, dafür war die Sprache zu klar. Mit dem Kopf begann ich zu verstehen. Das Herz würde folgen.

*

Auch in dieser Nacht begegnete mir das Licht nicht. Ich konnte und wollte mich nicht mehr einfach mit dem Gedanken abfinden, daß es dafür schon Gründe geben würde. Sicher war es richtig, nichts zu erwarten und eine Situation auch einmal zu akzeptieren - immer vorausgesetzt, daß man nichts dazu beitragen konnte, sie zu verändern. Konnte ich das aber wirklich nicht?

Der Vormittag verlief ohne Besonderheiten. Ich konzentrierte mich auf meine Arbeit, doch zwischen den Besuchen tauchte in meinen Gedanken immer wieder die Frage nach dem „Warum?“ auf. „Hilfe, wenn Ihr Fernseher ...“, las ich im Vorbeifahren an einem Elektrogeschäft. Das Wort *Hilfe*, rot und in großen Buchstaben geschrieben, sprang mir förmlich ins Auge. Den Rest las ich kaum. „Die könnte ich auch gebrauchen“, dachte ich. Sie müßte ja nicht sehr groß sein, ein kleiner Hinweis würde schon genügen.

Ich stand inzwischen vor einer roten Ampel. Schulkinder liefen über den Zebrastreifen, drei Nachzügler folgten in einem kurzen Abstand. Es waren zwei Mädchen, die ausgelassen versuchten, einen kleinen Jungen in die Mitte zu nehmen und an den Händen zu fassen. Diesem schien das aus irgendwelchen Gründen nicht zu behagen. Sie hüpften, so gut es ihnen gelang, mit dem Kleinen über die Straße und riefen:

„Willi ist der Größte, Willi ist der Größte.“

Als die drei auf der anderen Straßenseite waren, machte der Bub sich frei, zeigte ihnen einen Vogel und lief davon. Die beiden Mädchen lachten ihm nach.

Hinter mir hupte es; ein Blick auf die Ampel zeigte mir, daß es grün geworden war. Ich fuhr los. „Willi ist der Größte", schallte es in meinem Kopf, „Willi ist der Größte."

Das Wetter ließ einen Spaziergang zu. Deshalb parkte ich in der Mittagspause meinen Wagen an einem Waldrand und machte mich auf den Weg. Das Bild der fröhlichen Kinder stand mir plötzlich vor Augen.

„Kinder ist falsch", korrigierte ich mich, „Mädchen ist richtig. Der kleine Willi war nicht so fröhlich." Mir fiel der Willi von der Parkbank ein, der auch keinen fröhlichen Eindruck gemacht hatte. Wie es dem jetzt wohl ging?

Ganz plötzlich hatte ich ein unbehagliches Gefühl. Es schien keinen vernünftigen Grund dafür zu geben, und dennoch: Etwas hatte mich unruhig gemacht. Ich versuchte, die Empfindung beiseite zu schieben. Es hatte sich doch nichts verändert. Kein Gewitter kündigte sich an, kein Termin war vergessen worden, alles war in bester Ordnung.

Dann erinnerte ich mich daran, daß ich mir vor Jahren einmal vorgenommen hatte, mir nichts vorzumachen. Natürlich wäre es am besten gewesen, niemanden etwas vorzumachen. Das empfand ich aber doch als zu schwierig. „Dann mach' wenigstens dir selbst nichts vor", hatte ich mir damals versprochen. Schließlich wollte ich mich im Laufe meiner Lebensjahre immer besser kennenlernen - „so viel bist du dir schuldig", hatte ich mir gesagt -, und ohne Ehrlichkeit, zumindest zu mir selbst, schien mir das nicht möglich.

Nicht immer hatte ich mich an meinen Vorsatz gehalten. Jetzt aber, das fühlte ich, war es an der Zeit, in mich hineinzuspüren. Dieses komische Gefühl wollte mir etwas sagen. „Was wird das wohl Wichtiges sein?", dachte ich leicht skeptisch und neugierig und irgendwie kleinmütig zugleich.

Ich entschied mich dagegen, das einladende Angebot einer Bank anzunehmen. Mit Bänken hatte ich in den letzten Tagen schlechte Erfahrungen gemacht.

Vielleicht waren sie gar nicht so schlecht.

Diesmal verzichtete ich darauf, mich umzudrehen. Ich wußte, daß ich allein war, mußte mich davon nicht erst überzeugen. Ich ignorierte also den Einwurf und setzte meinen Spaziergang fort.

Wo war ich stehen geblieben? Vielleicht ließe sich von dort aus meine Unruhe aufrollen. Kinder - Willi ist der Größte - Wie es Willi, dem Penner, geht, der „meine Kreise" gestört hatte ...

„Au", rief ich, und ehe ich mich versah, saß ich auf dem Boden, eine Hand in einer Pfütze. Ich hatte in meiner Unachtsamkeit auf dem unebenen Waldboden eine Wurzel nicht beachtet und war beim Darauftreten umgeknickt. Ich rieb, auf dem Boden sitzend, meinen linken Knöchel und stellte fest, daß der Fuß Gott sei Dank nur verstaucht war. Das war nicht weiter schlimm, schlimmer war ein verschmutztes Jackett. Ich würde es trocknen lassen müssen, um es dann bei einem Kunden im Laufe des Nachmittags sauber machen zu können.

Ich schaute mich um, die Bank lud immer noch ein. Also humpelte ich die paar Meter zurück und ließ mich auf ihr nieder.

„Alter Penner", sagte ich zu mir, „konntest du nicht besser aufpassen?"

Penner, Penner, Penner ... hallte es in meinem Kopf nach. Ich schreckte zusammen - und wurde still, ganz still. Mir war, als würde ich minutenlang nicht denken. Ich saß da, verzog schließlich den Mund und begann, als meine Gedanken sich nach und nach formten, mich mehr und mehr zu schämen.

Zu Anfang war ich noch versucht, Entschuldigungen für mich zu finden, dann ging ich zu Erklärungen über, schließlich „hörte" ich mir nur noch zu. Wenn man mit sich selbst ins Gebet geht, so hat dies - das war meine Erfahrung - zwei Seiten. Die schlechte ist, daß es meistens tiefer geht und für das Ego schmerzlicher ist, als wenn jemand anderes das mit einem macht; die gute ist, daß es keiner erfährt.

Ich ließ zu, daß es tief ging, ich wollte etwas lernen. Ich *sollte* etwas lernen - soviel war mir schon klar geworden. Meine Kreise hatte er gestört, dieser Willi. Hatte er ein Recht dazu? Gut, es konnte ihm keiner verbieten. Mußte ich es mir gefallen lassen? War es eigentlich so schlimm, was ich mir hatte gefallen lassen müssen? Zweimal nein. Aber hätte es keine andere Lösung gegeben? War meine Reaktion überhaupt die einzig mögliche, oder war es die einzige, die mir möglich war? An diesem Wortspiel blieb ich hängen: Es war die einzige, die sich mir an diesem Nachmittag anbot. Warum? Kannte ich nur diese eine? Standen mir keine anderen zur Verfügung? Wenn ja, warum nicht? Hätte ich andere Möglichkeiten wählen sollen?

„Mach' weiter", sagte ich mir, „du willst es doch 'rauskriegen. Wo ein Wille ist, ist auch ein Weg. Oder noch besser", einen Rest meines Humors hatte ich mir anscheinend bewahrt, „wo ein *Willi* ist, ist auch ein Weg."

Er hatte mich geärgert. Wieso eigentlich? Weil ich in einem für mich wichtigen Prozeß der Erkenntnis - nein, Korrektur: Wissensbildung - war. Warum konnte er mich ärgern? Weil er mich laufend gestört hat. Wiederholung der Frage: Warum konnte er mich ärgern? Wiederholung der Antwort: Weil er mich laufend ... falsch. Richtig: Weil er in mir eine Saite zum Klingen gebracht hatte, die eine andere Reaktion als die des Ärgers nicht zuließ. Schon besser. Warum war ich nicht in der Lage, mit dieser Störung *anders* als gehabt umzugehen? Gegenfrage: Kann man denn anders damit umgehen? War denn meine Reaktion nicht normal, war sie nicht menschlich-verständlich?

An diesem Punkt nahm ich mir vor, mein Licht bei Gelegenheit danach zu fragen. Ich fand keine zufriedenstellende Antwort darauf, ob ein aufsteigender Ärger, der durch eine Situation praktisch hervorgerufen werden *mußte*, nicht beinahe zwingend normal war. Ich konnte allerdings einsehen, daß dies bei mir nicht unbedingt der Fall gewesen war, und ich die Situation durchaus hätte anders lösen können, wenn ich mich nur ein wenig in Willi hineingefühlt hätte.

Das war es, was mir weh tat. Ich hatte in meinem Wunsch - *sag' ruhig Drang* - also gut, in meinem Drang nach weiteren Informationen das Naheliegende übersehen. Neben mir hatte ein Mensch gesessen, der mir auf seine Art etwas hatte mitteilen wollen. Der mich - nicht nur vielleicht, sondern bestimmt - gebraucht hätte. Wäre ich nicht so völlig auf mich bezogen gewesen, hätte ich seinen Hilfeschrei gehört und ihm etwas sagen, etwas mitgeben können, das ihm geholfen hätte. Nun war der Spieß umgedreht worden, und *mir* war etwas mitgegeben worden. Ich hatte was mitbekommen, noch besser „abbekommen", dachte ich.

In den zurückliegenden Nächten war mir etwas geschenkt worden. Ich hatte die *Liebe* erfahren, ich wollte sie vertiefen, wollte sie verstehen lernen - und hatte sie vergessen, sobald ich aus meinem Elfenbeinturm ins Leben hinausgetreten war. Mir fiel ein, irgendwann und irgendwo einmal gelesen zu haben: *Der Weg zu Gott führt über deinen Nächsten.*

Ich saß noch eine ganze Weile da, das Unbehagen und die Unruhe hatten nachgelassen, wahrscheinlich durch die Erkenntnis der letzten halben Stunde und den Vorsatz, nicht so schnell auf meinem Weg zum Verstehen aufzugeben.

„Wagen wir's erneut", sagte ich laut zu mir. Im Inneren sagte ich es zu *uns*, weil ich wußte, daß es eine Kraft gab, die mir dabei helfen würde. Dann stand ich auf und stellte fest, daß ich ganz gut auf meinem linken Fuß stehen und gehen konnte. Als ich meinen schmutzigen Anzug betrachtete, dachte ich: „Ferdinand, du siehst aus, wie ein Pen ..."

*

Ich nehme dich in meinen Frieden auf.

Mein Licht war da. Vielleicht jubelte ich vor Freude; ich weiß es nicht mehr genau. Auf jeden Fall tat ich etwas für mich Erstmaliges: Ich neigte - leicht, aber immerhin erkennbar - meinen Kopf in Dankbarkeit.

Du brauchst nicht m i r zu danken, dich auch nicht vor m i r zu verneigen. Kein Wesen des Himmels nimmt entgegen, was einzig und allein Gott gebührt. Doch ich verstehe, was du mit deiner Geste ausdrücken willst. Das geistige Wesen in dir neigt sich vor seinem Schöpfer, weil es Seine Liebe und Macht seit Ewigkeiten kennt. Dein Mensch folgt diesem Beispiel zögernd. Lasse dich in deinem Tun nicht beirren, auch wenn die ersten Schritte klein sind und vorsichtig gesetzt werden.

Wenn du Ihm deine Liebe zeigen, für Seine Liebe danken willst, dann tu' es direkt. Gehe zu Ihm. Er wohnt i n d i r .

Mir fiel ein, daß Jesus von Nazareth gesagt hatte, der *Mensch sei der Tempel des Heiligen Geistes.* Ob damit das gleiche gemeint war? Ich würde es erfahren.

„Ich habe dich vermißt", sagte ich.

Ich weiß es, weil ich bei dir war. Ich habe dein Nachdenken und deine Suche nach dem Grund meines Ausbleibens nicht nur erlebt; ich habe sie, soweit mir das möglich war, gefördert. Oder glaubst du noch an den Zufall?

Da die Frage unmöglich ernstgemeint sein konnte, schwieg ich.

Ich war stets in deiner Nähe. Was du als mein Ausbleiben oder Fernsein wahrgenommen hast, spielte sich nur in dir ab. Dein Bewußtsein hatte sich verändert, du selbst hattest es gegen besseres Wissen unter Einsatz deines freien Willens eingeschränkt. Damit warst du nicht mehr in der Lage, mich wahrzunehmen. Dein Seelenlicht hatte sich verringert, so daß mein Licht nicht mehr zu dir durchdringen konnte. Kannst du das verstehen?

Und ob ich das konnte. Ich brauchte mich nur an den traurigen und hilflosen Ausdruck in Willis Augen zu erinnern, als ich ihm kraft meiner gesellschaftlichen und intellektuellen Überlegenheit klarmachte, daß ich Wichtigeres zu tun hatte, als mit ihm auf einer Bank zu sitzen. Doch etwas beschäftigte mich noch.

„Dann war es keine Strafe? Nicht so eine Art 'Beugeversuch', um mich zur Besserung zu ...", ich überlegte, „ ... nötigen?" *Zwingen* wollte ich nun doch nicht sagen; *zwingen* konnte mit göttlicher Liebe und freiem Willen nicht vereinbar sein. Aber ein bißchen Druck, gerade so viel, daß der Mensch wenigstens in die richtige Richtung geht? Auf jeden Fall waren zu diesem Punkt noch viele Fragen offen.

Deine Vorstellung von Gott und der Größe Seiner Liebe entspricht - um es mit euren Worten auszudrücken - in etwa der Entwicklung eines Kindes im Vorschulalter, gemessen an seinen späteren Fähigkeiten ...

Da war sie wieder, die Liebe, die ich so vermißt hatte! Ich wollte gerade einwerfen, daß ich damit doch nur die allgemeine und weitverbreitete Meinung wiedergegeben hätte, als mein Licht fortfuhr.

Du wolltest deinen Verstand gebrauchen. Versuche es.

Ich war also wieder gefordert. „Aus deiner Antwort entnehme ich, daß es so, wie die Menschen es üblicherweise sehen, nicht sein kann. Ich kann es mir aber auch noch nicht erklären, obwohl ich hier den Widerspruch zwischen unendlicher Liebe auf der einen Seite und dem Leid überall auf der Welt auf der anderen Seite sehe. Liebe und Leid sind nicht vereinbar, es sei denn, man einigt sich auf die Ansicht, 'daß Gott den straft, den Er liebt', wie ich es gelesen habe. Das aber ist für mich völlig indiskutabel."

Ich machte eine Pause in der Hoffnung, das Licht würde den Faden aufnehmen und weiterführen. Doch es schwieg. Also machte ich weiter.

„Da das Leid aber in der Welt ist, muß es, wenn es nicht von Gott als Strafe kommt oder von Ihm zur Besserung geschickt worden ist, aus einer anderen Quelle kommen bzw. eine andere Ursache haben. Richtig?"

Schweigen. Ich begriff wieder, daß ich dort nicht unterstützt werden würde, wo mir eigenes Denken möglich war. Vor folgenschweren Fehlschlüssen würde ich bewahrt bleiben - es sei denn, sie dienten mir in abgeschwächter Form zur weiteren Erkenntnis und Reifung. „Eigentlich ist es wie beim Laufenlernen", dachte ich. „Keinem Kind ist damit gedient, bei jedem neuen Schritt sofort wieder die rettende Hand ergreifen zu können. Zumindest dann nicht, wenn die Beinchen und das Gleichgewichtsempfinden schon etwas entwickelt sind."

Wie stark sind deine Beine schon? Und vergiß nicht: Es gilt, auch ein inneres Gleichgewicht zu erlangen.

„Ich will mir Mühe geben“, sagte ich. Mein letzter Satz hatte mit der Formulierung „ ... bzw. eine andere Ursache haben“ geendet. Hier nahm ich den Gedanken wieder auf. „Du hast mich über das Gesetz von Ursache und Wirkung belehrt. Inzwischen habe ich auch gelesen, daß schon Aristoteles dieses Prinzip, das auch unter dem Begriff 'Kausalgesetz' bekannt ist, gelehrt hat. Es wurde seitdem immer wieder aufgegriffen und tiefer erkannt.“

Jeder Mensch setzt, solange er lebt, große und kleine Ursachen. Es sind die Verstöße, die sich gegen das Liebegebot richten. Und jeder Mensch verspürt ihre Wirkungen, sofern sie nicht rechtzeitig ganz oder teilweise aufgehoben werden.

Das Licht bemerkte meinen fragenden Blick bei dem Wort „rechtzeitig“.

Es ist unmöglich, daß dein Bewußtsein die Zusammenhänge in ihrer tatsächlichen Größe und Komplexität erfassen kann. Und dennoch sind sie so klar und logisch und gleichzeitig in ihrem Zusammenwirken so einfach. Darin liegt ihre Genialität. Die menschliche Sprache ist kaum geeignet, mehr als nur andeutungsweise und symbolhaft göttliche Gesetzmäßigkeiten auszudrücken.

Nicht als Herabwürdigung, sondern um mir die leider bestehende Tatsache meines begrifflichen, menschlichen Unvermögens zu verdeutlichen, sagte das Licht unvermittelt:

Was fängst du an mit der Aussage, daß Gott nicht nur Vater, sondern gleichzeitig auch Mutter ist?

Ich fing gar nicht erst an, darüber ernsthaft nachzudenken, sondern sagte schlicht und ehrlich: „Nichts.“ Daraufhin war für eine Weile Stille. Das Licht ließ mir Zeit, meine Empfindungen und Gedanken zu sammeln. Schließlich fuhr es fort:

Die Mystiker, die es zu allen Zeiten und in allen Religionen gab und gibt, erlebten und erleben die Realität Gottes und Seiner Schöpfung vor ihren geistigen Augen, gleichsam in einer Schau. Wer auf die Sprache angewiesen ist, muß lernen, in sie hineinzuschauen und die Worte nur als „Krükken“ anzusehen, die eine Botschaft vermitteln. Wer dies nicht lernt, verwechselt - um eure Worte zu gebrauchen - die Verpackung mit dem Inhalt. Er wird keine tieferen Einsichten erlangen, weil er sich zu früh zufrieden gibt mit dem, was ihm als Wahrheit angeboten wird, oder was er vorschnell als Wahrheit erkannt zu haben glaubt.

So bedeutet „rechtzeitig", daß eine Wirkung aufgehoben oder abgemildert werden kann, b e v o r *sie den Verursacher dieser Wirkung trifft. Und das nach ehernen Gesetzen, deren Erfassen euer im Zeitlichen gefangenes Denken übersteigt.*

Da war nun für mich allerlei Neues drin, das ich sofort aufgriff.

„Rein theoretisch kann ich mir erklären, daß eine Schuld nicht 'mir nichts, dir nichts' verschwindet. Andererseits fällt es mir schwer zu verstehen, daß sie, wenn sie auch nicht verschwindet, auf *unbegrenzte* Dauer weiterbesteht. In alle Ewigkeit? Oftmals schon nach Jahren ist ein Unglück, ein Diebstahl oder sogar ein schweres Verbrechen vergessen, von den kleinen Bagatell-Vergehen ganz zu schweigen. Nach Jahrzehnten ist, abgesehen vielleicht von den großen Kriegen, soviel Gras darüber gewachsen, daß alle es vergessen haben ... Vor allem dann", fügte ich noch hinzu, „wenn der Täter nie gefaßt wurde. Wo ist die Schuld ...", das richtige Wort fehlte mir, schließlich sagte ich, „ ... hin?"

Bitte gebrauche deinen Verstand. (Es hatte tatsächlich „bitte" gesagt - allerdings wohl eher, um mir Ansporn zu sein, denn aus Höflichkeit.) *Du weißt, daß alles Energie ist.*

Ich nickte.

Du weißt, daß Energie nicht einfach verlorengeht.

Wieder nickte ich und ergänzte: „Jede Handlung, sei es eine gute oder schlechte, ist demnach Energie, die nicht verschwindet. Irgend jemand hat die Handlung ausgeführt, damit ist sie gewissermaßen 'in die Welt getreten'. Auch wenn ihre Folgen nicht mehr sichtbar oder spürbar sind, so hat sie dennoch eine Spur hinterlassen, im Unsichtbaren."

Im Geistigen, in der Seele des Verursachers.

„Über die Seele mußt du mich auch noch aufklären", dachte ich, sprach es aber nicht aus, weil ich meine Voreiligkeit erkannte. Was ich nicht berücksichtigte war, daß es für mein Licht keinen Unterschied machte, ob ich „nur" dachte oder das Gedachte auch in Worte kleidete. Das passierte mir selbst nach vielen Wochen immer noch einmal, was mir dann meist ein Lächeln entlockte.

Die Antwort kam prompt. Sie bestand aus einer ungemein liebevollen und nachsichtigen „Licht-Umarmung" (eine passendere Bezeichnung fiel mir nicht ein, aber ich verstand auf einmal besser, was ich über Worte und Sprache erfahren hatte). Ohne auch nur den Hauch irgendeines Größerseins - Überheblichkeit war dem Licht ohnehin fremd - wurde ich für einen Moment in eine Gemeinsamkeit aufgenommen, die mir völlig fremd war. Es lag so viel Verstehen und selbstlose Geschwisterlichkeit darin, daß ich mir wünschte, mehr davon zu erleben.

Mehr davon zu entwickeln, wünsche ich dir. Das Glück liegt nicht darin, geliebt zu werden, sondern zu lieben.

Dann war dieser Augenblick vorbei, und die „Realität" unserer nächtlichen Begegnung nahm wieder ihren Platz ein. Ich hatte das, was mir mein Licht gerade gesagt hatte, zwar verstanden, aber das, was es mir hatte sagen wollen, nicht begriffen.

Ich wußte, daß es keinen Sinn haben würde, danach zu fragen. Ich hätte es doch nicht erfaßt und auch keine Antwort bekommen. Daher nahm ich mir vor, dieses Wort tief in mir zu bewahren; denn ich ahnte, daß es ein tiefes Geheimnis barg - möglicherweise das tiefste und größte überhaupt.

Vielleicht hilft dir folgendes: Angenommen, du begehst einen Diebstahl. Er wird nie entdeckt und du damit als Täter nie erkannt. Gewissensbisse, falls je vorhanden, verschwinden nach ein paar Tagen. Glaubst du, daß nach diesen paar Tagen auch die Tat als solche nicht mehr existiert?

„Sie ist noch da, nicht nur im Unsichtbaren oder Geistigen, sondern sogar im Äußeren. Das, was ich gestohlen habe, fehlt ja an seinem ursprünglichen Platz - auch wenn es keiner bemerkt."

Und wie sieht es nach einigen Wochen oder Monaten aus?

„Es hat sich nichts geändert."

Hat sich nach Jahren oder Jahrzehnten etwas geändert, wenn du nicht bereust und das gestohlene Gut nicht zurückgibst? Wenn sich in dir, dem Verursacher, nichts ändert, hat sich dann an der Tatsache deines Diebstahls nach tausend oder zehntausend Jahren etwas geändert, sozusagen „von alleine"? Das Licht bemerkte mein Zögern. *Du kannst die Dauer beliebig verlängern.*

Ich mußte erkennen, daß es nur eine Antwort gab: „Nichts löst sich wie von selbst auf, nur weil die Zeit 'darüber hinweggegangen' ist; denn Zeit spielt im Geistigen keine Rolle."

Wir waren, wie mir schien, an einem sehr wichtigen Punkt angelangt. „Wenn die Tat oder die Folge nicht von alleine erlischt, besteht sie weiter, 20 Monate, 20 Jahre, 200 Jahre, 2000 Jahre ..."

So lange aber lebt der Mensch nicht.

„Also nimmt er die Tat bzw. die von ihm geschaffene Ursache, wenn sie an seinem Lebensende noch besteht, mit in den Tod.“

Und jetzt? Wie würde es weitergehen? Ich strengte meinen Kopf an.

„Viele oder die meisten Menschen denken, daß alles vorbei ist, sich alles auflöst, alles vergessen ist - so nach dem Motto: ‘Das war’s’. Nichts bleibt, keine Rechenschaft wird verlangt, keiner muß Rechenschaft geben.

Die Christen glauben, daß Rechenschaft abgelegt werden muß. Das Ergebnis ist entweder die Belohnung in Form des Eintritts in den Himmel oder die Läuterung durch den Aufenthalt im Fegefeuer oder die Bestrafung in Form der ewigen Verdammung in die Hölle. Das richtet sich nach Schwere der Sünden, die beim Sterben noch nicht bereut und erlassen sind. Die Details variieren von Religion zu Religion. Die mit in den Tod genommenen Ursachen scheinen durch das Fegefeuer oder die Hölle ausgelöscht zu werden, vielleicht ausgebrannt.“

Und was glaubst du?

„Für mich ist Gott eine Instanz der Liebe. Und in dieser Liebe wirken unumstößliche Gesetze, die *aus* der Liebe kommen. Diese Gesetze Gottes können unmöglich vorsehen, daß auch nur eines Seiner Kinder für *alle Ewigkeit* im Feuer brennen muß, nur weil es sich für die Dauer *eines Menschenlebens*, das bei Ihm weniger ist als ein Augenaufschlag, gegen Ihn gestellt hat.“

Ich atmete tief durch, weil ich spürte, daß mich der Gedanke an die Millionen und Milliarden Menschen, die mangels richtiger Aufklärung in ihrer Unwissenheit furchtsam und ängstlich gestorben waren und noch sterben würden, nicht kalt ließ.

„Schon bevor ich dich kennenlernte, habe ich einen Gott, der auf diese Weise straft, nicht für möglich gehalten. Jetzt *weiß* ich, daß es *diesen* Gott nicht gibt. Da er aber in den Köpfen so vieler Menschen existiert, muß ihn jemand erfunden haben - jemand, der nicht wollte und nicht will, daß Seine Kinder zu Ihm zurückfinden.“

Gott straft nicht, bei Gott gibt es keine Schuld.

„Hilf mir bitte.“

Spüre einmal in das Wort ‘Schuld’ hinein. Hat ‘Schuld’ nicht etwas durch und durch Menschliches? Ein Schuldner ist abhängig, einem Schuldner kann man ein schlechtes Gewissen machen. Wenn man es geschickt anstellt, kann man einen Schuldner in seiner wirklichen oder vermeintlichen Schuld belassen. So kann man ihn gängeln, ihn lenken, ihn unterdrücken. Kein Mensch, der sich um ein ehrliches Gottesverständnis bemüht, wird Ihm ein solches, menschliches Verhalten zutrauen oder gar unterstellen.

„Aber es gibt doch mehr als genug Verstöße gegen die Gebote", wandte ich ein. „Der Mensch versündigt sich dabei gegen Gott und lädt eine Schuld auf sich."

Es wäre empfehlenswert, die Worte Sünde oder Schuld, wenn man sie schon benutzen möchte, in erster Linie auf sich selbst anzuwenden. Das könnte sich bei ehrlicher Betrachtung und gutem Willen vorteilhaft auf die Selbsterkenntnis auswirken. Auf andere Menschen bezogen fördern die Worte Fehler oder falsches Verhalten eine neutralere Sicht und führen zudem nicht so schnell in die Versuchung der Selbstüberschätzung und der Abwertung des anderen.

War da etwas drin, das für mich des Nachdenkens wert war? Ganz bestimmt, zumal ich glaubte, eine gewisse Betonung herausgehört zu haben. Mir schien plötzlich, daß dieser Aspekt mehr Beachtung verdiente, als ich ihm in der Vergangenheit geschenkt hatte.

Wenn Gott dir gegenüber nicht als Gläubiger auftritt - obgleich dein Fehlverhalten mit seiner Ursache besteht -, dann klagt Er diese Schuld bei dir auch nicht ein. Wenn Er dich auch nicht bestraft für deren Nichtbegleichung, dann muß die Schuld einen anderen Aspekt haben. Vielleicht ist sie in ihrer Bedeutung von der Finsternis auch verdreht worden?

Dies war natürlich keine Frage zum Erhalt einer Antwort, welche die eigene Unwissenheit befriedigt. Die Frage galt mir.

„Ich kann mich", begann ich, „um es vereinfacht darzustellen, als Sünder mit zwei Seiten meines Verhaltens beschäftigen: Entweder mit der Wiedergutmachung, falls dies möglich ist, oder mit meinem Unvermögen, als sündiger Mensch jemals Gott entscheidend näherkommen zu können.

Im ersten Fall ist eine entsprechende *Erkenntnis*, echte *Reue*, die Bitte um *Vergebung* und der *Vorsatz*, künftig nicht mehr zu sündigen, Voraussetzung. Dann kann der Blick nach vorne gehen und der Fehler mir als Lernschritt dienen.

Im zweiten Fall geht ein großer Teil meiner Kraft in die niederdrückende Einsicht, aus eigener Kraft nicht viel tun zu können, da ich vor den Augen Gottes ein sündiger Mensch bin, der Schuld auf sich geladen hat ..."

Es fing an, in mir zu dämmern. „Im zweiten Fall geht meine Energie in die Vergangenheit, mit der ich mich mehr beschäftige als mit einem künftigen, veränderten Verhalten meinerseits. Natürlich kann ich auch beides kombinieren, doch die Gefahr ist äußerst groß, irgendwann in Resignation zu verfallen - besonders dann, wenn das gleiche Fehlverhalten oder ein ähnliches wiederholt auftritt.“

Mein Licht ließ mich gewähren. Ich wußte, es würde mich korrigieren, wenn ich falsche Schlüsse zog.

„Dieses Gefühl, Schuld auf sich geladen zu haben, kann ein unüberwindbares Hindernis darstellen, einen Neuanfang zu wagen. Schuld, die so verstanden wird, hält den Sünder mit gesenktem Blick gefangen. Das kann nicht der Wille der Liebe sein, die ihre Kinder als ‘freie Geister’ sehen will.

Zu einem innerlich freien Menschen“ - ‘zu dem ich werden möchte’, fügte ich in Gedanken hinzu - „gehört neben der Erkenntnis der Sünde auch die Kenntnis darum, wie die gesetzte Ursache wieder aus der Welt geschafft werden kann. Ist dies geschehen, hat der Fehler seine Schuldigkeit getan.“

Ich machte eine Pause. Auf einmal war alles so logisch: Die Aufgabe des Lebens bestand unter anderem darin zu lernen. Kaum ein Lernprozeß läuft ohne vorherigen Fehler ab. Wird dieser Fehler korrigiert, dann hat er seinen Zweck erfüllt und seine Bedeutung verloren. („Ähnlich wie bei einem Wanderer, der nach einem Blick auf seinen Kompaß seine Marschrichtung mehr oder weniger stark ändert“, dachte ich.) Was zählt, ist einzig und allein die daraus resultierende „Richtungsänderung“ im Leben. Gott würde also niemals Fehler gewissermaßen „in der Hinterhand“ als Schuld behalten, nur um Seine Geschöpfe besser lenken zu können. Ein Fehler (oder auch viele) macht schrittweise frei - falls er der Erkenntnis und Korrektur des bisherigen Tuns dient. Dann müßte auch die Ursache und mit ihr eine mögliche Wirkung, soweit ich das bisher überblickte, aus der Welt sein.

Sie ist es erst dann, wenn derjenige, dem du geschadet hast, dir verziehen hat. Daran erkennst du die Gerechtigkeit Gottes.

Hatte also jeder die Möglichkeit, alles aufzulösen, was er in diesem Leben und früheren an Ursachen gesetzt hatte? Ich erinnerte mich daran, daß mir mein Licht gesagt hatte: *Gott wohnt i n d i r*. War dem so, dann bedurfte es gar keiner kirchlichen Vermittlung oder priesterlichen Lösegewalt, um Sünden aus der Welt zu schaffen, um sich wieder frei zu fühlen und weiter auf Gott zugehen zu können. Wo sollte der Mensch jedoch für diese „Arbeit“ die Kraft hernehmen? Waren nicht alte Gewohnheiten, negative Charaktereigenschaften, unglückliche Lebensumstände und vieles mehr stärker als der Wunsch und der Wille, sein Leben in neue, bessere Bahnen zu lenken? Es waren viele Fragen, die auf mich einstürmten, so daß ich mir sagte: „Ich habe es ja gewußt: Ist eine Frage beantwortet, tauchen zehn neue auf."

Das Licht hatte die ganze Zeit über hell pulsiert. Seine Strahlen hatten mich berührt, so als wollte es mir damit mein Denken erleichtern. Ich war kurz davor, mir selbst für meine Gedankenarbeit zustimmend zuzunicken, als mein Licht sagte:

Du weißt nun um die übergroße Liebe Gottes, die dir und jedem Menschen die Möglichkeit gibt, durch Unrecht geschaffene Ursachen umzuwandeln, sofern es der einzelne mit seinem freien Willen möchte und auch anstrebt. Die Kraft, die dies jeden Augenblick und überall geschehen läßt, hast auch du schon oft in deinem Leben erfahren. Nur war es dir bisher nicht bewußt. Du wirst sie kennenlernen - und sie lieben lernen.

Ich gab mich ganz dieser mir inzwischen so vertrauten Stimme hin und hörte aufmerksam zu.

Gott tritt niemals als Gläubiger auf, und Er straft auch nicht. Er hat es nie getan. Wenn eines Tages dieses Wissen überall verbreitet ist, dann hat sich das Bild, das die Menschen sich von Ihm gemacht haben, gewandelt - hin zu einem himmlischen Vater, der die Güte und Barmherzigkeit ist.

Noch gibt es vieles, das du nicht einzuordnen vermagst. Denke an die kleinen, aber steten Schritte und übe dich ein wenig in Geduld. („Du hast ja auch Geduld, besonders mit mir", dachte ich. „Ich nehme mir einfach ein Beispiel an dir.") *Wenn du einen weiteren Schritt machen möchtest, versuche die Antwort auf die Frage nach dem Leid in dieser Welt zu finden. Die halbe Antwort kennst du schon: Gott ist es nicht, der dies Seinen Kindern antut. Die andere Hälfte liegt direkt vor dir. Schau hin, setze die Teile richtig zusammen, und du kennst auch diesen Teil der Wahrheit.*

Ich wünsche dir Kraft für die vor dir liegende Zeit. Meinen Teil dazu werde ich beitragen. Die Kraft für jeden Schritt zur Erkenntnis und zur Entwicklung zum Guten hin kommt immer aus der inneren Freude - und diese aus der Seele, auch wenn der Mensch dies oftmals noch nicht erkennt. Denke mit Freude an die positiven Veränderungen, die die Zukunft bringen wird, und nicht an die Schulden der Vergangenheit, die dann keine mehr sind. Dann kannst du auch nicht gefangengehalten werden in deinem menschlichen Bewußtsein.

Denn, mein Bruder, du bist Geist, und du bist göttlich - wie ich.

12. Wer Dummheit sät, wird Sünder ernten

Am nächsten Abend kam Peter zu mir nach Hause. Ich hatte ihn gebeten, bei mir vorbeizuschauen, und er war nur zu gerne dieser Bitte nachgekommen. Er wußte bisher als einziger von meinem Licht; er hatte daher gewissermaßen einen Anspruch darauf zu erfahren, wie es mir ging. Die wenigen Stunden, die wir im Geschäft gemeinsam verbrachten, gehörten unserer Arbeit. Außerdem hatten wir dort ohnehin so gut wie keine Möglichkeit, über meine Erlebnisse zu sprechen.

Über seine durchaus verständliche Wißbegierde hinaus verspürte ich bei ihm, daß er mit mir die Freude teilte, die mir widerfuhr. Das war auch kein Wunder, schließlich waren wir Freunde. Außerdem war er bei all seiner Fröhlichkeit sehr an den „Fragezeichen des Daseins“ interessiert, wie er es einmal ausgedrückt hatte. In gewissem Sinne kam deshalb das Licht auch zu ihm, indirekt über mich. Denn was ich erfahren durfte, schien mir nicht so „geheim“ und so für mich allein bestimmt zu sein, als daß ich es mit ihm nicht hätte weitgehend teilen dürfen.

Wir saßen uns bei einem Glas Wein gegenüber. Zuerst besprachen wir ein paar geschäftliche Dinge, dann erzählte ich ihm von meinen Erlebnissen, und zwar sowohl von den Ereignissen der letzten Tage, als auch davon, daß ich einige Nächte allein gewesen war. Ich erzählte von meinen Erfahrungen und den Aufklärungen, die mir zuteil geworden waren und den Erkenntnissen, die ich gewonnen hatte. „Gewinnen durfte“, verbesserte ich mich. Auf diese Weise konnte er die Schritte nachvollziehen, die mich der Wahrheit näherkommen ließen.

Peter fiel es nie schwer, seinen Kopf zu benutzen, um aus Fakten, die auf dem Tisch lagen, die richtigen Schlußfolgerungen zu ziehen. Man mußte ihm nicht viel erklären, das war das Schöne an unserer Freundschaft. Hätte das Licht ihn auch so oft wie mich daran erinnern müssen, den Verstand zu gebrauchen?

„Ich schaff's schon noch“, dachte ich und schmunzelte, während ich mich daran erinnerte, immer eine gute Meinung von meinem Verstand gehabt zu haben. Peter schaute mich fragend an.

„Nichts Besonderes“, sagte ich, „ich darf nur nicht aufhören zu trainieren.“ Das machte ihn auch nicht klüger. Deshalb fuhr ich fort:

„Fangen wir doch damit an. Das Licht hat mir empfohlen, über die Frage nachzudenken, warum das viele Leid in dieser Welt ist, wenn es nicht als Strafe von Gott kommt. Spontan könnten wir natürlich sagen, daß der Mensch der Verursacher des Leidens ist. Das wird auch stimmen. Aber es ist mir zu pauschal. Zu viele Fragen bleiben offen. Kann man damit Naturkatastrophen, Kriege, unschuldig ermordete Kinder, Hunger, Armut und vieles mehr erklären? Ich möchte es verstehen ... und", fügte ich etwas leiser hinzu, als ich meine drängende Ungeduld bemerkte, „vor allem *so* verstehen, daß es mir für mein Leben als Richtlinie dienen kann."

„Dann laß uns systematisch vorgehen ..."

„ ... zumal ich spüre", unterbrach ich ihn, „daß die Lösung vor meiner - unserer - Nase liegt."

„Dann laß uns systematisch vorgehen." Seine Ruhe und Geduld waren bemerkenswert. „Wir fassen zusammen, was wir haben und wissen. Willst du anfangen?"

Ich nickte. „Erstens, es gibt einen Gott, und dieser Gott ist die Liebe. Des weiteren gibt es eine geistige Welt, die real existiert und von Menschen, so wie es mir passiert ist, unter für mich noch nicht geklärten Umständen wahrgenommen werden kann. Zumindest in Teilaspekten. Wenn wir annehmen, daß Gott einen 'Wohnsitz' hat, ist dies der Himmel. Was eine mögliche Hölle oder andere Orte angeht, davon habe ich noch keine Ahnung."

Ich machte eine Pause, in die Peter hineinsprach.

„Wir wissen, daß es keinen Zufall gibt, daß dafür das Gesetz von Ursache und Wirkung gilt. Wir haben erkannt - und das halte ich für ganz entscheidend -, daß dieses Gesetz nicht nur in die Zukunft hineinwirkt, sondern auch aus der Vergangenheit heraus wirksam ist. Die Wiedergeburt ist für dich und auch für mich nicht nur wahrscheinlich, sondern zur Überzeugung geworden. Die kirchlichen Lehren von der Einmaligkeit eines Menschenlebens haben sich als falsch erwiesen und die Glaubenssätze und Dogmen, auf denen ein großer Teil dieser Lehre beruht, als von Menschen erfunden und damit unhaltbar."

Er hatte an den Fingern seiner Hände mitgezählt. Fast alle Finger waren ausgestreckt.

„Da haben wir doch schon einiges", sagte ich und überlegte, ob noch was fehlte. Richtig: „Energie kann nicht vernichtet werden, und - wenn wir unserem Physikstudenten glauben wollen - es gibt ein Leben nach dem Tod ..."

„... an das wir sowieso glauben müssen“, ergänzte mein Freund, „weil wir uns für die Reinkarnation entschieden haben. Und ohne ein Weiterleben kein Wiederkommen.“

Es war schon beachtlich, wie sich unser Weltbild in relativ kurzer Zeit verändert hatte - und noch weiter verändern würde. Dennoch hatten wir noch nicht alles beisammen. Wahrscheinlich fehlte sogar noch das meiste. Doch zu einem neuen Verstehen und zum Erkennen, daß die alte „Wahrheit“ in Wirklichkeit gar keine war, sondern ein leeres Fassaden-Gebäude, dafür reichte es schon. Wie sehr hatte sich doch das Wort bewahrheitet, dachte ich, daß *Unwissenheit und Oberflächlichkeit die Feinde der Erleuchtung sind.*
„... der Erkenntnis“, korrigierte ich, weil ich es auch auf mich bezog, „nicht der Erleuchtung.“

„Das Wichtigste haben wir vergessen, obwohl es sich aus ‘Gott ist die Liebe’ ergibt: Gott straft nicht, Gott schickt keine Krankheiten, Gott ist nicht die verantwortlich zu machende Instanz für das Leid. Damit“, sinnierte ich weiter, „sind wir mitten drin im Thema.“

„Mir scheint, wir haben die Lösung schon gefunden.“

Ich schaute fragend. Peter begann, mir von Australien zu erzählen, von den Buschmännern und einer ihrer Jagdmethoden. „Kennst du einen Bumerang?“ fragte er mich.

„Klar“, antwortete ich und wärmte einen alten Witz auf. „Ich hatte mal einen, den wollte ich wegwerfen. Das ging nicht, er kam immer wieder zurück.“

„So ist es wohl“, bestätigte Peter und nickte. „So ist es mit jeder Handlung, die in die Welt gesetzt wird. Bestimmt auch mit jedem Wort; manche glauben sogar, mit jedem Gedanken. Jeder Mensch schleudert ununterbrochen Bumerangs und wundert sich, wenn sie zurückkommen, und er von ihnen getroffen wird - obwohl oder weil er doch schon längst nicht mehr an sie gedacht hat.“

„Jeder Verstoß gegen das göttliche Liebegebot gleicht einem solchen geistigen Bumerang. Da dieser nicht verlorengeht, zieht er seine Kreise. Meistens sind sie unsichtbar ...“

„... aber nicht immer“, unterbrach Peter mich.

„Das stimmt. Oftmals kündigt sich der zurückfliegende Bumerang sogar an. Manchmal streift er dich zuerst, bevor er in einem Bogen zurückkommt und dich richtig trifft. Ob aber mit Vorwarnung oder nicht, in jedem

Fall fliegt er auf einer Bahn, die ihn todsicher zu dem zurückbringt, der ihn geschleudert hat. Ob nach 20 Tagen, 20 Monaten, 20 Jahren, 200 Jahren ..."

Das Bild begann klarer zu werden. Das eine ergab sich aus dem anderen, die Mosaiksteinchen fügten sich zusammen. Auf einmal hatte ich das Wort „Gerechtigkeit" vor Augen.

„Wirkliche Gerechtigkeit kann und wird es auf der Welt nie geben." Ich dachte jetzt laut. „Gottes Liebe aber beinhaltet die Gerechtigkeit. Diese *muß* auf eine Weise wirken, die *keinen* - und sei es der größte Sünder oder 'der letzte Mensch', wie wir zu sagen pflegen - auch nur um *einen Hauch* benachteiligt. Das bedeutet, keinem kann etwas widerfahren, das er nicht selbst verursacht hat. Ganz gleich, was es ist! Keiner muß die Wirkung von etwas tragen oder ertragen, das ein anderer - also nicht er selbst - als Ursache geschaffen hat ... Das ist schon mal beruhigend."

Ich schaute unbestimmt-konzentriert auf den Tisch zwischen uns. Peter ließ mich denken bzw. reden.

„Daraus ergibt sich aber auch ein schwerwiegender und weittragender Umkehrschluß, und der ist gar nicht so beruhigend: Daß nämlich ausschließlich *ich selbst* das zu tragen habe, was ich an Negativem ausgesät habe und noch aussäen werde. Ich kann also keinem anderen etwas davon 'unterjubeln'. Das heißt auch, daß das, was auf mich zukommt, von *mir* und von niemand anderem verursacht wurde. Sonst würde mich dieser Bumerang nicht treffen, nicht treffen können! Und es heißt schließlich auch, daß er mich damit *zu recht* trifft, göttliche Gerechtigkeit und ein fehlerfrei arbeitendes göttliches Karma-Räderwerk vorausgesetzt."

Ich sagte noch: „Peng" - und dann herrschte für eine Weile Stille.

Peter nahm das Wort zuerst wieder auf.

„Etwas mit einer solchen Konsequenz zu Ende zu denken, kann heilsam sein, wenn man daraus die notwendigen Schlüsse auch praktisch umsetzt ..."

Ich schaute ihn an. „Das Zauberwort heißt 'wenn' ..."

„Richtig. Will man dagegen diese Schlüsse nicht ziehen, sei es aus Mangel an Einsicht oder Mut oder Beständigkeit, wird man immer wieder den Zufall als Erklärung heranziehen." Er schüttelte leicht den Kopf. „Ich bin zwar nie in meinem Leben so in die Dinge eingestiegen, wie wir das hier tun; aber ich habe zumindest immer dann, wenn es mir möglich war, nach meinem Anteil an einem Dilemma oder einem Streit gesucht."

„Wenn ich leichtfertig den Zufall als Erklärung akzeptiere, beraube ich mich der Chance, etwas zu lernen. Außerdem besteht die große Gefahr, daß ich an Gott irre werde. Oder daß ich andere für mein Schicksal verantwortlich mache." Es „blätterte" weiter in mir, eines ergab sich aus dem anderen. „ ... daß ich damit neue Ursachen setze, weil ich die mich treffenden Wirkungen nicht als Lösungsansatz sehen will und in meinem Frust oder Zorn ungerecht werde. Weitere Bumerangs fliegen los - und wenn auch sie mich eines Tages treffen, werfe ich vor lauter Wut neue."

„Ein Teufelskreis", murmelte Peter.

Ich stimmte ihm zu. „Im wahrsten Sinne des Wortes 'ein Kreis des Teufels', in dem die meisten gefangen sind, weil sie unwissend sind. Aus der Ernte ergibt sich neue Saat, daraus neue Ernte und so weiter. Und wer die Augen nicht öffnet, kommt aus diesem Kreis ständig neuer Seelenbelastungen nicht heraus ... Wer Dummheit sät", sagte ich nachdenklich, „wird Sünder ernten."

Beide waren wir noch frisch. „Eigenartigerweise", dachte ich, „nach einem langen Arbeitstag und diesem Gespräch!" Aber vielleicht war es auch gar nicht eigenartig, sondern ganz normal, und es lag daran, daß wir geistig hungrig waren. Immerhin taten sich ganz neue Perspektiven auf, die noch weitaus mehr beinhalteten, als sich uns in diesen Stunden erschloß. Da war ich mir sicher. Doch auch das bis jetzt Ergründete und Erfahrene allein war schon dazu angetan, voller Zuversicht in die weiteren Jahre zu schauen und zu gehen.

Im Moment beschäftigten mich vordringlich zwei Aspekte, die mein Licht mit Sicherheit mit mir herausarbeiten würde. Am liebsten aber würde ich mir schon vorher ein paar Gedanken darüber machen, mit Peter oder am Wochenende mit Anne.

Das eine war die Frage, wie es möglich war, daß das Karmagesetz über viele Leben und damit vielleicht über viele Jahrtausende absolut präzise wirksam bleiben und dann den Menschen als Kind oder Erwachsenen, als Gläubigen oder Ungläubigen, als Reichen oder Armen, als Guten oder Bösen treffen kann. Ob man also davon ausgehen konnte, daß ein Mensch, der krank wurde oder dem ein Unglück widerfuhr, daß dieser Mensch früher einmal gesündi... Tausend Warnlampen gingen in meinem Kopf an. Ich erschrak und wurde in unserer Stille noch stiller. Schließlich dachte ich vorsichtig weiter.

Das andere war ein Punkt, der mir keine Ruhe und mich gleichzeitig hoffen ließ. Das Licht hatte Entsprechendes bereits angedeutet. War der Mensch seinem Schicksal ausgeliefert, mußte er hilflos das ertragen, was auf ihn zukam? Oder hatte der barmherzige Gott eine Möglichkeit vorgesehen, daß sich der Mensch aus seinem selbstgeschaffenen Los befreien konnte? Wenn ja, unter welchen Voraussetzungen? Mit welchen Mitteln? Und dann die Sache mit dem freien Willen ...

Dann waren da natürlich noch viele andere Fragen, die mir auf den Nägeln brannten, bei denen ich mich aber in Geduld üben würde. Die Antworten bekam ich ohnehin früher oder später. Mich interessierte, wo und wie das Leben weitergeht, wenn der körperliche Tod eingetreten ist; was die Seele ist; wie zu verstehen ist, daß Gott *in mir* ist; wie der Weg zurück in die Himmel aussieht; was und wo die Hölle ist (falls es sie gab); was für eine Funktion sie hat, wenn sie nicht „ewig" ist und vieles mehr.

Dies alles ging mir durch den Sinn. Peter muß es ähnlich ergangen sein, denn wir schwiegen eine ganze Weile. Das war nichts Neues bei uns. Peter hatte einmal gemeint, daß es gut tut, mit einem Menschen gemeinsam schweigen zu können. „Ja", dachte ich jetzt, „das ist auch etwas Schönes."

Dann aber nahm Peter schließlich das Gespräch wieder auf.

„'... wird Sünder ernten', hast du zuletzt gesagt", meinte er, „was aber nicht gleichzeitig bedeutet, daß man Heilige erntet, wenn man nur genügend Weisheit sät."

„Sicher nicht. Darin liegt für mich die Gerechtigkeit Gottes. Einerseits schafft Aufklärung vielleicht Informierte, aber nicht zwangsläufig Erleuchtete - weil nämlich erst die *Liebe* den Prozeß der Seelenentwicklung in Gang setzt. Andererseits kann die Unwissenheit nicht verhindern, daß durch die gelebte Liebe aus abhängigen Menschen langsam aber stetig freie Menschen werden."

Frei zu werden würde dann aber eine Freiheit nicht nur von Ansichten, Meinungen und Eingebundensein bedeuten, sondern auch ein Loslassen und Loswerden von egoistischen Charaktereigenschaften und Gewohnheiten und damit eine Auflösung früher gesetzter Ursachen. Bestehen die Ursachen jedoch weiter, holen die Wirkungen den Verursacher über kurz oder lang ein.

„Aber wie?"

„Aber wie was?" fragte Peter.

Ich hatte laut gedacht. „Entschuldige. Wie ist es möglich, daß eine noch nicht gelöschte Ursache, sagen wir aus dem letzten Jahrhundert, mich *heute* einholt? Gut, sie ist als Energie noch vorhanden ..."

„ ... und Energie kann nicht vernichtet werden und nicht verlorengehen."

„Mein Licht hat mir gesagt, wenn ich mich recht entsinne, daß jede Handlung eine Spur in der Seele des Verursachers hinterläßt ..." Ich hob die Hand in einer Geste, die Peter für den Fall, daß er etwas sagen wollte, stoppen sollte. Mir waren plötzlich zwei Dinge eingefallen, die ich fassen mußte, bevor sie wieder in meinem Unterbewußtsein verschwunden waren.

„Ich habe mich gerade an etwas erinnert." Ich konzentrierte mich. „Das eine war in einem Buch, das Max gehört, in dem die Seele als 'Energiekörper' bezeichnet wird. Das andere ... ich hab's. Das andere war eine Aussage, nach der sich im Geistigen gleiche Schwingungen anziehen."

Noch wußte ich nicht, ob uns diese beiden Erkenntnisse - eigentlich waren es bis jetzt nicht mehr als nur Informationen - weiterbringen würden, als Peter sagte:

„Dann sind wir einen Schritt weiter."

Er erkannte, daß ich diesen Schritt noch nicht getan hatte. Deshalb gab er mir ein Beispiel:

„Ich hab' einmal ein kleines Experiment gemacht und ein Stückchen Seidenpapier von Fingernagelgröße auf die D-Saite einer Gitarre gelegt. Dann habe ich eine andere Saite, nämlich die A-Saite, im 5. Bund gezupft. Was denkst du, was passiert ist?"

Ich hatte keine Ahnung und wußte auch nicht, auf was er hinauswollte. Deshalb sagte ich vorsichtig: „Du hast einen Ton erzeugt."

Peter schaute mich an wie ein Lehrer einen denkunwilligen Schüler.

„Natürlich auch. Aber ich habe auch eine Saite in Schwingung versetzt mit dem Ergebnis, daß auf einer anderen Saite, die ich gar nicht berührt habe, ein Stückchen Papier zu hüpfen anfing und dann herunterfiel."

Ich sagte, „ping, ping, ping, ping", denn jetzt war bei mir der Groschen gefallen. „Eine Saite ruft bei einer anderen Saite eine Reaktion hervor, wenn die von ihr ausgehende Schwingung mit der Schwingung der Empfänger-Saite übereinstimmt. In deinem Beispiel die Schwingung des Tons D, erzeugt im 5. Bund auf der A-Saite." Mir wurde warm. „Eine bestimmte Handlung stellt eine bestimmte Form von Energie dar - oder ein bestimmtes Muster mit einer nur ihm eigenen Schwingung. Wenn diese Schwingungsenergie beispielsweise von *mir* erzeugt wurde, läßt sie beim 'Aussenden' einerseits ihren 'Stempel' in *meinem* Energiekörper, der Seele, zurück und ... und weiter ...?"

„ ... und trägt andererseits gleichzeitig *deine* Handschrift sozusagen als 'Absender'. Sie kehrt nach ehernen Gesetzen, die wir nicht kennen, wie ein

Bumerang zielsicher zu ihrem 'Absender', zu ihrer 'Erzeugerschwingung', zu *dir* zurück."

Nachdenklich sagte ich: „Und dann wundert sich der Mensch, um bei deinem Beispiel zu bleiben, warum das Papier plötzlich von der Saite fällt, obwohl er die Saite doch gar nicht berührt hat."

„Oder", fügte Peter hinzu, „warum er krank wird, obwohl er sich doch gesund ernährt hat."

„Wieso gerade ihn ein finanzieller Verlust oder ein Diebstahl trifft, obwohl er doch immer umsichtig und ehrlich war", machte ich weiter.

„Warum ein geliebter Mensch viel zu früh aus dem Leben scheiden mußte, vielleicht sogar gewaltsam, obwohl er doch ein frommer Mensch war, der keinem Unrecht getan hatte."

Wir ließen eine Weile die Stille um uns wirken. Draußen war es schon längst dunkel geworden. Peter schaute auf seine Uhr.

„Laß mich einen Gedanken noch zu Ende bringen", bat ich. „Es betrifft die Seele, nach der ich mein Licht noch fragen möchte. Wie ich gelesen habe, wird auch oft der Begriff 'Seelenkörper' dafür verwendet. Dieses Wort deutet auf eine Form hin, die der materiellen, dem menschlichen Körper, ähnlich ist."

„Ein geistiger Körper", antwortete Peter.

„Ja, ein Körper, der geistig ist, der Energie ist. Der *zu mir* gehört, zu mir und keinem anderen."

„Und der den Tod überlebt ..."

„Überlebt *er* oder *ich* den Tod?" fragte ich. Hier spürte ich eine Grenze, an der ich mich schwertat. „Wenn es keinen Tod in dem Sinne gibt, wie wir ihn ein Leben lang angenommen haben, wenn ich also nicht sterbe - dann muß nicht er, sondern *ich* den Tod überleben."

Es war spät geworden - und kompliziert. Trotzdem fügte ich noch hinzu:

„Wenn *ich* als Individuum den Tod überdaure, dann muß die Seele nicht nur ein Teil von mir sein, dann muß *sie* mehr oder weniger ...", ich hatte Schwierigkeiten, mein Empfinden auszudrücken, „ ... *ich* sein, der Träger meines wahren Wesens, meiner Persönlichkeit, meiner guten und bösen Seiten, meines Schicksals. Dann bin ich 'nur' ihr 'Aushängeschild' für dieses Leben. Im nächsten sucht sie sich ein anderes ..."

Ich hatte eine kleine Pause gemacht, die es Peter ermöglichte zu ergänzen:

„ ... in das hinein sie das mitbringt, was sie ausgemacht hat, was sie getragen hat und noch trägt.“

„Und da sie Energie ist, und Energie nicht vernichtet werden kann, bleibt sie nach wie vor der Adressat und gleichzeitig Empfänger all ihrer Bumerangs, die noch frei herumfliegen. Gute Nacht.“

Das „Gute Nacht“ war nicht als Aufforderung an Peter gedacht, nun nach Hause zu gehen. Er verstand es natürlich auch nicht so - obwohl es für uns beide an der Zeit war, sich langsam auf die Nacht vorzubereiten. Darin hatte sich mehr eine Art resignierende Ergebenheit geäußert, die sich bei dem Gedanken und der Einsicht an ein hausgemachtes Schicksal und seinen Eventualitäten in mir breitgemacht hatte.

Ich nahm mir vor, darüber noch einmal vor dem Einschlafen nachzudenken.

*

Das tat ich auch.

Hausgemachtes Schicksal hin oder her: Gott war und blieb die Liebe. Nun konnte ja das Geschehenlassen bzw. das Zulassen der Wirkungen notwendig sein, um den Ausgleich innerhalb der göttlichen Gerechtigkeit, auf den alle Menschen gleichermaßen Anspruch hatten, zu gewährleisten. Es diente sicher auch dazu, die Erkenntnis in das eigene Fehlverhalten zu erleichtern. Denn immer wieder von einem Bumerang getroffen zu werden, dachte ich, vielleicht sogar immer an der gleichen Stelle, das würde mich schon mal zum Nachdenken bringen. Sehr wahrscheinlich würde ich versuchen herauszubekommen, ob man nichts dagegen tun kann, und wer diese Dinger eigentlich ständig wirft. Und was würde ich machen, wenn mir jemand erklären würde, daß es meine eigenen Wurfhölzer seien? Würde ich ihm glauben?

Ich versuchte einen anderen Ansatz. Da es einen Weg zu Ihm zurück gab ... Ich stutzte für einen Moment und wunderte mich über mich selbst: Noch vor wenigen Tagen hätte ich gedacht oder gesagt „ ... *wenn* es einen Weg zu Ihm zurück gab.“ Aus dem *wenn* war ein *da* geworden.

Da es also einen Weg zu Ihm zurück gab, mußte es auch eine Möglichkeit geben, diesen Weg zu gehen. Ein Weg ohne Möglichkeit schien mir so sinnlos wie eine Spardose ohne Schlitz.

Bei Gott, sagte ich mir, hat aber alles seinen Sinn. Ewig in einem Kreislauf von ständig neuen Ursachen und Wirkungen gefangen zu sein, die ein Vorwärtskommen auf dem Weg zu Ihm verhindern, war aber in meinen Augen sinnlos. Außerdem wollte *ich* ja nicht nur zu *Ihm* - *Er* wollte mich ja auch wieder bei sich haben. Und nicht nur mich, sondern *alle*. Ergo hatte Er auch ein Interesse an uns. Und mehr als das: Er hatte eine unvorstellbar große Liebe.

Also, schloß ich, hat Er einen Weg gefunden, daß jeder den Weg zurück würde gehen können - sofern er willens war. Das würde aber nur funktionieren, wenn die Bumerangs langsam aufhören würden zu fliegen und zu treffen. Ansonsten, war mein Überlegen, wäre es ein Auf-der-Stelle-treten, ein Sich-ducken, Verteidigen, Zurückschießen. Wie bei der Belagerung einer Burg: Man würde nicht 'rauskommen und sich auf den Weg machen können - es sei denn, es käme Hilfe, göttliche Hilfe ... Danach wollte ich fragen.

*

Ich schlief mit dem Gedanken ein, daß das Leben ein gefährliches Abenteuer ist. Daß es aber vielleicht auch ein schönes sein könnte, falls man den Weg findet, wie man auf „den Weg kommt".

Mein Licht ließ mich nicht im Stich. „Falsche Formulierung", dachte ich gleich darauf, „es hat mich nie im Stich gelassen und wird es nie tun." Seine Strahlen berührten mich und etwas, das wir mit menschlichen Worten vielleicht als „göttliche Zärtlichkeit" bezeichnen würden, floß in mich ein. So empfand ich es. Es umfaßte so vieles: Kraft, Wärme, Geduld, Verstehen, Ermutigung - und war nichts anderes als Liebe.

Es gibt keine größere Kraft als die Liebe. Sie hat unendlich viele Ausdrucksformen. Sie ist Licht, Macht, Geborgenheit, Unendlichkeit, Zuhause, Freiheit. Sie ist alles. Sie i s t .

Ich war glücklich und hörte zu. Dennoch konnte ich nicht verhindern, daß mir der Gedanke kam: „ ... und die Dunkelheit?"

Die Menschen schauen in ihre Welt und erkennen vor lauter Dunkelheit das Licht nicht mehr. „Das Böse nimmt ständig zu", sagen sie, und es scheint, als würde die Finsternis früher oder später den Sieg davontragen. Ich sage dir: Dies wird nicht geschehen, es k a n n *nicht geschehen.*

Du fragst dich, warum es nicht geschehen kann, wo es doch offensichtlich der Fall zu sein scheint. Vergiß nicht: Bei Gott gibt es nicht das, was ihr die „Zeit" nennt. Du wirst es später verstehen, wenn du wieder in der Ewigkeit und Unendlichkeit zu Hause bist. Würdet ihr versuchen wollen, das sogenannte „Fallgeschehen" - das ihr aus euren Bibeln her kennt - nach euren Zeitbegriffen einzuordnen, müßtet ihr eure Unfähigkeit erkennen. In diesen Kategorien könnt ihr nicht denken. Es spielt also für die Rückkehr aller Seelen und Menschen keine Rolle, ob die Finsternis auf eurer Erde für ein paar Jahre, Jahrzehnte, Jahrhunderte oder auch Jahrtausende scheinbar die Überhand gewinnt.

Für mich war dies spannender als alles, was ich bisher gehört und gelesen hatte, nicht zuletzt deshalb, weil ich direkt davon betroffen war - und mit mir alle Menschen (und, wie ich gehört hatte, auch alle Seelen). Mein Leben, so hatte ich das Gefühl, würde von dem abhängen, was ich verstehen und umsetzen könnte. Nein, nicht das Leben schlechthin, denn leben würde ich in jedem Fall, so oder so. Es war mehr die Art und Weise, wie sich dieses und künftige Leben gestalten würden.

Und dann vergiß nicht, daß die Finsternis aus dem Licht hervorgegangen ist und nicht umgekehrt.

(„... dann vergiß nicht?" dachte ich, „habe ich das schon mal gewußt?"*).* Das Licht machte eine kleine Pause.

Ich sehe, daß dir ein Beispiel helfen würde. Stell' dir eine stockdunkle Nacht vor. Auf einem Grundstück steht ein Haus, dessen Fensterläden und Türen dicht geschlossen sind. Im Haus selbst ist alles hell erleuchtet, doch kein Lichtstrahl fällt nach draußen. Nun gehst du hin und öffnest die Läden und Türen. Wird die Dunkelheit nach innen fallen und das Licht schlucken, oder fällt das Licht nach außen und erhellt die Finsternis?"

Die Antwort war so eindeutig, daß sie nicht gegeben werden mußte. Ich tat es dennoch, weil wir darauf vielleicht aufbauen konnten.

„Du machst es einem leicht zu lernen", sagte ich. „Das Licht fällt nach außen und ist damit natürlich die stärkere Macht. Wieso aber entstand die Dunkelheit überhaupt? Warum ließ Gott das zu?"

Mich wunderte lange Zeit später noch, daß mein Licht mir nicht zur Antwort gab, daß mein Bewußtsein zum Verständnis dieses Ablaufs nicht ausreichen würde. Es hätte das Recht zu einer solchen Antwort gehabt, denn in der Tat verstand ich trotz der Einfachheit der Erklärungen vieles nicht. Heute weiß ich, daß das Licht noch eine andere Absicht als die der Aufklärung damit verband: Es zeigte mir, daß es mich ernst nahm, so wie auch ich jeden ernst nehmen sollte, weil es *keine dummen Fragen, sondern höchstens dumme Antworten gab* - wie ich mich erinnerte, einmal gehört zu haben.

Der Schlüssel, so wurde ich aufgeklärt, lag in dem Geschenk des freien Willens, das Gott jedem Seiner Geschöpfe gegeben hat. Dieser freie Wille wurde zuerst von einem, dann von einigen wenigen und später vielen Engeln mißbraucht, die das Ziel einer eigenen Schöpfung anstrebten. Es war wohl der erste Verstoß gegen das Gebot der selbstlosen Liebe. Und das hatte Folgen - nicht weil Gott jetzt als der Strafende oder Rächende auftrat, sondern weil Seine ewigen Gesetzmäßigkeiten wirksam wurden.

Du erinnerst dich: Alles ist Energie, und alles hat seine Schwingung. Jede Energieform hat ihre eigene. Die Schwingung des Eises ist eine andere als die des Wassers und der Luftfeuchtigkeit.

Die höchstschwingende Form der Energie ist die Liebe, die in ihren unzähligen Facetten die Vollkommenheit Gottes ausdrückt. Alles, was unterhalb dieser Vollkommenheit und Selbstlosigkeit angesiedelt ist, schwingt niedriger. Ihr habt davon gesprochen, daß gleiche Schwingungen sich anziehen. Die Schlußfolgerung daraus lautet: Ungleiche Schwingungen stoßen sich ab.

Offenbar war mein Licht wiederum zu der Überzeugung gekommen, daß es nicht schaden könnte, wenn ich meinen Verstand auch zum Mitdenken gebrauchen würde und nicht nur zum Zuhören. Es schwieg nämlich auf einmal, was ich schließlich als Aufforderung verstand, mitzumachen. Ich versuchte es.

„Nachdem ungleiche Schwingungen sich abstoßen, mußten sich die andersdenkenden und -handelnden Engel aus den höchstschwingenden himmlischen Bereichen entfernen. Sie konnten sich dort nicht halten; sie stießen sich ab, zwangsläufig und 'praktisch wie von selbst'."

Nur Mut, schien mir ein besonders leuchtender Strahl zu sagen, der aus dem Zentrum des Lichtes auf mich zukam. Hatte ich das nicht erst vor kurzem auch zu jemandem gesagt?

„Da Energie nach göttlichen Gesetzen (‘und sogar nach unseren physikalischen Gesetzen’, fiel mir ein) nicht vernichtet, sondern nur umgewandelt werden kann, konnte es für diese Engelwesen also auch keine Vernichtung und keinen Tod geben.“ (‘Ist ja bei Gott ohnehin weder möglich noch vorgesehen’, dachte ich, ‘nicht von Seiner Liebe und nicht von Seinen Gesetzmäßigkeiten her. Waren beide ein und dasselbe?’)

So ist es.

Noch vor Tagen hatte mich diese direkte Ansprache, die meinem Licht auf Grund unserer Verbundenheit jederzeit möglich war, leicht verwirrt. Inzwischen hatte ich mich - beinahe - daran gewöhnt.

Ich fuhr fort: „Das kann nur bedeuten, daß sie zwar weiterexistierten, aber nicht mehr in der gleichen Form und nicht mehr auf die gleiche Weise.“ Wo lebten sie weiter? Es mußte außerhalb der Himmel sein, in einem ... Bereich ..., („Ist das wohl der richtige Ausdruck?“ dachte ich. Ganz falsch konnte er nicht gewesen sein, denn ich wurde nicht korrigiert.) ... der ihrer Schwingung entsprach.

Und damit ihrem Bewußtsein, das sich eingeschränkt hatte.

„Hätten sie nicht wieder zurückgekonnt?“

Denke nach.

Recht so; die Frage war mir vorschnell herausgerutscht.

„Da die Liebe nun einmal *ohne Wenn und Aber* die Liebe ist - sonst wäre sie nicht *die* Liebe -, und ihr somit jegliche Empfindung und jegliches Gefühl der Vergeltung oder Bestrafung fehlen, *mußte* es die Möglichkeit der Rückkehr geben. Gab es eine Bedingung dafür?“

Gott stellt keine Bedingungen. Es mußten jedoch, entsprechend Seinen Gesetzmäßigkeiten, bestimmte Voraussetzungen gegeben sein.

„Und die wären? - Entschuldigung“, sagte ich. „ich vergaß, daß *ich* was lernen soll. *Du* weißt es ja schon.“ In Gedanken fügte ich aber noch hinzu: „Das ist wie im richtigen Leben; ob das jemals aufhört?“

Wenn du wieder daheim bist. Bis es jedoch soweit ist, wirst du immer wieder daran erinnert werden, daß es um das Erkennen, Lernen und Lieben geht. Dies wird so lange geschehen, bis du es aus freien Stücken heraus zur Grundlage deines Handelns machst.

„Bis ich aus freier Entscheidung heraus die Richtung bestimme, in die ich gehen will, die Richtung ‘Himmel’ - und in die ich dann auch gehe?“

Wie du es aus dem Gleichnis des verlorenen Sohnes kennst, dem ein Freudenmahl bereitet wurde, als er in das Haus seines Vaters zurückkehrte.

„Ist dieser Weg weit?" wollte ich wissen.

Wie weit er ist, bestimmst du selbst.

Ich dachte darüber nach. Wer war ich denn, daß ich bestimmen konnte, wie kurz oder wie lang der Weg zurück sein würde? Wenn es jedoch so war, mußte es mit der Frage nach der Hilfe zusammenhängen, die am Abend in mir aufgestiegen war, und die ich noch nicht gestellt hatte. „Die Zeit wird kommen", sagte ich mir, denn ich wollte jetzt den roten Faden nicht verlieren.

Ich überlegte einen Moment. Hatte ich ihn schon verloren? Wo waren wir, wo war ich stehengeblieben? Von „bestimmten Voraussetzungen" hatten wir gesprochen und davon, daß ich - sicher jeder andere auch - die „Länge des Rückweges" selbst bestimme. Plötzlich war der Zusammenhang da; der Faden war nicht gerissen.

„Wer in den Himmel zurückkehren wollte, mußte als Voraussetzung die gleiche hohe Schwingung wie die des Himmels aufweisen. Genauer gesagt: Er mußte sie *wieder* aufweisen, wenn er sie zuvor verloren hatte. Er mußte damit die Schwingung des Himmels in sich tragen - oder kürzer ausgedrückt: *den Himmel selbst*. Dann würden sich die Tore des Himmels wie von selbst öffnen, denn einen irgendwie gearteten 'Strafmechanismus', der dies hätte verhindern können, gab es ja nicht."

Ich hatte mich entschlossen, der Einfachheit halber nun doch den Ausdruck *der* Himmel (also die Einzahl) zu gebrauchen, wollte aber gelegentlich danach fragen, warum mein Licht die Bezeichnung *die* Himmel (also die Mehrzahl) verwendete. Es erwies sich jedoch als überflüssig, danach zu fragen.

Es steht dem nichts im Wege, wenn du d e r Himmel sagen möchtest. Die Aussageform d i e Himmel bezeichnet die sieben Kräfte oder Aspekte Gottes, auf denen die gesamte Schöpfung aufgebaut ist.

Ein Strahl seiner Liebe traf mich, den ich verstand als *Laß es gut sein so.*

Natürlich ließ ich es „gut sein". Ich war viel zu dankbar, der Wahrheit überhaupt so nahegekommen zu sein.

„Wer also den Himmel in sich trägt, der kann in den Himmel zurück", nahm ich meine Überlegung wieder auf.

Aus dieser Tatsache ergaben sich sogleich zwei neue Fragen: a) Konnten die gefallenen Engel etwas tun, um ihre Schwingung wieder zu erhöhen, und wenn ja, mit oder ohne Hilfe? Und b) Was geschah oder würde geschehen, wenn ihnen dies nicht gelang, oder wenn sie es nicht wollten?

Mein Licht griff meine zweite Frage zuerst auf.

Wenn sie es wollten, und wenn sie nicht zu tief gefallen waren, gelang es ihnen auch. Wenn sie es nicht wollten und womöglich auf dem Weg des Eigenwillens weiterschritten, blieben sie entweder in ihren außerhimmlischen Bereichen, oder sie fielen tiefer. Sie fielen um so tiefer, je mehr sie gegen göttliche Gesetze verstießen. So bildeten sich nach und nach unzählige Bereiche außerhalb der reinen Himmel. Je weiter diese Bereiche von den Himmeln entfernt waren, um so niedriger war ihre Schwingung. Das Licht in den Engeln oder Geistwesen wurde schwächer und schwächer ...

„... bis es schließlich erlosch", meinte ich, den Satz zu Ende führend.

Die Liebe Gottes kann nicht erlöschen, sonst würde kein Kind in sein Vater-Mutter-Haus zurückfinden.

Das Licht ließ mir ohne die geringste Andeutung von Tadel oder Zurechtweisung Zeit. Aber vielleicht gerade deshalb schämte ich mich ein bißchen, einerseits wegen meiner Unlogik, andererseits wegen einer Spur von „menschlichem Gerechtigkeitsempfinden", die ich in mir entdeckte, und die eine solche Konsequenz als Folge der Abwendung von Gott für möglich gehalten hatte.

Mit dem Schwächerwerden des Lichtes in den einstmals strahlenden, geistigen Körpern veränderte sich auch die Form ihrer Energiekörper, bis sie die niedrigst schwingende Form überhaupt angenommen hatten. Es hatte sich die Materie gebildet.

„Aus Luftfeuchtigkeit wird Wasser, aus Wasser wird Eis ..."

Vereinfacht ausgedrückt, ja. Auf ihrem Weg von den Himmeln bis zur Erde entstanden so viele, viele Welten, in denen all jene zu Hause sind, die entweder nicht so tief, das heißt bis auf die Erde, „gefallen" sind oder ...

Ich hatte während dieser Belehrungen eine entscheidende Antwort gefunden. Mein Licht hatte dies natürlich wahrgenommen. Es schwieg deshalb, um mich sagen zu lassen:

„... oder die den Himmel zum Zeitpunkt ihres Todes noch nicht wieder in sich erschlossen haben und deshalb auch noch nicht wieder in den Himmel hineinkönnen. Sie gehen dann in *die* Welten, von deren Schwingung sie angezogen werden. Das sind nach göttlichen Gesetzmäßigkeiten genau die Bereiche, die den Schwingungen oder auch dem Zustand der einzelnen Seele entsprechen."

So froh ich war, diesen Teil der Wahrheit gefunden zu haben, so traurig war ich darüber, wenn ich daran dachte, in was für schlimme Zustände eine Seele im Jenseits möglicherweise „hineingeboren“ wurde, wenn ihre selbstgeschaffene Seelenschwingung schönere oder hellere jenseitige Welten nicht zuließ. Noch nicht zuließ!

Jetzt ahnst du, was die Hölle ist; was sie sein kann. Sie ist nicht an einen bestimmten Ort gebunden. Menschliches Vorstellungsvermögen geht hier falsche Wege. Und dank der Liebe Gottes ist die sogenannte Hölle auch nicht ewig.

Ewig ist allein das Leben, aus dem auch du bist, an dem auch du wieder teilhaben wirst, du und alle Menschen und Seelen. Dafür ist Er in die Welt gekommen - Christus, der Sohn Gottes - damit a l l e heimfinden.

Mit dieser Antwort war meine erste Frage (ob die Gefallenen etwas tun konnten, sei es aus eigener Kraft oder mit fremder Hilfe) zwar noch nicht beantwortet, aber es war ein Hinweis auf eine Lösung gegeben. *Erlösung* fiel mir spontan ein.

Ich segne deinen Schlaf. Ich bleibe bei dir.

13. Die Liebe, die Freiheit und der Fall

Die Vorbereitungen für meine Tagestour waren am nächsten Morgen relativ schnell getroffen. Peter war schon unterwegs; ich wartete noch auf zwei Pakete, die ich für Kunden mitnehmen sollte. Eva hatte Kaffee für uns beide gemacht und beendete gerade ein Angebot, „ ... ohne das du nicht losfahren darfst“, hatte sie mir ans Herz gelegt. Als sie damit fertig war und es mir gab, sagte sie unvermittelt:

„Hast du dich noch mal mit der Reinkarnation beschäftigt?“

„Ja“, sagte ich nur, abwartend, was da kommen würde. Eva wollte auf etwas anderes hinaus.

„Meine Oma hat mitbekommen, wie ich unseren Pfarrer vor ein paar Tagen danach gefragt habe. Nach dem Abendessen hat sie uns etwas erzählt, das hängt mit dem Tod von meinem Opa zusammen. Vielleicht erinnerst du dich, er ist vor zwei Jahren gestorben.“

Ich nickte. Ich erinnerte mich gut daran, weil ich damals angefangen hatte, mir die ersten, oberflächlichen Gedanken zu dieser Thematik zu machen. Ausschlaggebend war die Grabrede des Geistlichen gewesen, der es verstanden hatte, Trost und Hoffnung zu spenden. Er hatte seine Rede unter das Motto „Wir sind nur Gast auf Erden und wandern ohne Ruh' ...“ gestellt, dem Text eines Kirchenliedes, das ich selbst früher gesungen hatte. Aber erst viele Jahre später, auf der Trauerfeier von Evas Großvater, hatten die Worte etwas in mir ausgelöst. Die intensive Fortsetzung davon erlebte ich in diesen Tagen.

„Oma weiß zwar nichts von Reinkarnation, aber ich hatte ihr wohl mit meiner Frage ein Stichwort gegeben. Denn sie erzählte uns an diesem Abend etwas, das sie bisher wie einen Schatz gehütet hatte.“ Eva schaute mich fragend an. „Willst du's wissen?“

„Natürlich, jetzt hast du mich neugierig gemacht.“

So erfuhr auch ich davon, daß der Verstorbene seiner Ehefrau zweimal des Nachts erschienen war. Sie beteuerte immer wieder, daß es kein Traum gewesen sei. Ihr Mann sei plötzlich vor ihrem Bett gestanden, sie selbst sei schlagartig hellwach gewesen. Angst hätte sie keine gehabt, es wäre im Gegenteil schön gewesen, ihn zu sehen. Das einzige, was sie ein bißchen gestört hätte, sei gewesen, daß sie darauf nicht vorbereitet war bzw. das nicht hätte einordnen können. Wo war er jetzt? War er noch „der Alte"? Was machte er da?

Als er ihr das erste Mal erschien, so ihr Eindruck, hätte er ein wenig kraftlos und gedrückt gewirkt. Gesprochen hätte er nichts. Beim zweiten Mal wäre seine Erscheinung wesentlich kraftvoller und heller gewesen, und er hätte ihr - ohne etwas zu sagen - vermittelt, daß es ihm gut ginge.

Obwohl sie sicher war, das tatsächlich erlebt und nicht geträumt zu haben, habe sie sich nicht getraut, mit jemandem darüber zu sprechen.

„Was hältst du davon?" fragte mich Eva zum Schluß.

„Ich glaube, sie hat nicht geträumt. Viele Menschen haben Gleiches oder ähnliches erlebt."

„Dann gibt es deiner Meinung nach so etwas wie ein Leben nach dem Tod?"

„Nicht nur 'so etwas'", antwortete ich. „Ich bin inzwischen fest davon überzeugt, daß es gar nicht anders sein kann."

Sie war nachdenklich geworden. „Darüber müssen wir uns gelegentlich unterhalten", meinte sie. Ich sagte nicht „ja" und sagte nicht „nein". Ablehnen wollte ich ein solches Gespräch nicht, denn erstens mochte ich sie, und zweitens würde ja auch die Möglichkeit bestehen, daß wir beide etwas lernen könnten. Andererseits wollte ich mich davor hüten, mit Halbwissen hausieren zu gehen, das ich selbst noch nicht zu einem Teil meines Lebens gemacht hatte.

Ich wunderte mich über Eva; anscheinend ließ ihr das Thema keine Ruhe, denn sie fragte mich: „Wo aber sollen die Toten denn sein? Gibt es so eine Art 'Unterwelt'? Was soll das denn für einen Sinn haben?" Sie schüttelte den Kopf. „Und dann die zweierlei Erscheinungen ein und derselben Person: einmal traurig und grau, das andere mal freudig und hell. Wenn es nicht meine Oma wäre, die das erzählt hat, ich glaube, ich hätte denjenigen für ...", sie fuhr mit ihrer Hand zweimal vor ihrem Gesicht vorbei, „ ... gehalten."

Unser Lehrling kam aus seiner Frühstückspause zurück; Eva und ich hatten unsere heute einmal auf eine ganz andere Art genutzt. Das Telefon klingelte, und über den Hof rief mir jemand durch das offene Fenster zu, daß die Pakete fertig seien.

„Ich denk' darüber nach", antwortete ich. Das war nur die halbe Wahrheit. Die ganze war, daß mein eigenes Nachdenken ohne die liebevolle Aufklärung des Lichtes nicht zu einer gescheiten Antwort führen würde. Aber das konnte und wollte ich ihr nicht sagen.

*

Ich löste mein Versprechen insofern ein, als daß mir Evas Geschichte nicht aus dem Kopf ging. Sie hatte mich, ohne daß sie es wollte und wußte, dazu gebracht, mich mit der Frage zu beschäftigen: Was geschieht „drüben"?

Natürlich hätte ich in entsprechenden Büchern suchen und lesen können. Aber die Bücher von Max hatte ich nicht dabei - ich war ohnehin nicht sicher, ob ich bei ihm etwas über jenseitige Welten mitgenommen hatte - und kaufen wollte ich mir keine. Hinzu kam, daß mir deren Wahrheitsgehalt auf einmal nicht mehr absolut sicher erschien. Ich erinnerte mich nämlich daran, beim Lesen in der Stadtbücherei recht unterschiedliche Schilderungen und Interpretationen des Jenseits gefunden zu haben. Das Wichtigste aber war wohl: Ich hatte mein Licht. Gab es nicht ein Sprichwort, das sinngemäß lautete: *Warum gehst du zum Schmidtchen, wenn du zum Schmidt gehen kannst*?

Während der Fahrtzeiten zwischen meinen Besuchen dachte ich über die Jenseits-Frage nach, ohne jedoch zu einer Antwort zu kommen. Ich mußte einsehen, daß ich hier mit meinem Denken an eine Grenze kam, die ich nicht überwinden konnte. Vieles von dem, was mir in den vergangenen Tagen und Nächten mit Hilfe des Lichtes klargeworden war, ließe sich *(... wenn du dabei die Logik nicht verläßt*, erinnerte ich mich) schlußfolgern und reichte jetzt schon für eine Richtungsänderung in meinem Leben aus. Wissen über andere, für uns unsichtbare Welten ergab sich nicht durch nachdenken. Dazu brauchte ich entweder mein Licht oder andere Quellen, was ich aber nicht wollte.

„Eigentlich hätte schon die einzige Erkenntnis ausreichen können, daß die Liebe und Gerechtigkeit für *alle* die gleichen Kriterien ansetzt, um dem Leben einen anderen, neuen Sinn zu geben", dachte ich. „Aber so, wie die meisten Menschen einschließlich meiner Person sind, scheinen weitere Erklärungen und Erläuterungen unumgänglich, um ein bißchen was in Bewegung zu setzen. Schade, daß wir so schwerfällig sind ..."

Ich fuhr allein auf einer abseits gelegenen Landstraße. Plötzlich hatte ich das Gefühl, daß das Licht mir nahe war. „Näher als sonst", dachte ich, „tagsüber verspüre ich dich so gut wie nie" - als mir einfiel, daß es mir ständig nahe war. Ein „Abstand" wurde immer nur von mir hervorgerufen, wenn ich zum Beispiel auf mich bezogen und damit gedanklich „weit weg" war.

„Was würde es dir helfen, viel über die Seelenbereiche zu wissen?" ging mir ein Gedanke durch den Kopf. *„Das Entscheidende weißt du: Gott ist die Liebe, und der Weg zu Ihm führt über die gelebte Liebe."*

Es war, als würde ich eine Art Zwiegespräch mit mir selbst führen. „Ich wäre beruhigter, und irgendwie wäre eine Lücke *(„sag' ruhig Wissens-lücke")* gefüllt. Es würde mir das Verstehen erleichtern."

„Richtig verstehen kann man nur mit dem Herzen."

Ich blieb hartnäckig. „Soll dies denn ein Geheimnis für mich bleiben?"

„Nichts wird dir ein Geheimnis bleiben. Vergiß nicht, dein wahres Wesen ist göttlich. Alles hat seine Zeit. Vielleicht gibt es Wichtigeres für dich?"

„Was könnte das sein?"

„Gebrauche deinen Verstand."

Ich hatte mir wieder einmal selbst ein Bein gestellt. Es war ja nicht das erste Mal, daß ich an die Benutzung meiner grauen Zellen erinnert wurde. Nur: War es diesmal mein Licht gewesen? Mein Gewissen? Oder führte ich tatsächlich schon Selbstgespräche? Was immer es war: Den Verstand zu gebrauchen, konnte nie schaden.

Was war wichtiger als zu wissen, wie viele Welten es gab, wie sie aussahen, wo sie waren, wie viele Menschen, nein Seelen, auf oder in ihnen lebten?

„Willst du mir helfen?" muß ich gedacht haben, ohne daß es mir bewußt gewesen war.

„Eva hat dich unter anderem nach dem Sinn gefragt. Könnte das eine Spur sein?"

Ich war weit und breit allein auf der Straße. Es gelang mir, ohne daß meine Aufmerksamkeit beeinträchtigt wurde, darüber nachzudenken.

Das stimmte, Eva hatte auch nach dem Sinn gefragt. Gut. Da bei Gott alles seinen Sinn hatte, mußte auch in dem Weiterleben der Seele ein Sinn liegen. „Logisch, zähle einfach wieder 1 + 1 zusammen", sagte ich mir.

Sinnvolles Handeln ist immer zielgerichtet. Das Überleben der Seele wäre das eine; aber nur Überleben um des Überlebens willen, ergäbe keinen Sinn. Das andere wäre die Weiterentwicklung der Seele, eine irgendwie geartete Veränderung, die Schaffung eines Ausgleichs für negative Handlungen oder was immer.

Wo lag das Ziel, wenn alles Sinnvolle zielgerichtet war? Das Ziel, war ich aufgeklärt worden, war der Ausgangspunkt: die Himmel. In sie konnte ausnahmslos jeder erst dann zurück, wenn er die Himmel wieder in sich trug.

Bis dahin lebte er außerhalb, entweder auf der Erde - wie ich und Milliarden Menschen mit mir - oder in irgendeinem der jenseitigen Bereiche. Auch wenn es bei Gott keine Zeit gab, so konnte es doch nicht sein, daß die Seelen der Verstorbenen auf ewig im Jenseits außerhalb der Himmel verblieben. (Oder waren es die Verstorbenen selbst? Ich wußte es noch nicht.) Das würde ja keine Rückkehr bedeuten; es käme einer Art Verbannung gleich. Verbannung - wofür? Für eine Schuld, die bei Gott nicht mehr existierte, wenn der Mensch oder die Seele diese Schuld vielleicht längst schon *wiedergutgemacht* oder *ausgeglichen* hätte?

Ich spürte, daß ich kurz vor einer Antwort war, mit der ich mich zufriedengeben könnte.

„ ... wiedergutgemacht ... ausgeglichen ... "

Ich hörte genauer in mich hinein.

„ ... ausgeglichen ... umgewandelt ... aufgelöst ... erlöst ... erlöst ... "

*

Über Mittag besuchte ich ein kleines Geschäft im Hinterland, dessen Inhaber schon seit vielen Jahren ein treuer Kunde von uns war. Ich hatte mir angewöhnt, die Mittagspause immer dann bei diesem Kunden zu verbringen, wenn meine Tour mich in diesen Teil meines Verkaufsgebietes führte. Ich war vor Jahren einmal zum Essen eingeladen worden, und das hatten wir dann so beibehalten. Inzwischen waren er, seine ganze Familie und ich gute Freunde geworden.

„Nimmst du noch ein Stück Kuchen, Ferdinand?" fragte mich seine Frau Brigitte, nachdem ich einen schon zweimal vollgeschöpften Suppenteller geleert hatte.

„Nein, danke." Ich hob abwehrend die Hand.

„Aber einen Kaffee, oder?" Sie kannte mich. Ihr Mann war in der Zwischenzeit ins Geschäft im vorderen Teil des Hauses gegangen, um einen Auftrag für mich zusammenzustellen, wozu er im Laufe des Vormittags nicht mehr gekommen war.

„Nimm dir so lange die Zeitung", sagte Brigitte zu mir, während sie in die Küche ging, um den Kaffee zuzubereiten. „Es dauert noch ein wenig, bis Bernd fertig ist."

Kaum hatte ich die Zeitung aufgeschlagen, fiel mein Blick auf eine Meldung mit der Überschrift *Deutsche glauben an einen Gott.* Mich wunderte inzwischen nicht mehr, daß meine Augen praktisch „geführt" wurden, nachdem die Sache mit dem Zufall ausgedient hatte. In dem kleinen Artikel hieß es:

„Eine deutliche Mehrheit der Deutschen von 56,8 Prozent hat ihren Glauben an Gott nicht verloren. Das ist das Ergebnis einer Umfrage unter 2000 Bürgern. Unklarer werden die Vorstellungen der Deutschen allerdings, wenn es darum geht, was Gott denn nun ist oder tut: 48,5 Prozent der Befragten sehen Gott in der Natur. 43,9 Prozent halten ihn für eine universelle Kraft. 44,9 Prozent meinen, er zeige sich im Handeln der Menschen. 33,1 Prozent sagen, er schaue dem Weltgeschehen tatenlos zu. 21,4 Prozent der Befragten dagegen weisen ihm eine aktive Rolle zu." [9]

Brigitte mußte beim Abräumen des Tisches mitbekommen haben, daß ich diesen Artikel las, denn sie fragte mich: „Was hältst du davon?"

Zuerst wollte ich sagen, daß ich es für erschreckend hielt, was für verworrene Vorstellungen die meisten Menschen von Gott haben. Dann besann ich mich aber gerade noch rechtzeitig. Keinem stand es zu, die Ansicht eines anderen zu verurteilen. Aufklären, wenn er gefragt wurde, wenn er dazu die nötige Kompetenz hatte und die erforderliche Toleranz an den Tag legte - ja. Doch hatte ich die schon?

Brigitte bemerkte mein Zögern; sie schien nicht recht zu wissen, wie sie es deuten sollte.

„Ich wollte dir damit nicht zu nahetreten", sagte sie dann.

„Nein, nein, das hast du ganz und gar nicht getan", antwortete ich. „Es ist nur so, daß ich mich gerade mit dieser Frage beschäftige."

Sie setzte sich, ein wenig neugierig geworden, zu mir an den Tisch. „Das ist schon komisch, Ferdinand. Wir kennen uns jetzt schon so viele Jahre. Wir haben uns alles Mögliche erzählt, nur darüber haben wir nie gesprochen."

„Vielleicht hast du gespürt, daß ich noch nicht so weit war", dachte ich, sprach es aber nicht aus. Dagegen sagte ich: „Ich bin erst ein Anfänger. Und du?"

„Ich glaube, ich auch", entgegnete sie. Eine große Ernsthaftigkeit strahlte jetzt von ihr aus, die ich in der Vergangenheit nicht bemerkt hatte. „Auf eine gewisse Art und Weise bleibt man wohl immer Anfänger ..."

[9] Heilbronner Stimme vom 18.6.97

Warum hatte ich das Gefühl, daß dies bei ihr nicht ganz stimmte? War ihre Bescheidenheit der Grund dafür? Oder waren meine „Antennen" empfindlicher geworden? Oder war es beides?

Mir kam eine Frage in den Sinn, bei der ich einen Moment überlegte, ob ich sie ihr stellen konnte. Ich entschloß mich, es zu wagen. Vielleicht fand ich einen Menschen, der *praktisch* das bereits lebte, was sich in mir in der Theorie aufzubauen begann.

„Wo suchst du Ihn, oder wo hast du Ihn gefunden?"

Sie zögerte nicht einen Augenblick. Ihre Antwort kam ebenso einfach wie überzeugt:

„In mir."

*

In dieser Nacht hielt sich das Licht nicht mit Vorreden auf, sondern kam direkt „zur Sache". Vielleicht lag dies daran, daß ich mich bis in den Schlaf hinein mit dem beschäftigte, was mir der Tag alles gezeigt hatte. Meine letzten Gedanken vor dem Einschlafen - das wußte ich noch, als das Licht kam - waren um die Frage gekreist, wer denn nun nach dem sogenannten Tod weiterlebt: die Seele des Verstorbenen oder der Verstorbene selbst. Und, das fiel mir noch ein, was die Aussage für den Menschen bedeutet, daß „Gott im Menschen lebt".

Das Verstehen erleichtert sich, wenn du um die Schöpfung weißt und als Ausgangspunkt für deine Erkenntnis den „Fall" nimmst und dann schrittweise vorgehst.

Jedes Geschöpf ist a u s Gott - im Gegensatz zu dem, was d u r c h Menschen geschaffen wird, zum Beispiel durch deren handwerkliche Arbeit. A u s Gott zu sein bedeutet, ein Teil Seines Selbst zu sein, Seine Liebe, Sein Gesetz in sich zu tragen. Deshalb konnte ich dir sagen: „Du bist göttlich". Jedes Seiner Geschöpfe ist und bleibt göttlich, ob es in den Himmeln lebt oder sich daraus entfernt hat. Für die Entfernung aus den Himmeln kann es auch andere Gründe geben als die Auflehnung gegen Gott. Die Menschwerdung eines geistigen Wesens kann durchaus ein Akt der selbstlosen Liebe sein. Du erkennst daran, daß mehr als nur ein Aspekt maßgebend dafür ist, daß es Seelen und Menschen gibt.

Ich hörte so aufmerksam zu wie selten, oder wie noch nie. Entscheidende Aufklärung stand mir bevor, ahnte ich. Außerdem begann sich eine größere Ernsthaftigkeit in mir breitzumachen. Das betraf nicht nur diese Nacht; ich hatte es schon in den letzten Tagen verspürt. Es war keine Ernsthaftigkeit im Sinne von Humorlosigkeit, sondern mehr ein Ernstnehmen des sich erweiternden Horizonts und der Wunsch, dies in mein Leben einzubauen. Ich war also ganz Ohr, sozusagen „im Schlaf hellwach."

Dadurch, daß die Fallwesen - also die ehemaligen Engel - in ihrem Eigenwillen eine eigene Schöpfung nach ihren Vorstellungen anstrebten, verstießen sie gegen göttliches Gesetz. Je intensiver und je öfter dies geschah, um so mehr entfernten sie sich aus den Himmeln, um so niedriger schwangen ihre früher so strahlenden Erscheinungen, um so mehr verdichteten sich die Bereiche, die sie schufen, und um so kleiner und „blasser" wurden auch ihre geistigen Energiekörper, das Göttliche in ihnen. Verschwinden aber oder sich auflösen konnten und können sie nicht. Gott vernichtet nicht Sein eigenes Leben.

Ich drücke es für dich vereinfacht aus, schien mir ein Strahl seines Liebelichtes sagen zu wollen, und ich antwortete durch die Empfindung tiefen Vertrauens.

Da jedes Geschöpf Gottes als höchstes und teuerstes Gut den freien Willen erhielt, ließ die ewige Liebe ihre Kinder gewähren. Der tiefste Punkt des Falls war erreicht, als sich die Materie zu bilden begann, das materielle Universum mit seinen unzähligen Formen einschließlich eures Planeten Erde. Von dieser materiellen Verdichtung waren auch die Fallwesen betroffen, also nicht nur die Welten oder Bereiche, die sich durch die Zuwiderhandlung gebildet hatten, sondern sie selbst auch.

Das einstmals strahlende Geistwesen hatte sich „eingehüllt". In seinem tiefsten Inneren war immer noch sein göttlicher Ursprung, sein Erbe - ihr würdet vielleicht sagen: fast nicht mehr „sichtbar" oder zugedeckt. Um diesen Kern herum hatten sich, einer Zwiebel ähnlich, die Schwingungen der Welten gelegt, die durch den Fall entstanden waren, und in die sich das Fallwesen begeben hatte.

Du erinnerst dich sicher daran, daß sich gleiche Schwingungen anziehen und ungleiche abstoßen?

Ich nickte.

Deshalb konnte und kann kein Wesen in einem Bereich leben, ohne sich mit dessen Schwingungen „einzuhüllen". Die letzte, die äußere Hülle ist im

Gegensatz zu den anderen Hüllen materieller Natur. Die anderen, die darunterliegenden, die praktisch von der Hülle des menschlichen Körpers eingeschlossen werden, sind nicht-materiell. („Wie die ihnen entsprechenden Bereiche“, dachte ich). *Sie sind zwar auch noch relativ grob, aber sie sind nicht s o verdichtet, daß sie für euch sichtbar sind.*

Ich verstand: „Sogar im Materiellen gibt es Schwingungsbereiche, die wir mit unseren Sinnesorganen nicht wahrnehmen können. Das gilt unter anderem für die Augen. Das Spektrum des sichtbaren Lichtes ist nur ein kleiner Teil viel größerer Wellenbereiche, die wir in ihrer Gesamtheit mit unseren Augen nicht erfassen können.“

Die Menschen suchen immer nach „Beweisen“. Dieses Beispiel könnte ihnen als ein solches dienen. Viele verlassen sich lieber auf ihre völlig unzureichenden Sinnesorgane, indem sie nur das glauben, was sie hören und sehen, riechen und fühlen. Oftmals täte es ihnen gut, sich an ihren Tieren ein Beispiel zu nehmen, die sich nicht so schlau wähnen und vielfach dennoch besser hören und sehen, riechen und fühlen.

Es war das erste oder eines der wenigen Male, daß ein Hauch von sanfter Mißbilligung (?) aus den Worten des Lichtes herauszuhören war. So schien es mir. Vielleicht empfand ich es aber auch nur deshalb so, weil ich noch nicht in der Lage war, Kritik so zu verpacken, daß sie bewertungs- und urteilsfrei war. Sobald mit ihr die Absicht verbunden war, nach Möglichkeit eine Änderung bei dem anderen auszulösen, sagte ich mir, war sie persönlich gefärbt und konnte vermutlich auch nicht mehr voll angenommen werden.

„Puh“, dachte ich, „es lohnt sich, darüber gelegentlich nachzudenken.“

Viele Tiere reagieren oftmals für euch unverständlich, besonders dann, wenn es um eure Verstorbenen geht. Was Tiere auf ihre Weise wahrnehmen, ist das, was Menschen allgemein als Seele bezeichnen, obwohl vielen nicht klar ist, was sie damit ausdrücken.

Gelingt es dir jetzt, die Begriffe „Geist“, „Seele“ und „Mensch“ zu definieren?

Ich konzentrierte mich. Von den vielen Fragezeichen in mir hatte sich eine große Anzahl aufgelöst. Das „Bild“ begann, sich abzurunden; der Weg zur Wahrheit war jetzt deutlich besser zu erkennen. Ich fing mit dem für mich Leichtesten an.

„Der Mensch ist die äußere, materielle Hülle. Diese ist für ein Leben auf der Erde, auf der Materie, erforderlich.“ Wo sollte ich weitermachen?

Ich überlegte und stelle dann die Seele zurück, um mich zunächst dem Geist zuzuwenden, was mir nicht so schwierig erschien.

„Der Geist ist das Göttliche in jedem, es ist das, was nicht vernichtet werden kann und ... und ..." Ich fing an zu stottern.

... das in die Himmel zurückkehren wird. Es ist dein unsterbliches Wesen, geschaffen von Gott, ausgegangen von Gott und auf dem Weg zurück zu Ihm, wo es - früher oder später - eintreffen wird.

Für einen Augenblick erfüllte unbeschreibliche Freude mein Inneres. Das war die Hoffnung, nein, jetzt war es Gewißheit! Es war das, wonach ich mich ein Leben lang unbewußt gesehnt, was ich gesucht hatte: Die absolute Sicherheit zu haben, daß ich in das Haus meines Vaters zurückkehren würde. In diese Freude nahm ich das Begreifen hinein, daß dies für *alle* gilt, für Freunde, Bekannte, Unbekannte, für alle Völker, Rassen, Nationen, Religionsgemeinschaften - für *alle.* Wir alle waren aus den Himmeln, und alle würden zurückkehren. Was für ein gigantischer Plan, was für ein gigantisches Geschehen.

Liebestrahlen umfingen mich. In mir war Friede. Wie lange dauerte der Moment? Ich weiß es nicht. Mein Licht holte mich verständnis-innig in die „Realität" zurück. Was aber war die Realität? Die nicht zu beschreibende Freude, der tiefe Friede? Die Wirklichkeit unserer nächtlichen Begegnung? Oder der morgige Tag?

Und die Seele?

Ja, die Seele! Das Schwierigste hatte ich mir bis zuletzt aufgehoben.

„Die Seele muß das sein, was zwischen dem inneren, göttlichen Kern und dem äußeren, menschlichen Körper liegt ..." Mein Licht unterbrach mich zwar nicht, aber ich hatte auf Grund einer anderen Vibration seiner Strahlung den Eindruck, als würde es etwas ausdrücken wie ... *so kann man es auch sagen ...*

„ ... es müssen die Hüllen sein, die sich in den einzelnen Bereichen gebildet haben, durch die das geistige Wesen während seines Abstiegs gegangen ist." Göttlich oder positiv konnten diese Ummantelungen nicht sein, da sie ja erst durch die Abwendung von Gott entstanden waren. Wenn die Tatsache der Abkehr von Gott Sünde war (ich gebrauchte diesen Begriff ganz vorsichtig), dann war das, was die Hüllen ausmachte, durch die Sünde entstanden.

„Dann sind", sagte ich wieder laut, „die Hüllen die Seele oder die Seele ist die Summe der Hüllen oder ..."

... ihrer Belastungen; denn da sich die Wesen durch den Fall belastet hatten, kann man ihre Seelenhüllen auch als Belastungen bezeichnen.

„Mit diesen Belastungen aber kann niemand in den Himmel zurück." Ich überlegte. Mir war gerade etwas in den Sinn gekommen, das für mich noch unklar war.

„Habe ich nun eine Seele, oder bin ich eine Seele? Oder bin ich meine eigene Seele?"

Du kannst deine Seele nicht von deinem Körper trennen. Dies geschieht erst im Augenblick des Sterbens. Zuvor bist du beides. Deine Seele ist untrennbar mit dir verbunden. Alles, was du empfindest, denkst, sagst und tust, wird in deiner Seele registriert. Ich erinnerte mich, daß wir von den „Spuren" gesprochen hatten.

Das ist aber nur die eine Seite. Die andere ist, daß du ununterbrochen „aus deiner Seele heraus" handelst, aus deinem nicht-materiellen Energiekörper. Was in deiner Seele ist, und was du stündlich, minütlich, ja jeden Augenblick in sie hineinspeicherst, kannst du erkennen, wenn du auf deine Empfindungen und die daraus resultierenden Reaktionen achtest.

Anscheinend hatte mein Licht ein gewisses Unvermögen in oder an mir festgestellt, diese Erklärungen richtig einordnen zu können; denn es erläuterte mir:

Da alles Energie ist, ist auch dein Bewußtsein nichts anderes als Energie. Später einmal wirst du verstehen, daß d u überhaupt nichts anderes als Bewußtsein b i s t , individuelles Bewußtsein, ob vorübergehend im menschlichen Körper oder im Seelenleib oder ewig als strahlende, göttliche Energie.

Noch glaubst du, du h ä t t e s t ein Bewußtsein und trennst daher. Anders ist deine Frage nicht zu verstehen. Verläßt das irdische Leben deinen Körper, dann verläßt d u deinen Körper und lebst als Seele weiter.

Du kannst dich - oder dein Bewußtsein, wenn dies für dich verständlicher ist - im Laufe der Zeit verändern; du kannst deine Seelenschwingung erhöhen, so weit, bis sich die Belastungen schließlich aufgelöst haben. In dem Maße, wie dieser Prozeß fortschreitet, erweitert sich dein Bewußtsein, deine Belastungen verringern sich, und das göttliche Wesen in dir strahlt immer mehr durch. Ob aber nun Mensch, Seele oder später wieder reines, geistiges Wesen - in jedem Fall bist es d u .

Das Licht schwieg lange. Es war eine der längsten Unterweisungen, die mir bisher zuteil geworden waren. Viel Neues war darin, Entscheidendes, das mir zum Verstehen des Ganzen bisher gefehlt hatte. Ich wußte, daß mein Licht mich nicht überfordern würde - ganz im Gegensatz zu mir, der ich dies bei vielen Menschen und vielen Gelegenheiten schon getan hatte. Immer war ich in diesen Fällen der Ansicht gewesen, daß das, was ich als richtig erkannt hatte, auch jedem anderen einleuchten müßte. Was „freier Wille" heißt, und wie wichtig das Erkennen der geistigen und seelischen Aufnahmefähigkeit meines Nächsten war, das begann ich erst jetzt ganz langsam zu begreifen.

Du hast dir die Frage gestellt, was es bedeutet, daß Gott i n jedem Menschen lebt. Kannst du dir nun selbst die Antwort geben?

„Wenn ich ... und mit mir jeder ..." Ich begann noch einmal. „Wenn ich in meinem Inneren ein Teil des göttlichen Lebens bin, dann läßt mich Gott auch nicht ... verhungern" (ein treffenderes Wort fiel mir so schnell nicht ein); „dann wird Er mich auch aus Seiner unendlich fließenden, göttlichen Quelle erhalten." Mir fiel ein Beispiel ein.

„Ich bin dann wie eine Glühbirne, durch die elektrischer Strom fließt. Über diesen Strom ist die Glühbirne mit dem Stromerzeuger verbunden." Ich brauchte solche und ähnliche Bilder oft, um mir selbst eine größere Klarheit zu verschaffen. Es war erstaunlich, wie treffend diese Bilder sein konnten. Ihr Wahrheitsgehalt lag häufig viel höher als das oft gebrauchte Wort vom „hinkenden Vergleich".

Wenn du also eine direkte, unmittelbare Verbindung zu deiner „Quelle" hast, zu deinem Vater, zu Gott, dann bist du an das größte Energiepotential angeschlossen, das es überhaupt gibt - auch wenn dir dies nie bewußt war.

Was ergab sich daraus? Da dieses Energiepotential die Liebe war, die sich ununterbrochen verschenkte, mußte es auch mir und jedem möglich sein, Kräfte über Kräfte zu erhalten. Wichtig dafür war, daß man darum bat und durch ein entsprechendes Verhalten die Voraussetzungen für das Fließen dieser Kräfte schaffte. Was war darüber hinaus erforderlich? In welchen Tempel, in welche Kirche mußte ich gehen? Welche Zeremonien mußte ich über mich ergehen lassen oder selbst vollziehen? An welche Orte mußte ich fahren, um dieser Liebe besonders nahe zu sein? Welche Vorschriften mußte ich beachten, welcher Gemeinschaft angehören? Wohin mußte ich mich mit meiner Bitte wenden?

Im gleichen Moment, da ich mir die Fragen stellte, war die Antwort schon da, so klar, wie sie klarer nicht sein konnte:

„Da jeder Mensch der *Tempel des Heiligen Geistes* ist, weil Gott in jedem wohnt, bedarf es keiner Vermittlung, keiner Übersetzung, keiner weiteren Verpflichtung. Wer in sein Inneres geht, der ist *da.* Er hat die Verbindung mit Gott, mit seiner Lebensquelle, hergestellt. Näher als die Liebe in mir kann mir nichts sein."

Mir fiel das Wort aus der Bibel ein: „Ich Bin euch näher als eure Arme und Beine". Jesus von Nazareth hatte dies gesagt. Was ich nicht verstand: Wieso *er* das sagen konnte, wenn es doch auf Gott zutraf? Wer war dieser Jesus, der sich auch als *Christus* bezeichnete? Vor ein paar Tagen hatte das Licht seinen Namen erwähnt - in einem wichtigen Zusammenhang, wie mir schwach bewußt wurde. An mehr erinnerte ich mich aber im Moment nicht.

Ihr habt ein Sprichwort, das wir diesmal gelten lassen sollten, auch wenn es in unserer Dimension keine Bedeutung hat: „Morgen ist auch noch ein Tag".

Dir ist viel Wissen zuteil geworden. Nutze es weise. Wissen für sich ist ohne Bedeutung; gelebtes Wissen dagegen wird zur Weisheit und lichtet die Seele.

Ein letzter Liebe-Gruß für heute berührte mich, dann ging mein Licht zurück, bis es - in meinen Augen - verschwand. Ich wußte jedoch, daß dies in der Wirklichkeit des Geistes, in der „wirklichen Wirklichkeit", nicht so war. Und so ging ich in die weitere Nacht mit dem Gefühl unendlicher Geborgenheit. Mein Licht war in meiner Nähe, mein Gott war in mir. Was sollte mich schrecken?

14. Die Allmacht wird keines ihrer Kinder verlieren

Der folgende Tag, ein Freitag, verlief relativ ruhig. Peter hatte sich Urlaub genommen, um mit seiner Frau Katharina ein verlängertes Wochenende in einem Ferienhaus zu verbringen, das ihnen ein Bekannter zur Verfügung gestellt hatte. Ich führte ein paar Telefongespräche; Eva hatte für mich ein paar Sachen vorbereitet, die ich noch mitnehmen sollte, hauptsächlich Bemusterungen, Prospekte und ein Angebot.

Schon bald fuhr ich los. Meine Freitagstour führte mich nur in Ausnahmefällen auf weite Strecken. Heute hatte ich es so eingerichtet, daß ich nicht länger als bis in den frühen Nachmittag unterwegs sein würde, weil ich anschließend an meinem Schreibtisch Routinearbeiten erledigen wollte, zu denen Berichte, Statistiken, Reisekostenabrechnungen und ähnliches gehörten.

Bei einem meiner Vormittagskunden hatte sich vor ein paar Tagen Nachwuchs eingestellt. Ich kam nicht umhin, mit der frischgebackenen „Oma" ein Glas Sekt auf den neuen Erdenbürger zu trinken.

„Es ging alles gut", erzählte sie mir. „Die Elfriede hat's prima überstanden und der Kleine auch. Alexander heißt er übrigens, genau wie mein Großvater. Und das Komische ist, daß er nicht nur so heißt, sondern ihm auch unwahrscheinlich ähnlich sieht. - Ich weiß, Eltern oder Großeltern legen in Ähnlichkeiten der Kinder oftmals vieles hinein, aber in diesem Fall ..." Sie schüttelte den Kopf. „Mein Mann sieht die Ähnlichkeit genauso; Elfriede natürlich weniger, weil sie ihren Urgroßvater nur als Kleinkind gekannt hat."

Ich trank den letzten Schluck und wollte gerade etwas erwidern, als sie noch sagte: „Wenn ich nicht wüßte, daß es nicht sein kann, würde ich sagen, das *ist* der Großvater. Aber das ist natürlich Quatsch. Nur weil er so heißt, und weil er so aussieht." Mit sich selbst anscheinend nicht im reinen, fügte sie hinzu: „Und dennoch ..."

Ich hatte das Gefühl, etwas antworten zu müssen, obwohl sie mich nicht direkt gefragt hatte. „Wenn wir mal die Tatsache außer acht lassen, daß wir nicht wissen, wie eine Seele in einen Körper hineinkommt, dann ist es im Prinzip nichts Besonderes, ob sie dies auch ein zweites- oder drittes- oder viertesmal tut. Unerklärlich bleibt es in jedem Fall - ob einmal oder später nochmals oder gar mehrmals."

Sie schaute mich erstaunt an. „Sie glauben daran?"

„Ich glaube daran, daß der Mensch eine Seele hat." Anders, etwa mit den Formulierungen „eine Seele ist" oder „sein wird", wollte ich es nicht ausdrücken. So ganz richtig hatte ich es ja selbst noch nicht verstanden.

„Ich auch", antwortete sie.

„Wenn er aber eine Seele hat, dann muß sie auch irgendwie in den Körper hineingekommen sein." Sie sagte nichts. Machte ich gerade etwas falsch? Wäre es besser zu schweigen? „Einen Satz noch", dachte ich, „dann ist Ruhe."

„Und wenn sie beim Sterben den Körper verläßt, muß sie bei der Geburt des Menschen, so vermute ich mal, eingetreten sein. Zumindest wäre das für mich logisch."

Ich stellte mein Glas ab, sagte „Danke für den Sekt" und wollte mich gerade zur Seite drehen, um meinen Aktenkoffer zu schließen, als sie fragte: „Ist das ihr Ernst?"

Jetzt hatte ich angefangen, jetzt mußte ich auch dabei bleiben, egal, ob ich gleich ausgelacht werden würde oder nicht. Außerdem war es meine Überzeugung. Also sagte ich:

„Ja, weil alles andere für mich unlogisch ist." Sie forderte mich stillschweigend zum Weiterreden auf. „Inzwischen glaube ich an eine göttliche Gerechtigkeit, was bei mir früher nicht der Fall war."

„Und die drückt sich darin aus, daß ein Mensch wiederkommen muß?"

„Vielleicht *muß*, vielleicht *kann,* vielleicht *darf* ...?" Beinahe hätte ich noch angefügt „vielleicht *freiwillig*", unterdrückte das aber noch rechtzeitig, weil ich nicht glauben konnte, daß jemand freiwillig nochmals auf die Erde ging, wenn er nicht müßte. „Ich weiß es nicht", sagte ich stattdessen.

„Das wäre dann wie in einer Schule. Nach Abschluß der einen Klasse kommt man in die nächste, weil man noch nicht alles gelernt hat ..."

„Oder, falls man sitzenbleibt, wiederholt man die letzte Klasse noch einmal. Auf jeden Fall glaube ich nicht mehr daran, daß man von der Schule fliegt und dann draußen vor der Türe steht, nur weil das eine Jahr 'rum ist und noch Wissens- und Lernlücken da sind."

Sie schien sich mehr und mehr für den Gedanken erwärmen zu können. „Eigentlich ist das Leben wie eine Schule, nur gibt es im Leben viel mehr zu lernen ... Und was man in diesem Leben nicht gelernt hat oder lernen konnte, holt man im nächsten nach." Plötzlich ging ihr ein Licht auf: „ ... hole *ich* im nächsten nach. Nicht nur möglicherweise mein Großvater, sondern Sie und ich ... und du", sagte sie zu ihrem jüngeren Bruder, der gerade das Büro betrat.

„Um was geht's, Hilde", sagte der, „um größere Beträge?"

„Vielleicht", antwortete ich an ihrer Stelle und erkannte an der „Zufälligkeit" des Telefonläutens, daß es an der Zeit war, mich freundlich zu verabschieden.

„Bis zum nächsten Mal", rief sie mir noch nach. „Und vergessen Sie das Wiederkommen nicht."

*

„Vergiß das Wiederkommen nicht ... das Wiederkommen nicht ..."

Es war früher Nachmittag, ich war auf der Heimfahrt. Allerlei ging mir durch den Kopf, vor allem freute ich mich auf den Besuch von Anne. Groß etwas vorbereitet hatte ich nicht, das war bei uns zweien nicht nötig. Vermutlich würde sie sowieso etwas mitbringen, um ihren Vater „ ... vor dem Verhungern zu retten", wie sie immer neckend sagte. Ob wir etwas unternehmen würden, und wenn ja, was - darüber würden wir sprechen, wenn es soweit war.

Das Radio spielte leise und von mir kaum beachtet. In mein Bewußtsein drang schließlich aber doch eine Melodie: *Junge, komm' bald wieder, bald wieder ...* Aus einem plötzlichen Impuls heraus schaltete ich ab. Da gab es etwas nachzudenken, zumal mich jemand immer wieder an *„Vergiß das Wiederkommen nicht ... das Wiederkommen nicht ..."* erinnerte.

Mit großer Freude dachte ich an die vergangene Nacht. So vieles war mir geschenkt worden. Ein ganz klein wenig freute ich mich auch über mich selbst. „Aber nur ganz, ganz wenig", dachte ich, weil ich schon wieder die „Fußangel" sah, die sich da auftat. Ich war dankbarer geworden als früher. „Stop und falsch", sagte ich mir, „früher bin ich gar nicht dankbar gewesen". Wofür auch? Was ich hatte und konnte und wußte, war doch alles selbst erarbeitet. Und jetzt?

Mir war klargeworden, daß ich mehr war als der sterbliche Ferdinand Frei, der bisher die 55 Jahre seines Lebens recht und schlecht hinter sich gebracht hatte. Mir war bewußt geworden - *bewußt gemacht worden* -, daß ich unsterblich war und aus der größten Quelle „genährt" wurde, die es überhaupt gab. Das war die eine, wunderbare Seite.

Die andere war ebenso schön - wenn man sich erst einmal zu dieser Anschauung durchgerungen und schließlich damit begonnen hatte, die vielen Facetten des Egos nach und nach aufzugeben: Alles, was um mich war und in mir und an mir, war mir geschenkt.

Alles? *Alles! Oder hast du die Luft geschaffen, die dich am Leben erhält?* Aber ich habe mein Brot selbst gekauft! *Und das Geld dafür?* Habe ich verdient! *Und die Kraft dafür?* Habe ich in mir entwickelt! *Und die Voraussetzungen dafür?* Habe ich durch mein Denken, Lernen und Streben geschaffen! *Und wer gibt dir die Energie zu diesem Denken?* Ich habe mich willentlich entschieden zu denken! *Und die Kraft für diese Willensentscheidung ...? Alles aus dir selbst? Bist du ein Perpetuum mobile ...? Du bist aus dir heraus nichts.*

Als dieser Prozeß in mir abzulaufen begann, fing sich die Sicht der Dinge an zu ändern. (Ich werde hoffentlich niemals zu glauben wagen, kam mir der Gedanke, ich hätte diesen Prozeß abgeschlossen; zu zahlreich sind die Fallen.)

„Ich bin ein Sohn Gottes - und ich bin ein Nichts. Ist das ein Widerspruch? ... Absolut nicht“, war mir durch den Kopf gegangen, „es kommt auf die Betrachtungsweise an. Wer ist dieses 'Ich'? Ist es der Mensch, ist es ein Nichts. Ist es der Geist, ist es göttlich, ewig - alles.“

Solche und ähnliche Empfindungen und Gedanken waren in den letzten Tagen in mir abgelaufen. Ich bin fest davon überzeugt, das wäre jedem so ergangen, der die gleichen, schönen Erfahrungen machen würde wie ich.

„Vergiß das Wiederkommen nicht ...“ Mir fiel ein, daß ich während des Gesprächs am Vormittag beinahe davon gesprochen hätte, daß vielleicht auch die Möglichkeit besteht, freiwillig zu inkarnieren, obwohl ich mir dieses beim besten Willen nicht vorstellen konnte. Mein Licht würde mich aufklären. „Wunderbar“, dachte ich und gleichzeitig: „Aber bis dahin könntest du doch etwas Kreatives tun und deinen Verstand gebrauchen.“

„ ... Wiederkommen nicht“. Zum Wiederkommen waren noch einige, nein, sehr viele Fragen offen. Daß ich meine Neugierde nicht so sehr auf Details lenken sollte, darüber war ich schon aufgeklärt worden. Ich akzeptierte dies auch, fast verstand ich es sogar. „Lassen wir also den Wissensdurst nach dem Ablauf des Lebens im Jenseits beiseite“, sagte ich mir. „Es gibt ja auch noch andere, grundsätzliche Fragen.“

Erstens: Der Himmel war für diejenigen verschlossen, die ihn bei ihrem Tod noch nicht wieder in sich trugen. Ich konnte mir zwar nicht vorstellen, wie ein Mensch leben würde oder sein müßte, der bereits zu Lebzeiten „den Himmel in sich trug", aber soviel war mir klar: Sehr viele dürften es nicht sein, die diesen Zustand am Ende ihres Lebens erreicht hatten. Die allermeisten kämen also von hier aus nicht sofort - sozusagen aus dem Stand - in den Himmel.

Zweitens: Die ewige Verdammnis in einer ewigen Hölle hatte sich als Irrlehre erwiesen. Zwar schien es einen Bereich dieser Art zu geben (mein Licht hatte kurz davon gesprochen), aber auf ewig verdammt war man nicht. Auch von dort aus mußte es die Möglichkeit der Heimkehr geben, da *gleiche Liebe für alle* auch *gleiche Chancen für alle* hieße. Plötzlich mußte ich lachen, weil mir etwas aufgefallen war, das den meisten nicht aufzufallen schien, obwohl es das Widersprüchlichste war, das ich mir im Moment vorstellen konnte:

Gott war dabei, einen großen Teil Seiner Kinder an die Finsternis zu verlieren. Denn wenn man all die Dogmen und die vielen hemmenden Vorschriften, Riten und Zeremonien in allen Religionen einerseits und den Unglauben und die Unwissenheit in der Welt andererseits betrachtete, mußte man zu dem Schluß kommen, daß die meisten Menschen wohl nicht den Weg in den Himmel fanden. *Ein* Leben wäre für eine solche Entwicklung normalerweise zu wenig gewesen. Also: Die Dunkelheit wäre demnach in der Lage, der *Allmacht* Geschöpfe abzujagen, und zwar nicht nur eines, sondern sehr viele! Damit wäre die Allmacht keine Allmacht mehr, sondern es gäbe eine größere Macht.

Hatte keiner je diesen - ich traute mich zu denken: unglaublichen Blödsinn bemerkt?

Drittens: Was blieb? Wer nicht in den Himmel konnte, wer aber auch nicht für ewig verdammt wurde, wer nicht auf der Erde bleiben konnte, weil seine Zeit für dieses Leben abgelaufen war - der mußte aber doch irgendwo anders hinkönnen! Und vor allem: Von dort aus mußte er weitergehen können, denn ein ewiges Verbleiben außerhalb der Himmel war auf Grund der vorgesehenen Heimkehr aller Geschöpfe nicht möglich.

Eine Antwort bot sich mir an, deren Richtigkeit ich aber nicht nachprüfen konnte: Wenn die Seelen nicht unbegrenzt in ihren neuen Welten bleiben konnten, mußten sie sich „bewegen", entweder nach „oben" in Richtung Himmel oder nach „unten" zurück auf die Erde. Welche Seele was konnte, wann sie es konnte und anderes mehr, das war mir noch völlig unklar. Aber ich war ein Stückchen weitergekommen. Denn nun kam die Wiedergeburt ins Spiel, und sie erwies sich als ebenso gerecht wie sinnvoll und logisch.

Wer sich weiterentwickeln wollte (sollte, konnte, durfte?), trat demzufolge als Seele erneut in einen Menschen ein, und beide wurden für den Verlauf eines Lebens eins. Dieses Geschehen mußte nach unumstößlichen göttlichen Gesetzmäßigkeiten ablaufen; anders konnte es nicht sein - nicht bei einer unendlich großen Liebe.

Die Seele, die sich in den Menschen inkarnierte, brachte vermutlich die Belastungen oder einen Teil davon aus dem früheren Leben mit, sagte ich mir in Erinnerung an die gar nicht so „unschuldsvolle und taufrische Rose". Oder auch noch aus Leben, die davor lagen; denn alles mußte ja noch da sein, weil keine Energie vernichtet werden kann. Es sei denn ...

„ ... umgewandelt ... aufgelöst ... erlöst..."

... es sei denn, die belastende Energie würde in ihrer ehemaligen Form nicht mehr bestehen. Bestand sie aber noch, ganz oder teilweise, dann existierte auch noch der „Bumerang"-Effekt. Das konnte nur heißen, daß die Seele bzw. nach der Geburt der *Mensch* früher oder später von den Wirkungen seiner eigenen Taten eingeholt würde. Das konnte während des gesamten Lebens geschehen, also auch schon einen Augenblick nach der Geburt oder erst einen Augenblick vor dem Tod.

„Oder aber", begriff ich, „die Seele bringt die Belastung, die sie in sich trägt, und die gewissermaßen eine Art 'Narbe' in ihrem Seelenkörper darstellt, von Geburt an als Unvollkommenheit oder Fehler in das neue Leben hinein, in ihren noch kleinen Erdenkörper. Sicher nicht gezwungenermaßen, denn Gott ist die Freiheit. Also entweder nach feststehenden, geistigen Abläufen - oder aber *freiwillig* ..."

Ich hielt gedanklich inne, weil ich mir über die Konsequenzen dieser Erkenntnis erst klarwerden mußte.

„ ... und die Eltern stehen allein gelassen und fragend bis erschreckt oder verzweifelt an der Wiege ihres Kindes. Wer von ihnen würde um die Hintergründe wissen? Wer von ihnen würde die Demut und die Stärke einer Seele erahnen, die sich möglicherweise aus Liebe zu Gott zu einem solchen Schritt entschlossen hatte?"

Inzwischen hatte ich meine Firma fast erreicht. Mir war nicht sehr nach reden zumute, und ich hoffte, ich würde es auch nicht müssen. Ich hatte Glück. Eva war an diesem Nachmittag schon früher nach Hause gegangen, und die anderen, die noch da waren, beschäftigten sich mit sich selbst.

15. Kommt da was aus „heiterem Himmel"?

Majestätische Schönheit erfüllte den Raum. Das Licht war da; ich war glücklich.

Du bist einen Schritt vorangekommen. Die Liebe konnte dich einiges erkennen lassen.

Und so, als wenn Lob Gift wäre - was es für das Ego sicher auch ist - fügte mein Licht hinzu:

Doch vergiß nicht, daß „eine Schwalbe noch keinen Sommer macht", wie ihr es ausdrückt. Je mehr Erkenntnisse der Mensch sammelt, um so mehr sollte seine Demut wachsen. Doch die Fallen, die die Dunkelheit aufstellt, sind zahlreich. Und die des Hochmuts sind die häufigsten. Die Gefahr ist übergroß, aus den sich erschließenden Zusammenhängen und der Anhäufung von Erkenntnissen eine eigene Entwicklung abzuleiten, die der anderer Menschen voraus ist.

Wenn sie es tatsächlich ist, wird sich das Gefühl des Besser-Seins verlieren. In dem Maße, wie dies geschieht, wird es einer Selbstlosigkeit und Demut Platz machen, die mehr und mehr das Ziel ins Auge faßt, dem Nächsten zu dienen. Und dies ohne Lob, ohne Anerkennung, ohne Rücksicht auf die eigene Person.

Ich *dachte* wieder einmal, ohne daran zu denken, daß für mein Licht alles offenbar war - ob ausgesprochen oder „nur" gedacht: „Aus dem Geistigen zu sprechen, wenn alles in einem erschlossen ist, ist sicher kein großes Problem. Wenn man das aber als Mensch hört, ist das viel komplizierter, auch wenn man es rundherum akzeptiert und vom Prinzip her bejaht."

Ich spreche nicht aus der Theorie.

Ich bekam einen kleinen Schrecken. Nicht im entferntesten hatte ich beabsichtigt, meinem Licht vorzuhalten, es habe aus seiner Position heraus gut reden. Was ich hatte denken wollen, betraf eher die Schwierigkeit des Umsetzens *(meine* Schwierigkeit, mußte ich zugeben), also weg vom Wissen, hin zum Tun. Das erschien mir mit einem riesigen Aufwand verbunden, einer ewig langen Arbeit an sich selbst.

Aber die Bemerkung hatte mich auch neugierig gemacht. War mein Licht schon einmal inkarniert?

„Du weißt, wie ich es gemeint habe", sagte ich.

Eine geistige Entwicklung braucht eine Entscheidung, sie braucht Hilfe, und sie braucht Zeit. Du wirst nicht eines morgens wach und bist liebevoll, tolerant, geduldig und frei, nur weil du dir dies, und sei es noch so fest, vorgenommen hast. Dein Entschluß setzt lediglich einen Prozeß in Gang. Die Arbeit, die sich daraus ergibt, mußt du tun - wenigstens einen Teil davon, d e i n e n Teil.

Jeder Mensch muß dies tun, keiner kommt daran vorbei. Das galt für mich, bei meinen Inkarnationen, ganz genauso. Es liegt im freien Willen begründet. Du kennst den Weg, das heißt du kennst Gut und Böse, du hast die Zehn Gebote, die Bergpredigt und das allen übergeordnete Gebot der Gottes- und Nächstenliebe. Und du hast dein Gewissen. Welche Wegweiser, glaubst du, brauchst du noch?

Ich überlegte kurz. „Eigentlich keine", wollte ich gerade sagen, als mir einfiel, daß dann die nächste Frage wohl lauten würde: *Wann, glaubst du, fängst du an?* „Und?", dachte ich. „Was wäre schlimm daran? Willst du denn nicht?"

Sicher wollte ich; außerdem würde mein Licht das sowieso nicht fragen. Eine solche Frage zu stellen, das würde höchstens ich bei einem anderen tun, weil mir das mit dem freien Willen meines Nächsten noch nicht in Fleisch und Blut übergegangen war. Behutsam ausgedrückt.

Doch, fiel mir ein, da wäre noch etwas!

„Alle Wegweiser sind da", sagte ich. „Nur ... wie kann ich sinnvoll und effektiv an mir arbeiten, wenn ich im einzelnen nicht weiß, woran? Was liegt in mir? Welche Belastungen trage ich in meiner Seele? Wann kommt welcher 'Bumerang' auf mich zurück? Wie ist das mit meinem Karma? Wenn ich mir vorstelle, daß ich das wie einen Rucksack immer mit mir herumtrage ... also, ich weiß nicht ..."

Jeder Mensch trägt s e i n Karma. Es ist die Summe seiner Verstöße gegen das Liebegebot. Kein Mensch ist vollkommen frei davon. Wäre er das, dann hätte er sein Bewußtsein absolut erschlossen, nicht ein Schatten wäre mehr in seiner Seele. Er wäre wieder zu dem reinen Geistwesen geworden, das er von Urbeginn an war und ewig sein wird. Er hätte die Vereinigung mit seiner Quelle, mit Gott, wieder erreicht - und müßte augenblicklich diese Materie verlassen, weil er sich auf oder in ihr nicht mehr halten könnte.

Das Karma in seinem Umfang und seiner Bedeutsamkeit ist jedoch bei allen Menschen unterschiedlich. Es ist individuell, weil es durch den freien Willen eines jeden individuell verursacht wurde.

Eines war mir in den vergangenen Tagen schon klargeworden: Jeder Mensch trug sein „Päckchen", wie es eine Redeweise ausdrückt. Nicht bei allen war dies offensichtlich; aber selbst bei denen, die reich, schön, jung, gesund oder alles auf einmal waren, gab es einen Schwachpunkt. Man müßte ihn erkennen können, würde man genauer hinsehen. Die sogenannten Schicksalsschläge, seien es kleine oder große, trafen augenscheinlich mehr oder weniger alle Menschen, wenn dies auch von der Schwere, der Menge und den Zeitintervallen her gesehen variierte. Man konnte den Eindruck haben, daß hier nach einem Gießkannenprinzip sowohl Schlechtes wie auch Gutes wahllos über die Menschen ausgegossen wurde.

Wer seine Zuflucht nicht zum Zufall nahm, der mußte hier ein irgendwie geartetes, anscheinend ungerechtes göttliches Verteilersystem vermuten - oder an Karma glauben ...

„Gott ist doch die Barmherzigkeit ...", begann ich, wußte dann aber nicht so recht weiter. Ich rechnete schon mit der Aufforderung, meinen Verstand zu gebrauchen, doch das Licht erkannte meine Unfähigkeit, an diesem Punkt durch eigenes Denken weiterzukommen.

Gott i s t die Barmherzigkeit. Wie wolltest du, wie wollte ein jeder ohne Seine Barmherzigkeit wieder in die Himmel finden? Doch Seine Gerechtigkeit gilt allen.

Nimm das Bild einer Waagschale, die sich im Gleichgewicht befindet. Wenn du nun deine Seite zu deinen Gunsten veränderst, so bedeutet dies gleichzeitig, du veränderst die Seite des Nächsten zu dessen Ungunsten. Was wird die Gerechtigkeit tun?

„Sie wird veranlassen, daß das Gleichgewicht wiederhergestellt wird. Das kann nur durch einen Regelmechanismus geschehen, der immer und überall wirkt, sei es im Großen oder Kleinen." Dann rutschte mir heraus:

„Das ist aber eine harte Gerechtigkeit. Sie erinnert mich an 'Auge um Auge, Zahn um Zahn'."

Für wen ist es eine harte Gerechtigkeit? Für dich, der du ein Unrecht begangen hast? Oder für deinen Nächsten, dem Recht widerfährt? Wenn nun nicht du der Verursacher, sondern der Betroffene wärst: Wäre es dann auch eine „harte" Gerechtigkeit, wenn deine Waagschale wieder aufgefüllt und so das Gleichgewicht wiederhergestellt würde?

Schon war ich wieder mit dem Rücken an der Wand. Die Frage erforderte keine Antwort. Mein Licht verspürte, daß mir ein Beispiel helfen würde.

Ich gebe dir ein Bild. Angenommen, du schlägst einen anderen Menschen. Dieser hegt daraufhin einen Groll gegen dich. Du weißt, daß keine Schuld „von alleine" vergeht. So lange also der Groll deines Nächsten besteht, wird er nach einer Möglichkeit suchen, es dir „heimzuzahlen". Vielleicht ergibt sich eine solche Gelegenheit in dieser Woche, diesem Monat, diesem Jahr oder diesem Leben nicht mehr. Wenn sie sich aber ergibt, und wenn dein Nächster seinen Groll dann noch in sich trägt, kann es ohne weiteres geschehen, daß e r diesmal d i c h schlägt. Eure Rollen sind vertauscht.

Für dich, der du nicht mehr daran denkst oder nicht mehr um das damalige Vorkommnis weißt, kommt der Schlag „wie aus heiterem Himmel", ungerecht und grundlos. Euer „Konto" aber ist ausgeglichen, das Gleichgewicht wiederhergestellt.

„Es bleibt ausgeglichen, vorausgesetzt, ich schlage nicht zurück - im guten Glauben, das Recht dazu zu haben ..."

So ist es. Kannst du dir vorstellen, daß es auch eine andere Möglichkeit gibt, den Schlag zu verhindern?

Jetzt wurde es interessant, und langsam ahnte ich auch, auf was mein Licht hinaus wollte. Früher wären mir in etwa folgende Möglichkeiten eingefallen: Dem anderen aus dem Weg zu gehen, einen Selbstverteidigungskurs zu belegen oder sich einen Bodyguard zuzulegen, eine Festung zu bauen oder auszuwandern, falls es sich um eine größere Sache handelte. Unter dem Gesichtspunkt, daß sich keine Energie automatisch „verliert", waren diese Antworten natürlich ebenso falsch wie: „ ... einfach Gras über die Sache wachsen lassen."

„ ... umwandeln ... auflösen ..." kam mir in den Sinn. Nur so konnte es gehen, wenn ich den Schlag verhindern und gleichzeitig nicht in Versuchung geraten wollte, durch ein Zurückschlagen meinerseits den Kreislauf von Ursache und Wirkung in Gang zu halten.

„Den Schlag einstecken zu müssen, ihn gewissermaßen als Ausgleich *ertragen* zu müssen, ist eine Möglichkeit. Die Alternative dazu ist die, mich mit meinem Nächsten zu vertragen. Ich bitte um Verzeihung, er verzeiht mir, sein Groll verschwindet, er schlägt nicht zurück, und die Wirkung der von mir gesetzten Ursache hat sich aufgelöst. Sie wurde praktisch *umgewandelt*: Aus der *negativen* Energie des Zorns wurde die *positive* Energie der Versöhnung."

Die Antwort war klar, die Lösung lag regelrecht „auf dem Tisch". Wenn mir auch die Tragweite des soeben Erarbeiteten noch nicht klar war, so fiel mir doch gewissermaßen ein Stein vom Herzen. Und dennoch dachte ich: „Wenn das immer so einfach wäre ..."

Mein Licht hatte natürlich „mitgehört".

Wir haben noch nicht darüber gesprochen, wie leicht oder schwer so etwas ist. Verfalle nicht in den so häufig gemachten Fehler, zwar ein Prinzip zu bejahen, seine Anwendung aber als so schwierig anzusehen, daß dadurch das Prinzip fast schon wieder in Frage gestellt wird.

Es hatte ja recht. „Entschuldige", sagte ich.

Die Gerechtigkeit erfordert den Ausgleich. Du kennst jetzt die Alternativen: Der Mensch versöhnt sich und macht, soweit dies erforderlich und möglich ist, wieder gut - oder sein Karma trifft ihn früher oder später. Dann muß er ertragen, was ihn trifft; er muß abtragen. Erkennt er sein Unrecht nicht, besinnt er sich nicht, verstrickt er sich womöglich tiefer und tiefer in sein Karma, so bleibt als einziger Weg des Ausgleichs die Abtragung.

Mir kam der Gedanke, wie blind ich viele Jahre meines Lebens verbracht hatte; ähnlich wie mir würde es vermutlich den meisten Menschen gehen. Das Leben schien mir auf einmal ein ganz schön gefährliches Wagnis zu sein: Ich führte einen Kampf gegen einen unsichtbaren Gegner! Wie sollte ich diesen Kampf je gewinnen? Jetzt wußte ich zwar um die Gefahr, aber damit wurde sie nur geringfügig kleiner.

Mit der Akzeptanz von Karma und Wiedergeburt hatte sich so manche Frage gelöst. Viele blieben aber noch unbeantwortet. Ich nahm mir vor, es so zu halten, wie mein Licht es mir angeraten hatte: Nicht durch scheinbare Schwierigkeiten, Unmöglichkeiten, noch nicht erkannte Lösungen und nicht verstandene Antworten an dahinter wirkenden Gesetzmäßigkeiten zu zweifeln.

Denn es gab schon noch einiges, das mich im Zusammenhang mit dem Karma interessierte: Gab es keine Ausnahmen von der Regel, beispielsweise bei größeren Unglücken oder Katastrophen? Konnte es nicht doch einmal „Unschuldige" treffen? Ließe sich jeder Unfall, jede Krankheit, Behinderung oder Notlage durch Karma erklären? (Die ersten Warnlampen gingen in mir an.) Konnte man von einer Wirkung auf die Ursache schließen? (Immer mehr Warnlampen ...) Konnte man auf Grund eines Karmas, das einer zu tragen hatte ...

Bevor *alle* Lampen die Gefahr signalisierten, die sich durch ein solches Denken in bezug auf meinen Nächsten ergab, erkannte ich sie und setzte für einen Moment mein Denken aus. Noch war nichts passiert, aber ...

Wessen Bewußtsein reicht aus, die Hintergründe einer euch offensichtlich scheinenden Abtragung zu erkennen? Was wißt ihr über die Seelen, die freiwillig die Schuld anderer auf sich nehmen, damit diese - nicht so belastet - einen Auftrag erfüllen können? Was wißt ihr über die Liebe so mancher Seele zu Gott, die in dem stillen Annehmen ihres Leids eine Möglichkeit sieht, Ihm näherzukommen?

Es gab einen Menschen, dessen Bewußtsein ausreichte: Jesus von Nazareth. In Ihm war die Liebe Gottes inkarniert, der Christus.

Wessen Bewußtsein so weit, so umfassend geworden ist, daß er die Belastungen seines Nächsten erkennt, dessen Liebe ist auch so groß und selbstlos geworden, daß er nicht mehr be- und verurteilen kann. Und er wird erst recht nicht mehr richten. Er kann sehen, kann verstehen, er kann helfen und heilen. Er liebt. Gibt es viele Menschen auf eurer Welt, die dies von sich sagen können?

Ich war wieder einmal still geworden. Mein Licht gab mir so vieles zum Nachdenken. Und das war, wenn ich das richtig sah, ja erst der Anfang. Ich wollte niemals mehr mein Licht verlieren. Es sollte bei mir bleiben, bis ... bis wohin? Das würde sich ergeben. Wir würden uns natürlich in der folgenden Zeit nicht übers Wetter unterhalten, sondern es würde mich lehren, und ich würde lernen.

Es gab noch *so* viel zu lernen, das hatte ich inzwischen begriffen. Gemeinsame Jahre lagen vor uns, die gewiß nicht langweilig würden. Im Augenblick beschäftigten mich zwei Fragen: Was hatte es mit dem *Christus* auf sich, den das Licht schon mehrmals erwähnt hatte? Und: Wie konnte ich mein Karma rechtzeitig erkennen, damit der Kampf gegen meinen unsichtbaren Gegner nicht einseitig zu meinen Lasten ausgehen würde, sondern im Gegenteil von mir gewonnen werden könnte?

Eine dritte Frage fiel mir ein: Gegen wen kämpfte ich da eigentlich? Wer zwang mir aus welchen Gründen diesen Kampf überhaupt auf?

Ehe ich überlegt hatte, ob und wie ich meine Fragen richtig formulieren sollte, begann das Licht.

Glaubst du, es wäre für dich leichter, wenn du um dein Karma wüßtest?

„Aber sicher", erwiderte ich spontan.

Eine kleine Pause des Lichtes ließ mich ob meiner Spontaneität ein wenig unsicher werden. „Ich stelle es mir wenigstens vor“, schob ich nach.

Kannst du dir dein Karma vorstellen?

„Nein ...“ Ich zögerte. Worauf wollte mein Licht hinaus?

Weißt du, wie oft du schon auf Erden warst?

„Nein. Sagst du es mir?“ Die Frage war vermutlich sehr dumm, weil das Licht es nicht einmal für nötig hielt, darauf einzugehen.

Wenn du einen großen Berg Kies abzutragen hättest: Wäre es dir dann eine Hilfe, wenn du dir ständig den Umfang der noch nicht erledigten Arbeit bewußt machtest? Wäre das motivierend? Oder wäre es nicht einfacher, du würdest dich auf das konzentrieren, was unmittelbar vor deiner Schaufel liegt?

Jetzt wurde mir klar, was mir mein Licht damit sagen wollte. Es beflügelt einen Menschen nicht, um den Karma-Berg zu wissen, der möglicherweise noch abgetragen oder umgewandelt werden muß.

Im Gegenteil: Allein der Rückblick auf das eigene Versagen *dieses* Lebens, auf das Erkennen vermeidbarer Fehler, auf das noch anstehende Vergeben-Müssen und die noch auszusprechenden Bitten um Vergebung - das allein kann schon schwer genug sein, um jeden Morgen einen neuen und weitgehend unbelasteten Start in den Tag zu vollziehen. Wie schwer müßte es erst sein, auf die Summe *vieler* Leben zu blicken, und trotzdem voller Hoffnung, Mut und Freude immer wieder neu zu beginnen, weiterzumachen und durchzuhalten ...

„Du hast es schwer mit mir“, sagte ich und meinte es ehrlich. „Manchmal dauert’s ein bißchen länger.“

Ein Liebelichtstrahl, der mich kurz berührte, war die Antwort. Es war eine Geste des Verstehens und der Ermutigung.

Nach und nach erschließen sich dir die ersten kleinen „Geheimnisse“ Gottes. Gott hat in Seiner Gnade deine Erinnerung und die jeder Seele, die zur Inkarnation geht, abgedeckt. Es wäre eine zu große Last, ständig mit dem konfrontiert zu sein, das es noch zu bearbeiten gilt - und dennoch bist du nicht blind in deinem Kampf gegen dich selbst.

Es war ein unscheinbarer, kleiner Nebensatz, und doch ließ er mich aufhorchen. Gegen wen kämpfte ich? Gegen mich selbst? Das war nicht die Antwort, die ich erwartet hatte. Ich verstand wieder nicht.

Und etwas zweites verstand ich ebensowenig: Wenn ich nicht blind war, mußte ich sehend sein. War ich sehend?

Die Menschen stellen sich den geistigen Gegner als die große Finsternis vor, falls sie sich überhaupt etwas vorstellen. Sie denken an den Teufel, an das Riesenreich der Dämonen, gegen das es anzutreten gilt. Vielleicht hilft ihnen diese Vorstellung von einem übergroßen Feind, eine bessere Entschuldigung für ihre Niederlagen zu finden oder auch dafür, daß sie oftmals den Kampf erst gar nicht aufnehmen.

Sicher gibt es die Dunkelheit, das Böse. Sicher gibt es Dämonen und Seelen, die versuchen, Einfluß auf die Menschen zu nehmen. Dies geschieht in einem weitaus größeren Umfang, als ihr es ahnt. Deshalb ist zurecht von dem Kampf der Finsternis gegen das Licht die Rede.

Die Finsternis jedoch braucht Menschen, wenn sie ihren Einflußbereich auf dieser Erde behalten oder - kurzfristig - erweitern will. Sie verführt, belügt, täuscht, schmeichelt, flüstert ein, stachelt auf, streichelt das Ego ... sie bedient sich deiner und aller Schwächen. Ohne diese Schwächen vermag sie nichts, ist sie nichts.

Willst du gegen sie kämpfen, dann kämpfe gegen deine Schwächen. Willst du sie besiegen, dann besiege deine Schwächen. So entziehst du ihr den Boden.

Ich hatte fasziniert zugehört und kaum zu atmen gewagt. Etwas sehr Wichtiges war mir übermittelt worden: Die Dunkelheit war genausowenig abstrakt wie das Licht, wie Gott. Gewiß waren beide nicht so real sicht- und fühlbar wie die Materie; aber ebenso, wie Gott *in* mir war, konnte das Böse *um* mich sein. Ich konnte dies nicht verhindern, kein Mensch konnte das. Auch Jesus war in der Wüste versucht worden. Das gehörte wohl zur „Chancengleichheit" für beide Seiten.

Was ich aber verhindern konnte war, daß sich die Ideen und Vorstellungen, die die Finsternis an mich herantrug, in mir breitmachten. Dies war mir möglich, indem ich den Kampf *in* mir und gegen *mich*, gegen mein Ego, aufnahm.

Du betrachtest die Finsternis als einen Gegner, als deinen Feind, den es zu besiegen gilt. Dabei kannst du leicht übersehen, daß diejenigen, die die Finsternis gebracht haben, deine Brüder und Schwestern sind. Auch wer sich der Dunkelheit bedient, ist und bleibt ein Kind Gottes, ebenso alle, die auf ihrem Erkenntnisweg die Dunkelheit zur Zeit erforschen.

Es ist für menschliches Empfinden nicht leicht zu verstehen, daß auch der oder die Verursacher des Bösen, wie ihr die Gegensatzkräfte bezeichnet, ihren Platz in den Himmeln haben. Und doch sind es Engel wie du und ich.

Wenn vom Kampf gegen die Finsternis die Rede ist, so kann daher niemals deren Vernichtung gemeint sein. Am Ende des Kampfes steht die freiwillige Rückkehr der Abgefallenen, weil sie im Licht der unendlichen Barmherzigkeit und Liebe Gottes ihren Fehler erkannt haben.

Erst viel später konnte ich wirklich verstehen, was mir mein Licht gesagt hatte: *Bekämpfe das Negative i n d i r , doch liebe deinen Nächsten, auch wenn er in deinen Augen im Moment das Böse verkörpert. Er ist dein Bruder, deine Schwester.*

Nach einer Pause, die ich benötigte, um das Gehörte wenigstens halbwegs einordnen zu können, kam das Licht auf meine Fragen zurück, die noch nicht beantwortet waren.

Du hast den Wunsch in dir, mehr über Christus zu erfahren. Laß uns dies auf morgen verschieben. Soviel vorab: Die Frage nach einer möglichen Hilfe auf dem Weg zurück, die dich des öfteren beschäftigt hat, ist mit Ihm - Christus - beantwortet.

Ich wollte etwas sagen, besann mich aber gerade noch eines Besseren. „Morgen" hatte mein Licht gesagt. Und „übe dich in Geduld", sagte ich mir.

Doch unsere nächtliche Begegnung war noch nicht zu Ende. Fehlte für heute noch etwas? Ja, das Licht hatte nicht vergessen, daß ich wenig mit der Überlegung anfangen konnte, ich sei bei meinem Kampf nicht blind, und noch weniger mit meiner Schlußfolgerung, daß ich dann *sehend* sein müßte.

Weißt du nicht mehr, daß du deine erste Lektion in „sehen" schon hinter dir hast? Natürlich bist du noch nicht sehend. Wer so lange blind war, braucht Geduld. Doch du bist auf einiges aufmerksam geworden; ich habe dir dabei geholfen. Es betraf dein Fehlverhalten ...

Und ob ich mich erinnerte.

Je aufmerksamer du durch den Tag gehst, je sensibler deine geistigen Antennen werden, um so mehr kannst du die Sprache des Tages erkennen. Es ist d e i n Tag, denn er spricht zu dir so, daß du ihn verstehen kannst. Zu einem anderen Menschen spricht er auf eine andere Art und Weise, so daß jener ihn verstehen kann.

Der Tag teilt dir mit, was es zu bearbeiten gilt. Er zeigt dir deine Schwächen, die Einfallspforten der Finsternis. Und er erinnert dich durch Menschen, Geschehnisse, Emotionen und vieles mehr ununterbrochen an deinen „Karma-Rucksack", wie du es formuliert hast. Er fordert dich durch dein Gewissen, durch Begegnungen und Gespräche auf, an dir und in dir zu verändern, was nicht dem Gebot der Liebe entspricht. Er bringt dir durch seine

Sprache, die auf dich zugeschnitten ist, frühere Situationen zu Bewußtsein, in denen du falsch gehandelt hast. Er zeigt dir durch kleine und große Nöte, durch schlimme und weniger schlimme Krankheiten, was dabei ist, sich als Wirkung an dir auszudrücken.

Wenn du gelernt hast, auf deinen Tag zu hören, wenn du seine Signale nicht übersiehst, kannst du so im Laufe der Zeit ein Gespür für deine Vergangenheit bekommen, für das, was noch in dir liegt und sich auch durch dein Verhalten ausdrückt.

„Und dann?“ fragte ich.

Dann liegt es an dir, was du mit diesen Impulsen anfängst. Du hast den freien Willen. Du kannst die Sprache des Tages „abschalten“, du kannst sie wahrnehmen, aber ihre Botschaft nicht erkennen wollen, oder du kannst beginnen, ihre Hinweise ernstzunehmen.

Tust du Letzteres, wird es ein bewußtes, interessantes und reiches Leben werden.

Eine allerletzte Frage mußte ich noch stellen, obwohl ich die Antwort schon ahnte. Vielleicht war mein Licht heute ein wenig nachsichtig und erinnerte mich nicht wieder sofort daran, meinen Verstand zu gebrauchen ...

„Wenn man wachsam durch den Tag geht, wie ich es lernen möchte, und wenn man daran geht, das Erkannte guten Willens und nach besten Kräften zu bearbeiten: Kann man dann damit rechnen, den eigenen Bumerangs, die noch unerkannterweise unterwegs sind, mehr oder weniger rechtzeitig auszuweichen?“

Keinem bürdet das Schicksal mehr auf, als er zu tragen vermag. Dafür sorgt die Gnade Gottes. Wer die Schritte sieht, die es zu vollziehen gilt, und wer sie dann auch tut, trägt so Stein für Stein seines Karmas ab.

Wer die Warnhinweise, die ihm das Leben gibt, mißachtet, der wird möglicherweise von seiner eigenen Karma-Lawine überrollt. Dann steht er ungläubig und fragend vor den Scherben seines Lebens und klagt den Gott an, an den er Zeit seines Lebens nicht geglaubt hat.

Ich war erfüllt, stille und voll tiefen Friedens. Von mir aus hätte diese Nacht kein Ende nehmen müssen. Doch ich fühlte, daß wir uns dem Ende unserer Unterhaltung näherten. Nicht zum ersten Mal überraschte mich, wie genau „dosiert“ mein Licht mich aufklärte, wie genau es mich führte. Nie zu wenig, nie zu viel, für mich wie „maßgeschneidert“. Ich sagte es ihm.

Nimm dir ein Beispiel daran, schien ein letzter Strahl seiner Liebe zu sagen. *Überfordere auch du deinen Nächsten nicht. Reden ist Silber, lieben ist Gold.*

*

Anne kam gegen Mittag. Wir nahmen uns in den Arm und hielten uns für einen Moment fest. Dann trat sie, mich noch immer haltend, einen kleinen Schritt zurück und schaute mich an.

„Bist du zufrieden mit dem, was du siehst?“ fragte ich.

Schalk blitzte in ihren Augen auf. „Nicht schlecht, aber auch nicht ganz gut.“

„Und wie soll ich das verstehen?“

Ihre Hand fuhr über mein Haar. „Die grauen Stellen setzen sich langsam durch ...“

„Du hast doch immer für ältere Herren mit grauen Schläfen geschwärmt.“

Sie ließ sich nicht beirren. „ ... aber die lichten Stellen leider auch.“ Ich drehte sie herum und wollte ihr einen Klaps geben, doch sie wich mir aus. Dafür drehte sie sich einmal um sich selbst und fragte mich dann übermütig: „Und du? Bist du auch zufrieden mit dem, was du siehst?“

Je älter sie wurde, um so ähnlicher wurde sie ihrer Mutter. „Wie könnte ich damit unzufrieden sein“, antwortete ich. Ich nahm sie bei der Hand. „Aber mal im Ernst, wie geht es dir?“

Inzwischen waren wir ins Wohnzimmer gegangen. Anne fragte, ob sie Kaffee für uns zwei machen sollte.

„Später“. Jetzt blieb ich hartnäckig. „Du hast meine Frage noch nicht beantwortet.“ Ob das ein gutes oder schlechtes Zeichen war, fragte ich mich.

„Also gut“, sagte Anne, „komm’, setzen wir uns für einen Moment.“ Sie schaute mich an. „Bist du noch der Alte?“

Was kam jetzt? Natürlich war ich noch „der Alte“; andererseits, wenn ich an mein Licht dachte ...

Anne wartete meine Antwort nicht ab, vielleicht hatte ich auch zu lange gezögert. „Weißt du noch, was du früher konntest?“ Ich schaute sie fragend an, sie machte weiter. „Du hattest so eine Art sechsten Sinn. Wenn mich was beschäftigte, hast du es oft erfaßt, ohne daß ich es dir groß erklären mußte. Meinst du, du kannst es noch?“

Ich lächelte, weil mir einige der Gelegenheiten einfielen, auf die Anne anspielte. Sie nahm das als Zustimmung. „Dann versuch’s doch mal; spüre in mich hinein.“

Es klappte noch, es war gar nicht schwer. Sorgen schien sie keine zu haben, im Gegenteil ... Das Gegenteil von Sorgen ist Freude. Eine junge Frau in diesem Alter voller Freude, und dann diese Augen, das konnte nur eines bedeuten ...

„Du bist verliebt“, sagte ich.

So war es. Später, bei einer Tasse Kaffee und selbstgebackenem Kuchen, den Anne mitgebracht hatte, erfuhr ich mehr. Er war zwei Jahre älter als sie, hieß Michael, studierte Musik - „ ... und liebt mich - und ich ihn“, beendete sie schließlich ihre Geschichte.

Ich freute mich für sie und sagte es ihr. Vor drei oder vier Jahren, erinnerte ich mich, als sie schon einmal bis über beide Ohren verliebt war, konnte ich noch nicht so frei reagieren wie jetzt. Ein Stückchen Eifersucht war damals in mir gewesen - nicht viel, aber bei näherem und ehrlichem Betrachten auch nicht zu übersehen. Der Vater hat wohl langsam ausgedient, hatte ich mir eingeredet. Völlig zu unrecht, wie sich herausstellte, und ich vor mir selbst beschämt eingestehen mußte. Ein wenig hatte natürlich auch die Sorge mitgespielt, ob sie „dem Leben schon gewachsen“ war.

Wir überlegten gemeinsam, was wir an diesem Wochenende machen wollten. Wie sich herausstellte, hatte Anne nur bis Sonntag mittag Zeit. Ihr Dienst als Krankenschwester ließ dies leider nicht anders zu. Also teilten wir uns die Zeit entsprechend ein und nahmen uns einen Besuch auf dem Friedhof vor, weil Anne zum Grab ihrer Mutter wollte, und das Durchsehen meiner Kleidung nach losen oder fehlenden Knöpfen, nach möglichen Löchern in Strümpfen, ausgeleierten Gummibändern in Schlafanzug- und Unterhosen und so weiter (Anne bestand darauf; als Tochter eines alleinstehenden Vaters wäre das ihre Pflicht, meinte sie augenzwinkernd). Eine gemeinsam zubereitete Pizza würde uns am Abend die Zeit geben, um noch manches miteinander besprechen zu können.

So hielten wir es. Auf dem Friedhof kümmerten wir uns um das Grab, indem wir ein bißchen an der niedrigen Hecke herumschnitten, die wir einmal als Eingrenzung gepflanzt hatten, und ein paar verwelkte Blätter und Blüten auszupften. Ich ging nicht oft auf den Friedhof, weil ich schon früher die Meinung vertreten hatte, die durch das Licht zur Gewißheit geworden war: Daß unter der Erde niemals meine Frau liegen konnte, sondern nur eine körperliche Hülle, die inzwischen auch nicht mehr existierte. Wollte ich meiner Frau nahe sein, konnte ich dies tun, wo immer ich war. Aus diesem Grund war auch das Grab entsprechend schlicht.

Es mußte an der Atmosphäre des Friedhofs liegen, daß meine Gedanken sich ununterbrochen mit der Wahrheit beschäftigten, die mir mein Licht nahegebracht hatte. Dabei stellte ich mir die Frage, wann und wie ich Anne von dem Geschenk erzählen sollte, das ich des Nachts bekam. War vielleicht die stille Bank in unserer Nähe der geeignete Ort? War die Gelegenheit hier und jetzt die richtige?

„Warum willst du es ihr erzählen?" Sie ist meine Tochter, sie ist mir nahe. *„Warum ...?"* Wenn sie da gewesen wäre, als das passierte, hätte ich es ihr zuerst erzählt. *„Warum ...?"* Gibt es einen Grund dafür, warum nicht? *„Würde es ihr helfen?"* Peter habe ich es doch auch nicht verschwiegen.

„Ist was, Papa?"

„Bitte?" Ich schaute aus meiner gebückten Haltung zu Anne empor.

„Ich habe für einen Augenblick geglaubt, du führst Selbstgespräche. Du scheinst irgend etwas gemurmelt zu haben ..."

Mir war tatsächlich nicht aufgefallen, daß ich mich in Form von Frage und Antwort mit mir selbst unterhielt und dabei einiges halblaut ausgesprochen haben mußte. Schnell versuchte ich, das Ganze ins Lächerliche zu ziehen. „Das ist die Folge, wenn man so einsam und allein ist."

„Armer Kerl." Ihre Augen blitzten. „Wenn wir wieder zu Hause sind, bedaure ich dich ein bißchen."

„Hüte dich," schloß ich das Thema ab und widmete mich wieder unserer kleinen, gemeinsamen Arbeit. Jetzt paßte ich besser auf mich auf.

Peter habe ich es doch auch nicht verschwiegen. Gut, das Erlebnis war damals zu überwältigend gewesen, ich mußte mich jemandem mitteilen. Peter war da, und Peter war mein Freund. Außerdem war er mir eine sehr große Hilfe gewesen, als es in dieser Anfangsphase darum ging, die richtigen Schlüsse zu ziehen und uns durch gegenseitiges Fragenstellen und Antwortenfinden weiterzuführen. Inzwischen hatte das Licht mit seinen Belehrungen eine geistige Tiefe erreicht, in die der Verstand - *mein* Verstand - alleine nicht weiter eindringen konnte, auch wenn er nach wie vor seinen Teil an unserer Arbeit leisten mußte. Bald, das spürte ich, war darüber hinaus ohnehin die Praxis gefordert.

Hatte es also Sinn, Anne an diesem Wochenende mit Wissen und Erkenntnissen zu überschütten? *„Reden ist Silber, lieben ist Gold."* Und wenn ich ihr soviel sage, daß sie es gerade verstehen kann? Daß es ihr eine Hilfe ist? *„Wenn es dir darum geht, ihr zu helfen, dann mach' es anders"* Wie? *„Laß die Dinge doch einfach geschehen. Oder glaubst du an den Zufall?"*

Anne hatte diesmal nichts gemerkt. Sie unterbrach meinen Gedankenstrom mit der Frage nach dem Grab eines gemeinsamen, früheren Bekannten. Ich erklärte ihr in etwa die Lage; und während sie sich aufmachte, um danach zu suchen, entschied ich mich, das Licht vorerst nicht zu erwähnen.

Zu Hause fand Anne dann nach längerem Durchsuchen meiner Schränke in der Tat einiges, das sich in ihren Augen zu flicken lohnte. Ich gab mich nach einem kleinen Disput geschlagen; ich wollte ihr die Freude nicht nehmen, die sie offensichtlich dabei empfand, ihren Vater vor Verwahrlosung zu schützen. Außerdem versprach sie mir, diese Art von Hausdurchsuchung frühestens erst wieder in einem Jahr durchzuführen.

Während sie sich also mit Nadel und Faden über einen Handtuchaufhänger hermachte, der drohte, in den nächsten Tagen abzureißen, fragte sie mich:

„Was ist eigentlich aus deiner Saat und Ernte oder Ernte und Saat geworden? Du hast vor ein paar Tagen am Telefon so ... so komisch geklungen."

„Habe ich das?" antwortete ich, um Zeit zu gewinnen.

„Ja, du hast dich angehört, als könntest du entweder etwas nicht glauben oder hättest gerade das Rad erfunden. Oder beides auf einmal. Außerdem hast du gesagt, wenn ich das richtig im Gedächtnis habe, du hättest mir vieles zu erzählen. Gilt das noch?"

Jetzt war ich an der Reihe. Was sollte ich ihr sagen? Ich hatte mich inzwischen dazu durchgerungen, ihr einen kleinen Teil der Geschichte zu erzählen - den Teil, der auch ohne die Erwähnung der Lichterscheinung möglich und auch noch logisch war. Es ging mir nicht darum, ihr eine noch unbekannte Wirklichkeit vorzuenthalten. Im Gegenteil, ich wünschte ihr, daß diese Wahrheit auch zu einem Teil ihres Lebens würde. Doch ich begann zu begreifen, daß die Schritte dorthin, die *richtigen* Schritte, oftmals viel wichtiger waren als die Darreichung oder Darstellung des Ergebnisses - und sei dieses auch noch so richtig, noch so klar und noch so wahr. Schließlich hatte auch ich dies am eigenen Leib durch mein Licht erfahren, das mich auch nicht von einem Augenblick zum anderen mit der Wahrheit konfrontierte.

Also redete ich von dem, was mich in den letzten Tagen beschäftigt hatte, was mich auf einmal interessierte. Anne war eine gute Zuhörerin. Ich hatte bei ihr auch nicht zu befürchten, daß sie mich für verschroben oder wunderlich hielt, was sie mir gegenüber aber nicht kritikunfähig machte. Ich sprach von meinem Besuch in der Stadtbücherei, von der Lektüre, die ich gelesen hatte und davon, daß mir in diesem Zusammenhang das Gesetz von Ursache und Wirkung klargeworden war, wobei sie mir mit ihrem Hinweis am Telefon geholfen hätte.

„Schlußendlich", sagte ich, meine Teilgeschichte der letzten Tage abschließend, „hat mir das alles zu einem anderen Bild von Gott verholfen. Darüber aber zu sprechen, das ist noch zu früh."

Eine Zeit lang herrschte Schweigen zwischen uns. Es war die gleiche angenehme Stille, die ich auch so gut mit Peter teilen konnte. Dann, während sie sich einen meiner Socken vornahm, sagte sie:

„Papa, weißt du eigentlich, daß ich manches von dir gelernt habe?"

„Das hoffe ich." Wir zwei konnten es einfach nicht lassen. „Außerdem scheint mir das eine wichtige Funktion der Erziehung zu sein, daß die Kinder von den Eltern lernen." Ich fügte hinzu: „Auch wenn das heutzutage vielen als altmodisch erscheint."

„Jetzt muß ich aber die Kinder verteidigen", erwiderte sie. „Man kann nur lernen, wenn man etwas richtig vorgemacht bekommt."

„Also haben die Eltern den 'Schwarzen Peter'. Hab ich's doch befürchtet."

„Nein, im Ernst."

„Natürlich hast du recht. Nur habe ich das früher, ganz früher, nicht begriffen. Da habe ich noch gedacht, daß die Kinder nur dann einigermaßen gut geraten, wenn sie das tun, was ihre Eltern ihnen sagen."

„Das meine ich ja gerade, Papa. Und dann hast du was anders gemacht." Anne langte für einen Moment nach meiner Hand. „Das hat's mir dann leichter gemacht."

Ich wußte, was sie meinte. Mich hatte über viele Jahre eine Frage beschäftigt, deren befriedigende Antwort ich lange Zeit nicht gefunden hatte: Wie konnte ich mein Kind dazu bewegen, gut und richtig zu handeln, ohne es mehr oder weniger dazu zu zwingen, falls es nicht freiwillig dazu bereit war? Im Prinzip ging es darum, ob auch ein Kind Anspruch auf seinen freien Willen hat - von grundsätzlichen Fragen der Verantwortung des Erwachsenen einem Kind gegenüber einmal abgesehen. Denn Druck auszuüben, im schlimmsten Fall gar den Willen gewaltsam oder durch die Anwendung psychologischer Mittel zu unterdrücken, ließe sich in meinen Augen nicht mit dem Wunsch vereinbaren, freie und verantwortungsbewußte Menschen zu erziehen. Selbst wenn eine solche „Programmierung“ zu einem „guten“ Menschen führt, der „richtig“ handelt, mußte dieser Weg der falsche sein.

Anne und ich hatten, soweit ich mich erinnern konnte, nie über dieses Thema gesprochen. Deshalb wunderte ich mich jetzt.

„Du bist mir in einigen Dingen ein Vorbild geworden.“ Sie winkte ab, als ich protestierend die Hand hob. „Das war nicht immer so, deshalb sollst du dir auch nichts darauf einbilden. Aber du hast ja noch rechtzeitig gelernt. Und dann konnte auch ich etwas damit anfangen.“

Ehe ich fragen konnte, was sie konkret meint, sagte sie: „Mama war mir übrigens auch Vorbild. Vielleicht“, wieder dieses Blitzen in den Augen, „hast du es ja auch von ihr gelernt.“

„Vielleicht verwechselst du mich auch ...“

Sie wurde jetzt wieder ernst. „Ich habe mich oft gefragt, was es gewesen ist oder noch ist, das uns so nahe gebracht hat - näher, als wir uns sowieso schon immer waren. Heute weiß ich es, und ich habe mir vorgenommen, es später nicht anders zu machen. Ich glaube, das Geheimnis liegt darin, etwas, das man als richtig erkannt hat, vorzu*leben* und nicht vorzu*reden*. Und dabei den anderen trotzdem völlig los und frei zu lassen. Das muß schwer sein, wenn man sieht, daß der andere eigene Wege geht. Es muß noch schwieriger sein, ihn gleichzeitig im Herzen zu behalten ...“

„So war es aber bei dir nicht“, unterbrach ich sie.

„Nein, ich war ja auch ein ‘braves Mädchen’. Aber ich hatte meinen eigenen Kopf, meine eigenen Vorstellungen, auch ich habe rebelliert.“

„In Grenzen.“

„Ich glaube, das habe ich dir zu verdanken. Das ist es, was ich meine, von dir gelernt zu haben. Unter anderem.“

Ich fühlte mich nicht so recht wohl in meiner Haut; eigentlich hätte es nach dieser Eröffnung durch meine Tochter umgekehrt sein müssen. Doch etwas beschäftigte mich: Wenn nur *eine* kleine Änderung im Verhalten, die Befolgung *eines* Gesichtspunktes des Liebegebotes und das Fehlen von Zwängen einen solch positiven Widerhall im Nächsten hervorrufen können, um wieviel mehr hätte man - hätte *ich* - helfen können, wieviel mehr könnte bewirkt werden durch Achtsamkeit und durch das Anlegen gleich welchen Maßstabes an sich selbst zuerst.

„Wie bist du darauf gekommen?“ fragte ich.

„Mir ist etwas aufgefallen, nicht erst heute“, war ihre Antwort. „Früher, wenn du eine Idee hattest, vermißte ich bei dir die Toleranz. Nicht, daß die Ideen oder Vorstellungen falsch waren; sie mußten nach Möglichkeit nur für *alle* gelten, am besten noch von der gleichen Minute an. Heute bemerke ich die Toleranz an dir.“

„Ich danke dir für deine hohe Meinung. Sie ist nur bedingt richtig, und zwar insofern, als ich noch übe.“

„Komm, freu’ dich und sei dankbar.“ Sie legte ihr Nähzeug zur Seite und rutschte zu mir auf die Couch. „Ich weiß, daß du mir Zeit läßt, über das nachzudenken, was du mir eben alles erzählt hast. Und das ist es auch, was ich meine: Du legst keine Power mehr in deine Aufklärung. Der Herr Lehrer ist verschwunden.“ Sie kniff mir in die Seite. „Der Papa ist da.“

Ich legte meinen Arm um sie, und eine Weile sagten wir nichts. Ihren Kopf hatte sie an meine Schulter gelegt. So saßen wir da; ich konnte nicht verhindern, daß mein linkes Auge etwas feucht wurde. Dann atmete ich tief und sagte:

„Du, Anne ...“

„Ja, Papa?“

Ich zögerte - zu lange. Der Augenblick war vorüber. „Nichts“, antwortete ich.

„Dann will ich dir was sagen. Ich habe noch mehr von dir gelernt. Ich kann auch in dich hineinspüren.“

Ich war gespannt. „Dann versuch’s mal.“

„Du wolltest sagen: ‘Ich hab’ dich lieb’.“ Es folgte eine kleine Pause. „Ich dich auch.“

„Auch Eltern können von ihren Kindern lernen“, dachte ich und hielt mich für einen sehr glücklichen Vater.

*

Eine gute Stunde später begannen wir mit den Vorbereitungen für unsere Pizza. Anne übernahm die Führung; ich machte mich unter ihrer Anweisung daran, die notwendigen Zutaten heranzuschaffen. Einiges, von dem sie vermutete, daß es in meiner Küche fehlen würde, hatte sie vorsichtshalber mitgebracht.

Anscheinend beschäftigte sie noch unser Gespräch von vorhin - oder ein damit zusammenhängender Themenkreis; denn während sie den Teig knetete, fragte sie mich:

„Irgendeine östliche Religion sagt 'Der Weg ist das Ziel'. Was hältst du davon? Glaubst du, daß es so ist?“

Ich hatte mich, bedingt durch das Erscheinen meines Lichtes, in den letzten Tagen immer wieder einmal unter verschiedenen Aspekten mit dieser Frage befaßt. Es war schon eigenartig, daß Anne sie mir jetzt ebenfalls stellte. War ich eigentlich schon zu einer Antwort gekommen? Noch zu keiner endgültigen, stellte ich fest. Vielleicht schafften wir es ja gemeinsam.

„Am liebsten würde ich j-ein sagen, aber das wäre keine Antwort auf deine Frage.“ Ich überlegte noch, als sie weitersprach:

„Das hört sich für mich an wie 'Mache dich mal auf den Weg, das allein ist schon Sinn und Zweck genug'. Das ist mir zu wenig, zu unklar.“

„Wie kommst du überhaupt darauf?“ wollte ich wissen. „Eine verliebte, junge Frau ...“

Sie nahm mir das Olivenöl aus der Hand. „Verliebt sein heißt ja nicht, nur noch blind durch die Welt zu laufen ... Ich hatte mal einen Vater, von dem weiß ich, daß er schon mit zwanzig Jahren gesagt hat, er würde die Welt verändern, wenn er es könnte.“ Sie zupfte mich an meiner Nase, ich rieb einen Rest Tomatenketchup weg. „Hast du's geschafft?“

„Und ich hatte mal eine Tochter, die hat vergessen, was sie gelernt hat: 'Du sollst Vater und Mutter ehren ...'“

„'... auf daß es dir gut geht auf Erden' oder so ähnlich. Mir geht's doch gut. Schau mich an.“ (Wie gesagt, wir konnten es nicht lassen.) „Und weil ich als Apfel nicht weit von meinem Stamm gefallen bin, habe ich auch eine Portion geistigen Hungergefühls mitbekommen. Oder wie man es sonst bezeichnen will. Warum sollte ich mich also nicht nach meinem Weg oder meinem Ziel fragen? Wer weiß, vielleicht finde ich irgendwann oder irgendwo die Antwort.“

Wir waren wieder ernst geworden. „Ich glaube, daß es ohne Ziel nicht geht. Das ist das eine; und ich glaube andererseits, daß man eine klare Vorstellung von dem Weg braucht, der zum Ziel führt, auch wenn dieser Weg an jeder Ecke oder Kreuzung Überraschungen mit sich bringt. Ich interpretiere deinen Satz so - nein, falsch, ich würde ihn *so* gar nicht sagen, sondern:

'Hab' ein Ziel, kenne und geh' deinen Weg, laß dich führen, sorge dich nicht - und du kommst ans Ziel'." Und um nicht den Eindruck zu erwecken, ich würde schon danach leben, fügte ich hinzu: „Theoretisch, versteht sich ..."

„Und praktisch?"

Beinahe hätte ich mich verraten, weil ich sagen wollte, daß ich dies vielleicht in ein paar Wochen, Monaten oder Jahren erklären könnte. Ich fragte stattdessen: „Soll ich den Käse reiben?"

„Und praktisch ...?"

Die Hartnäckigkeit hatte sie wohl auch geerbt. „Ja ... praktisch ...", antwortete ich. „Praktisch bedarf es einiger Voraussetzungen."

„Zum Beispiel des guten Willens ..."

„ ... der Erkenntnis ..."

„ ... der Freude und der Entscheidung." Sie schaute mich auffordernd an. „Jetzt bist du wieder dran."

„Vor allem bedarf es der Freiheit. Alles, was dich unter Druck dazu bewegen soll, etwas Bestimmtes zu denken, zu sagen oder zu tun, kann auf Dauer niemals wirkliche, ehrliche Früchte tragen. Bei dir nicht, bei keinem." Jetzt waren wir doch wieder bei unserem Thema von vorhin.

Anne hatte inzwischen den Teig fertig. Sie stellte die Schüssel an einen warmen Platz in die Nähe des Heizkörpers im Wohnzimmer und kam in die Küche zurück.

„Dann wird aber überall auf der Welt viel falsch gemacht", meinte sie.

„Und sowohl die Betroffenen als auch diejenigen, die ihre Befehle, Anordnungen, Vorschriften und Verbote erlassen und durchsetzen, merken nichts von der Unwirksamkeit ihrer Methoden, denn augenscheinlich funktioniert ja vieles auf diese Art und Weise bestens."

„Erklärst du mir das genauer?" fragte sie.

„Aber nur, wenn du nicht anfängst zu weinen. Obwohl es schon traurig ist", gab ich zur Antwort.

„Das kommt doch nur von den Zwiebeln." Sie wandte den Kopf beim Schneiden ein wenig zur Seite, um das Tränen der Augen zu mildern. „Tust du's?"

„Eigentlich ist es ganz einfach", begann ich. „Es kommt einzig und allein darauf an, welche Interessen du vertrittst: deine eigenen oder die des anderen."

„Ob du ihm wirklich etwas Gutes tun willst oder es nur so verpackst, daß er es annehmen kann. Oder noch schlimmer: Ob du ihm Angst machst, mit Strafe drohst und auch strafst, nur damit er das tut, was du möchtest. Meinst du es so, Papa?"

„Ja. Wenn es klappt, dann scheint die Welt einigermaßen in Ordnung zu sein. Ist sie dies aber tatsächlich? Ist sie ruhiger geworden, besser oder friedfertiger? Hat sich der einzelne auf Grund seiner Erkenntnis und seiner freien Entscheidung geändert? Oder hat er nur aus Angst ein äußeres Verhalten an den Tag gelegt, das seinem inneren Empfinden und Denken nicht entspricht? Wenn dies so ist", sagte ich, „und ich glaube, daß es fast überall so praktiziert wird, hat sich in Wirklichkeit nichts geändert, nichts gebessert. Im Gegenteil ..."

„Warum im Gegenteil? Es herrscht nach deiner Auffassung, die ich sogar teile, zwar eine aufgesetzte 'Ruhe im Land', in Staat, Kirche und Gesellschaft, aber immerhin - es ist eine gewisse Ruhe ..."

Ich brauchte einen Moment, um mir über etwas klarzuwerden. „Mußt du den Herd vorheizen?" fragte ich, um Zeit zu gewinnen.

„Aber Papa ..."

Ich überlegte laut. „'Im Gegenteil' bedeutet, daß sich beide in einer trügerischen Hoffnung wiegen. Die 'Oberen', weil sie glauben, alles Richtige und Notwendige angeordnet zu haben, und die 'Unteren', weil sie nichts mehr in Frage stellen, sondern ebenfalls der Meinung sind, mehr kann und braucht man nicht tun." Jetzt hatte ich's, genau das war es. „Wer sich jemandem auf einem gefährlichen Weg blindlings anvertraut, ohne den eigenen Verstand zu gebrauchen, der enthebt sich oftmals fälschlicherweise der Verantwortung, für sich selbst den Weg zu suchen. Das Bedürfnis, etwas selbst tun zu müssen und zu können, kommt gar nicht mehr auf. Es kann unter Umständen auch gar nicht mehr aufkommen, weil durch ein jahrelanges Unterordnen und Verdrängen des eigenen Empfindens eine Art 'Umprogrammierung' stattgefunden hat. Man hat sich tatsächlich geändert - im Äußeren. Man hält dieses angepaßte Verhalten für eine Besserung seines eigenen Menschen. Was wirklich darunter liegt und einer tiefgreifenden Bearbeitung oder Entwicklung bedarf, ist verschüttet. Was soll man noch verändern, noch entwickeln, wenn man nichts mehr erkennt? Das ist das wirklich Gefährliche."

„Um bei deiner Überlegung zu bleiben: Viele würden aber vielleicht einen falschen Weg gehen, wenn sie *den* gehen, den *sie* für richtig halten", antwortete meine Tochter.

„Ich habe das Gefühl", sagte ich, „daß wir langsam auf den Punkt kommen." Anne hatte die Pizza inzwischen in den Ofen geschoben.

„Schaffst du die Lösung in 20 Minuten?" fragte sie. „Dann ist die Pizza nämlich fertig."

„Mit deiner Hilfe schaffen wir das dreimal. Gibt es überhaupt einen falschen Weg?"

Sie schaute mich überrascht an. „Gibt es den nicht?"

„Meines Erachtens kommt es wiederum auf mein Motiv an, das meinem Verhalten gegenüber meinem Nächsten zugrunde liegt. Wenn für *mich* Erkenntnis und Entwicklung in freier Entscheidung Voraussetzungen sind, um an mein Ziel zu kommen, so gilt dies für *jeden* Menschen. Jeder hat Anspruch darauf, also auch mein Nächster." Ich fragte Anne: „Hast du bei deiner Entwicklung, bei deinem Lernen Fehler gemacht?"

„Aber sicher, schließlich lernt man doch aus Fehlern. Ohne Fehler zu machen, kann man höchstens *auswendig* lernen." Sie dachte einen Moment nach. „Aber das ist dann kein Lernen, das mir in Fleisch und Blut übergegangen ist und mir hilft."

„Würdest du deiner besten Freundin oder deinem Michael oder mir verweigern, lernen zu dürfen?"

„Natürlich nicht ..." Sie fing an zu begreifen. „Dann darf ich auch nicht verhindern, daß du deine Fehler machen darfst, machen *mußt* ..."

„Es sei denn, du willst mich in meiner Entwicklung, meiner Entfaltung hindern."

„Aber ich darf dir helfen, Papa."

„Und ob, du hilfst mir ja ständig." Ich lächelte sie an. „Wenn du als Ältere einer Jüngeren, als Größere einer Kleineren oder als Wissende einer Unwissenden helfen willst, und deine Motivation uneigennützig ist, dann wirst du das Wohl des anderen Menschen im Auge haben. Du wirst helfen, aufklären, vormachen, vorleben und dort, wo es nötig ist, auch schützen. Aber du wirst den Weg des anderen, der ausschließlich *sein* Weg ist, den nur *er* gehen kann und gehen *muß*, niemals behindern ... es sei denn, du willst ihn in Unwissenheit und Unfreiheit halten."

Sie schaute mich mit ihren großen, braunen Augen an. „Ist das schwer?"

„Frag' mich was Leichteres", antwortete ich, „ich weiß es noch nicht."

Sie kam zu mir herüber und nahm mich in den Arm. „Ich glaube, jetzt schwindelst du", sagte sie und legte ihren Kopf an meine Schulter. „Dann gibt es gar keinen falschen Weg. Höchstens Umwege ..."

„Selbst das ist fraglich“, entgegnete ich. „Aus einer höheren Sicht, da bin ich sicher, gibt es nur *einen* Weg, weil jeder Mensch nur auf diesem, seinem eigenen Weg gehen kann. Auf anderen Wegen kann er sich nicht entsprechend entwickeln und reifen ...“

„... und ohne Entwicklung und Reifung kommt er nicht zum Ziel“, vervollständigte Anne meinen Satz. „Dann muß ich nur noch herausbekommen, wo mein Ziel liegt. Den Weg dahin hast du mir ja schon verraten.“

Ich tat nicht nur erstaunt, ich war es wirklich. „Was habe ich verraten?“ fragte ich. „Ich kenn' den Weg ja noch gar nicht“ - *noch kaum*, fügte ich in Gedanken hinzu.

„Du hast gerade von helfen, vormachen, vorleben, schützen, freiem Willen und ähnlichem gesprochen. Das läuft für mich unter dem Begriff, jemanden mögen - ihn zu lieben.“

„So wird es wohl sein“, murmelte ich. „Ich glaube, die Pizza ist fertig.“

16. Brüderliche Energie für den Rückweg

Der Fernseher blieb an diesem Abend aus. Ich hatte nach dem Essen eine Flasche Wein aufgemacht, Anne hatte für leichte Musik gesorgt. Dann tauschten wir Neuigkeiten aus, aber auch „alte Geschichten", in denen unsere Freunde und Bekannten eine Rolle spielten. Anne bedauerte, an diesem Wochenende Peter und Katharina nicht besuchen zu können. „Beim nächsten Mal stimmen wir uns terminlich besser ab", versprach ich ihr.

Für einen Samstagabend gingen wir relativ früh schlafen. Anne hatte sich in ihrem Zimmer eingerichtet; ich lag noch eine Weile wach, weil mir so einiges durch den Kopf ging. Als ich müde wurde, schickte ich noch ein Dankeschön für den Tag ... wohin? „In mich hinein", dachte ich. „Daran werde ich mich gewöhnen müssen". Dann schlief ich ein.

Ich grüße dich, und ich verneige mich vor der Liebe in dir.

„Der Liebe in mir?", fragte ich, weil ich nicht verstand. „Du nimmst mich ernst, das weiß ich. Aber meine Liebe ist noch klein ..."

Ich verneige mich vor dem Christus in dir, der die Liebe Gottes ist.

Vor dem Christus in mir? Ich horchte auf und erinnerte mich, daß davon in der letzten Nacht die Rede gewesen war. Etwas sagte mir, daß heute Besonderes geschehen würde - *ganz* Besonderes, denn besonders war das alles ohnehin schon. Es war ein wunderschöner Tag gewesen, es würde eine ebensolche Nacht werden.

Du hast dir niemals groß deine Gedanken über Jesus von Nazareth und Sein Leben gemacht ... Es war mehr eine Feststellung als eine Frage. Mein Licht kannte mich ja. *Wenige Menschen haben Ihn erkannt. Zu Seinen Lebzeiten hofften viele auf Ihn als den Erlöser von der Römer-Herrschaft. Nach Seinem Tod, als das Urchristentum erblühte, gab es nur bei wenigen ein gewisses Begreifen Seiner Tat.*

Was heute gilt, daß nämlich das Herz zählt und nicht der Intellekt, galt auch schon damals. In den ersten Jahrzehnten des Christentums erblühte unter diesem Gesichtspunkt eine echte, innere Begeisterung, die getragen war von der Liebe zu Ihm. Es war nicht so wichtig, alles zu verstehen; das damalige Bewußtsein hätte dafür auch nicht ausgereicht. Diejenigen, die sich für Ihn entschieden, erhielten den Beweis für die Richtigkeit ihrer Entscheidung in ihrem Leben, in ihrer Gemeinschaft, in ihrer gegenseitigen Hilfe und in ihrer Liebe. Wer die Ernte als Beweis in seinen Händen hält, der fragt nicht mehr danach, ob die Frucht wohl wachsen wird, und wie dies geschieht. Er hat vertraut und wurde in seinem Vertrauen hin zum Wissen geführt.

Das Christentum der späteren Jahrhunderte verlor diese Eigenschaften mehr und mehr. Der Eigenwille verdrängte das Vertrauen, der Intellekt das Verstehen. So mußten die Oberen Zuflucht nehmen zu Interpretationen, die ihrem beschränkten Denken entsprangen, nicht aber einer universellen Weisheit. Denn die Weisheit ist göttlichen Ursprungs, und der Zugang zum Göttlichen in ihnen wurde für sie immer schwieriger. Nicht Gott war der Verursacher dieser Erschwernis. Sie selbst waren es.

Ich war so still wie nie zuvor und hatte meine inneren und äußeren Ohren geöffnet; ich wollte nicht nur hören, ich wollte auch verstehen.

Heute gibt es so viele falsche Deutungen der Person Jesu, Seiner Geburt, Seines Lebens und Seines Todes, wie es Kirchen und Religionsgemeinschaften gibt.

Kaum einer weiß um den wahren Hintergrund des Christus. Schon der Name „Jesus Christus" könnte so manchen zum Nachdenken bringen, besagt er doch nichts anderes, als daß sich in das menschliche Wesen „Jesus" das geistige Wesen „Christus" inkarnierte. Es vollzog sich das gleiche Geschehen wie bei jeder Inkarnation, wie bei jeder Geburt. Nur die Bedeutsamkeit des Geistwesens war eine andere: Es war die Einmaligkeit des Sohnes Gottes, des Christus, eines Teils der göttlichen Allmacht und Allgegenwart. Und es war die Liebe Gottes, die sich mit Christus in den Menschen Jesus von Nazareth inkarnierte und damit in diese Welt kam.

Das Licht ließ mir Zeit, damit diese Wahrheit tief in mich hineinfallen konnte. Den Vorgang wirklich zu begreifen, war mir nicht möglich. Soviel war mir inzwischen klargeworden. Mein Bewußtsein reichte dafür nicht aus.

Für einen Moment gingen meine Gedanken zurück. Es war noch nicht solange her, daß mir das Licht zum ersten Mal erschienen war. *Und wer bist du?* wurde ich gefragt. Dann hatte es mich wie ein kleines Kind an die Hand genommen, an meinen Verstand appelliert und mich, beginnend mit der Frage nach dem Zufall, bis an diesen Punkt geführt. Was für ein Geschehen! Was für eine Dimension der Wahrheit!

Mich bewegte etwas; ich wollte etwas fragen, hatte aber heute nicht den richtigen Mut.

Du fühlst dich klein, gemessen an der Größe des Christus? Lege dein menschliches Denken ab. Schließ dein Herz auf und versuche, Ihn zu erken-

nen. Er ist dein göttlicher Bruder. Was sollte es geben, das du Ihm nicht sagen, Ihn nicht fragen kannst? E r wird dir immer antworten. Wirst du Ihn immer verstehen?

Ich würde Ihn noch gar nicht verstehen, mußte ich mir eingestehen. Doch es war gut, daß das Licht mein falsches Denken zurechtgerückt hatte. Und es tat gut, um die Nähe einer solchen Kraft zu wissen, von der ich allerdings bisher noch nicht mehr verstanden hatte, als daß sie die Liebe ist - und in mir war.

Also fragte ich und hoffte, daß es keine allzu dumme Frage war. „Warum ist der Christus inkarniert?"

Du weißt um das Fallgeschehen. Das Ziel der gefallenen Engel war ursprünglich eine eigene Schöpfung. Dies gelang ihnen jedoch nicht. Kannst du auf Details verzichten?

Ich nickte - als mir bewußt wurde, daß diese Frage hoffentlich nicht ernstgemeint war.

Als die Fallwesen erkannten, daß der Versuch einer eigenen Schöpfung nicht mehr gelingen konnte, strebten sie die Auflösung der gesamten Schöpfung an. Der niedrigste Punkt jener Bereiche, die sich durch ihre Abkehr von Gott gebildet hatten, war und ist das materielle Universum, genauer: die Erde. Dort begann durch die Inkarnation des Christus-Geistes in den Menschen Jesus von Nazareth ein geistiges Geschehen ungeahnten Ausmaßes. Der Sohn Gottes, die Kraft der selbstlosen Liebe, griff nach dem Willen des Vaters in den Kampf der Finsternis gegen das Licht ein und stellte sich, geistig gesehen, an seine Spitze. Ein Aufschrei des Schreckens und der Wut ging durch die Dämonen-Welten, als sie den Schachzug des Lichtes erkannten.

33 Jahre später war dieser Kampf zugunsten des Lichtes entschieden. Was sich danach abspielte und noch abspielt, waren und sind nur noch Ausläufer der damaligen Auseinandersetzung. Sie hatten und haben keine grundsätzliche Bedeutung mehr. Die Finsternis kann ihren Plan der Auflösung nicht mehr durchführen. Der Geist des Christus hat dieses Vorhaben verhindert.

„Wie war dies möglich?" fragte ich mit leiser Stimme, wie um einen heiligen Vorgang nicht zu stören. „Zwar spricht man von Sieg und Auferstehung und Erlösung, gleichzeitig hängt aber überall das Kreuz mit dem Korpus des Verstorbenen. In Wirklichkeit weiß wohl keiner, wie trotz Tod und Niederlage Christus gesiegt haben soll."

Daran erkennst du die große, innere Entfernung von der Wahrheit. Christus ist in die Welt gekommen, um durch Sein Leben Zeugnis von der Liebe des Vaters zu geben. Die Dunkelheit, die die Größe des göttlichen Planes nicht durchschaute, war der Ansicht, mit dem Tod des Jesus von Nazareth könnte sie die Absichten Gottes vereiteln. Das Gegenteil war der Fall. Und nun wirst du begreifen, warum ich mich vor dem Christus in dir verneigt habe:

Mit dem Tod des Jesus verströmte sich die geistige Kraft des Christus i n die Seele eines jeden Menschen und in alle Seelen in den Astralbereichen. Sie ist auch in dir - ein Lichtstrahl berührte meine Brust - *hier, etwa in der Nähe deines Herzens. Es ist die zusätzliche Energie, die seither dir und jedem zur Verfügung steht, um den Weg zurück in die Himmel erfolgreich gehen zu können. Das war vordem nahezu unmöglich. Zu gering war die Kraft in den Seelen und Menschen geworden; ohne Seine Liebekraft wäre der Himmel sozusagen verschlossen geblieben.*

Ich erinnerte mich daran, daß ein jeder den Himmel wieder in sich tragen muß, wenn er in ihn zurück will. Den Himmel wieder in sich zu erschließen, war demnach die Lebensaufgabe jedes Menschen - früher oder später.

Seitdem sind die Himmel wieder offen. Die Entscheidung, wieder hineinzugehen, muß aber jeder selbst treffen. Wenn du künftig von Erlösung hörst oder liest, dann weißt du, daß es keine „automatische" Erlösung gibt, die sich allein durch den Glauben an Ihn oder die Zugehörigkeit zu einer Kirche vollzieht. Seine Erlösung galt zwar a l l e n Menschen und Seelen, aber sie nimmt dir nicht die Arbeit an dir selbst ab. Sie erleichtert dir diese Arbeit, sie hat dir den Weg geebnet. Wann du ihn gehen willst - ob du ihn überhaupt gehen möchtest -, mußt du entscheiden. Du hast den freien Willen. Wenn du dich dafür entscheidest, geht Er mit dir.

Was ich da erfuhr, war unendlich tröstlich. Es war beruhigend, befreiend, ermutigend - es war alles, was man sich wünschen konnte. Ich war nicht nur unsterblich, ein göttliches Wesen; ich hatte nicht nur einen *Vater*, der in meiner himmlischen Heimat auf mich wartete; ich konnte nicht nur jederzeit den Weg zu Ihm nach Hause antreten: Ich hatte auch einen Begleiter bei mir, in mir, der mir helfen würde, den Weg zu gehen. Er würde ihn mit mir gemeinsam gehen, wenn und weil der Weg für mich allein möglicherweise sehr beschwerlich war.

Für mich hätte unser Gespräch an dieser Stelle für heute zu Ende sein können. Es war mehr als genug gewesen. Doch mein Licht wollte mir anscheinend noch etwas sagen.

Ehe du in die weitere Nacht und den morgigen Tag gehst, nimm noch etwas mit. Christus ist nicht abstrakt. Er ist der konkreteste Helfer, den du dir vorstellen kannst. Du wirst Seine Kraft später wie selbstverständlich in dir verspüren können. Du wirst Ihn in dir leiser oder lauter vernehmen können, je nachdem, wie nahe du Ihm gekommen bist.

Doch ebensowenig, wie Er abstrakt ist, reicht es aus, wenn du in deinem Tun abstrakt bist oder bleibst. Lippengebete oder Absichtserklärungen sind etwas Abstraktes, ein ehrliches Bemühen ist etwas Konkretes. Triffst du eine konkrete Entscheidung, tust du einen konkreten Schritt, dann tritt im selben Augenblick Er in dir auf den Plan. Ein Gedanke an Ihn, ein liebevolles Wort, ein Lächeln oder ein Hilferuf, und die Liebe, die dir näher ist als deine Arme und Beine, ist für dich da.

Doch sie achtet deinen freien Willen. Lehnst du Seine Liebe ab, wird Er dich dennoch nicht verlassen. Er läßt dich jedoch handeln, wie du es möchtest oder es für richtig hältst.

„Und wenn ich dann falle?" wollte ich wissen.

Was glaubst du?

Was glaubte ich? Hatte ich schon eine Meinung? Zu neu war das Wissen um die erlösende Kraft in mir. Da sie jedoch die Liebe war, konnte es nur eine Antwort geben: „Die Liebe läßt mich nicht allein."

Sie läßt dich n i e allein. Bildlich gesprochen ist sie dir dann besonders nahe, wenn du gefallen bist. Denn dann benötigst du ihre Hilfe am dringendsten. Oder glaubst du noch, daß sie dir grollt, dich mit Verachtung straft und sich von dir abwendet, weil du in deiner Schwäche gesündigt hast?

„Du hast mich eines Besseren belehrt", antwortete ich.

Der Vater und Christus sind eins. Es ist die gleiche Liebe, die gleiche Freiheit. An wen du dich wendest, ist ohne Bedeutung. Entscheidend für dich ist, o b du es tust. Erst dann kann und wird die Christuskraft dir helfen, die Belastungen deiner Seele umzuwandeln und damit abzubauen. Erst dann mindert sich die Gefahr, von den Bumerangs, die „noch unerkannterweise unterwegs sind", wie du es ausdrücktest, getroffen zu werden.

Denke daher daran: Je konkreter die Bedeutung d e i n e s Christus' - ich sage dies bewußt - für dich wird, um so leichter gehst du deinen Weg. Er ist die Liebe, auf die die Menschen lange, lange Zeit gewartet haben. Auch deine Seele hat viele Jahre darauf gewartet, daß dein Mensch Ihn findet. Verliere Ihn nicht wieder - wenn du mich richtig verstehst.

Es war das Tiefgehendste und Ernsthafteste, das mir je in meinem Leben widerfahren war. Ich lag noch lange wach, bis ich schließlich wieder einschlief. Zumindest hatte ich diesen Eindruck.

*

Anne war nach dem Mittagessen wieder gefahren. Wie immer hatten wir uns vorgenommen, mit unseren gegenseitigen Besuchen nicht zu lange zu warten. Beim nächsten Mal würde ich vielleicht ihren Michael kennenlernen, hatte sie beim Abschied gemeint.

„Aber nur, wenn er will", hatte ich geantwortet, „du weißt, die Sache mit dem freien Willen ..."

Sie hatte mir einen Kuß gegeben. „Natürlich. Mach's gut, Papa." An ihrem Auto hatte sie sich noch einmal umgedreht. „Irgendwie hast du mir gefallen an diesem Wochenende." Meine hochgezogenen Augenbrauen hatten sie veranlaßt, noch zu sagen: „Nicht nur an *diesem* ... Du weißt schon, was ich meine. Aber diesmal warst du so ... so anders, ... so gelassen, still zufrieden und doch ... erwartungsvoll. Ist das das richtige Wort?"

Sie war eingestiegen, hatte die Scheibe heruntergekurbelt, und mit ihrem Blitzen in den Augen hatte sie noch gefragt: „Du bist doch nicht auch verliebt?"

„Ich? Nein", hatte ich geantwortet und den Kopf geschüttelt; und dann - so leise, daß sie es nicht hören konnte - angehängt: „Oder vielleicht doch? Wer weiß ..."

Am Abend hatte ich Peter und Katharina angerufen. Wir hatten uns für den Montag abend verabredet, wir wollten Katharinas Geburtstag feiern.

Nun lag ich in meinem Bett und konnte zuerst nicht einschlafen. Dann mahnte ich mich zur Disziplin, entspannte mich, legte mir in Gedanken noch einiges für den morgigen Arbeitstag zurecht, und schließlich kam der Schlaf doch. Irgendwann kam auch mein Licht. Es berührte mich mit seinen Strahlen, ganz sanft, so wie eine Mutter ihr Kind streichelt. Ich war ganz still, ließ es geschehen und antwortete ihm mit Empfindungen der Freude und Geborgenheit.

Es wird eine schöne Zeit werden: Christus, du und ich und viele, viele andere, die unerkannt dir helfen.

„Ist es bei jedem so?"

Bei jedem, der es will. Wenn auch der Weg eines jeden anders verläuft, so ist doch die geistige Hilfe für jeden da. Sie ist so vielfältig, daß ihr Menschen euch keine Vorstellung davon machen könnt. Unzählige Boten der Himmel stehen bereit, um vorbereitend und helfend einzugreifen, wenn ihr in der rechten Weise darum bittet, das heißt mit einem ehrlichen Herzen.

„Was ist die 'rechte Weise'? Was meinst du mit 'ehrlichem Herzen'? Ist es, wenn ich nichts für mich will?"

Mein Licht ließ mir Zeit, wie um mich aufzufordern, weiterzumachen, mitzudenken. Also dachte ich mit.

„Das Ziel ist der Himmel. Folglich muß das Verhalten der Menschen - entschuldige, *mein* Verhalten - diesem Ziel entsprechen. Folglich kann es bei allem, was ich vorhabe und durchführe, auch nur einen Maßstab geben, den ich anlegen sollte: den gleichen, den Gott anlegt."

Wieder war ich in einer Zwickmühle. Ich spürte zwar die Richtigkeit dieser Konsequenz, aber die Vorstellung erschien mir utopisch, jemals nach göttlichen Prinzipien handeln zu können. Ich erkannte aber auch die Falle, vor der ich gewarnt worden war: Auf Grund zu erwartender Schwierigkeiten, wie es den Anschein hatte sogar *Unmöglichkeiten*, die Beachtung und Erfüllung des Prinzips für hoffnungslos zu erklären. Wo gab es einen Ausweg aus diesem Dilemma?

Ich suchte einen neuen Denkansatz. Das Licht unterstützte mich dabei mit feinsten Strahlen der wunderbarsten Farben.

„Wenn die Liebe mir helfen will und nur auf ein Zeichen meines freien Willens wartet, wird diese Hilfe immer darauf ausgerichtet sein, mich in meiner seelisch-geistigen Entwicklung zu fördern. Anders ausgedrückt: mir zu einem Verhalten zu verhelfen, in dem sich - im Endstadium - die Liebe Gottes ausdrückt." In Gedanken machte ich: „Puh!". Was für ein Anspruch!

Du weißt, daß Gott dir keine Steine gibt, wenn du Ihn um Brot bittest. Glaubst du wirklich, daß Er, daß Christus dir die Bitte, zur Liebe reifen zu dürfen, nicht erfüllt? Meinst du nicht vielmehr, daß es mehr eine Frage ist, ob diese Bitte überhaupt geäußert wird?

Es hatte natürlich wie immer recht.

Auf die richtige Weise mit einem ehrlichen Herzen zu bitten, konnte also in seiner Essenz stets nur darauf hinauslaufen, Hilfe (für sich selbst und für andere) zu bekommen für den *Weg,* bis man schließlich an seinem Endpunkt angelangt war. Dazu gehörten die vielen Gelegenheiten, die der Tag bot; die vielen Menschen, denen man begegnete; die Aufgaben und Prüfungen, denen man auf einmal gegenüberstand; die vielen großen und kleinen Situationen, die das Leben an einen herantrug. Ein Gedanke, ein Stoßgebet - und die Hilfe würde in dem Augenblick und in dem Maße gegeben werden, wie es für die Seele (die eigene und die des anderen) gut war.

„Und wenn ich trotz aller Hilfe stolpere, wenn ich falle?"

Dann steh' wieder auf.

Da war es wieder, dieses einfache, klare, kompromißlose Betrachten: „Dann steh' wieder auf!" Warum eigentlich nicht? „Ich kann dir sagen, warum eigentlich nicht", sprach ich zu mir selbst. „Weil du Mensch bist, weil du immer wieder schwach wirst. Vielleicht auch, weil es etwas Schöneres gibt als hinfallen, aufstehen, hinfallen, aufstehen ..."

Bist du Mensch, bist du Seele, oder bist du Geist?

Ich hatte im momentanen Aufwallen meiner Empfindungen wieder vergessen, daß meinem Licht keine Regung verborgen blieb. Ich wurde wieder „zurückgeholt". Eigentlich wurde ich wieder auf die Plattform gestellt, die wir uns in unseren Nächten bereits gemeinsam erarbeitet hatten. Ich war herabgefallen und wurde wieder aufgehoben.

„Danke", sagte ich nach einer Weile. „Wer bin ich ...?"

Das Denken, Reden und Tun eines jeden Menschen wird bestimmt von der Sichtweise, aus der sich der Mensch betrachtet. Wer sich als Mensch sieht, wird als Mensch empfinden, denken, reden und handeln. Ändert der Mensch seinen inneren Standpunkt, weil er um seine Seele weiß, dann blickt er praktisch aus einer anderen, höheren Warte auf sich und das ihn umgebende Geschehen. Er wird anderes sehen und erkennen ...

Ich wollte wieder etwas gutmachen. „Erkennt sich der Mensch schließlich in seinem Ursprung, als göttliches Wesen, kommt er nochmals zu einer anderen Sicht der Dinge. - Der Standpunkt erleichtert das Erkennen ..." Und weiter?

... und das Erkennen erleichtert es, die richtige Entscheidung zu treffen. Du erinnerst dich an das, was du über das Bewußtsein erfahren hast ... Dort, wo dein Bewußtsein ist, dort bist du mit deiner eingeschränkten oder erweiterten Erkenntnis, eventuell mit deinen Ängsten, Sorgen und Wünschen. Von dort aus reagierst du, handelst du mit einer Bandbreite von eigennützig bis selbstlos.

„Eine große Hilfe kann mir also sein, mich immer wieder zu fragen, zu prüfen, zu korrigieren: In welchem Bewußtsein lebe ich?" Was würde das werden?

Das Geheimnis liegt in den kleinen Schritten. Große Schritte, die du noch nicht machen kannst aber schon machen willst, weil du Voranstürmen mit gesundem Wachstum verwechselst, können Mühsal bedeuten. Kleine Schritte bedeuten, sich zu „bemühen". Du kannst dir kein Bild von der Langmut deines Bruders Christus und der Größe Seiner Liebe machen. E i n ernsthaftes Bemühen deinerseits, und erscheint es dir noch so klein oder gering, wird von Ihm unterstützt mit Seiner Kraft. Könntest du deinen und Seinen Anteil an der Bearbeitung einer einzigen deiner Schwächen sehen, du würdest ungläubig den Kopf schütteln beim Anblick dieses Mißverhältnisses.

„Weil Er die Barmherzigkeit ist ...", sagte ich ganz leise.

Ja, und weil Er dich, weil Er alle zurückführen wird in die Himmel. Dabei werdet ihr gemeinsam durch einen Großteil der Bereiche gehen, die zwischen hier und den Himmeln liegen. Er wird bei dir bleiben, bis du stark und strahlend genug geworden bist, den restlichen Weg allein gehen zu können.

„Und dann?"

Denke an das Gleichnis vom verlorenen Sohn. Es wird ein Festmahl werden.

„Was werde ich zu Hause tun?" Diesmal war es mehr als Neugier, die mich fragen ließ. Ich spürte, wie sich in mir eine Freude entwickelte. Ich wollte mich ein wenig dieser Vorfreude hingeben; denn aus der Freude, hatte ich gelernt, erwächst die Kraft.

Was macht ein Wesen der Himmel, das wieder zur Liebe geworden ist? Es schöpft, es lehrt, es hilft, es baut auf, es dient.

„Und wartet darauf, daß auch alle anderen heimfinden?"

Ja und nein. Ja, weil die Rückführung aller Seelen und Menschen im göttlichen Plan verankert ist - wobei „warten" der falsche Begriff ist, wenn es um die Ewigkeit und Unendlichkeit geht.

Nein, weil eine der dienenden, auf eigenen Wunsch übernommenen Aufgaben darin bestehen kann, erneut zu inkarnieren, um als Mensch selbstlos den Menschen auf dieser Erde zu helfen.

Das war neu für mich. Ich wußte nicht, was ich sagen sollte und schwieg deshalb für eine geraume Weile. Dann drängte sich mir eine Frage auf, bei der ich nicht sogleich entscheiden konnte, ob ich sie stellen sollte oder nicht. Schließlich tat ich es.

„Und du? Du bist aus den Himmeln. Hast du dich bereit erklärt, für mich da zu sein? Mich zu ertragen, meinen Eigenwillen zu erleben, mich kämpfen und verlieren zu sehen? Dabei zu stehen und nicht eingreifen zu können und zu dürfen, wenn ich gegen besseres Wissen falsch gehandelt habe? Du warst dennoch immer da, ohne die Geduld zu verlieren, ohne jemals auch nur eine negative Empfindung zu haben?"

Ja. Du bist mein Bruder.

Das ging über mein Begreifen. Es herrschte eine tiefe Stille um uns. Mein Licht pulsierte leicht, ich tat nichts. Ich empfand nur.

Gehen wir morgen an die Arbeit?

Was für eine Frage! „Natürlich", sagte ich. Mußte ich mich vorbereiten?

Nein, was du benötigst ist dein Bemühen. Den Rest steuert dein Tag bei. Und dann vergiß nicht: Gebrauche deinen ...

„Ja, ja", antwortete ich, „ich weiß ..."

Und während mein Licht schwächer wurde und mich meinem Schlaf überließ, öffnete sich mein Herz so weit, wie es ging, und ich sagte:

„Ich liebe dich."

17. Ein guter Übergang

Zwei Frauen der Putzkolonne fanden den Mann am frühen Morgen. Sie hatten vor etwa 20 Minuten ihren Dienst angetreten und waren bei ihren Reinigungsarbeiten an ein Zugabteil gekommen, dessen Vorhänge zugezogen waren. Ganz ungewöhnlich war das nicht, auch wenn es nicht die Regel war, weil der zugbegleitende Bahnbeamte beim letzten Durchgang die Vorhänge normalerweise an ihren ursprünglichen Platz zurückschob.

Eine der beiden Frauen war dennoch ein bißchen stutzig geworden. Sie öffnete langsam die Tür, als erwartete sie etwas Unangenehmes. Dann stieß sie einen Schrei aus. „Käthe, da drinnen ist jemand." Dann trat sie schrekkensbleich ein paar Meter zurück.

Die andere Frau schaute vorsichtig zwischen den Vorhängen durch und sah einen Mann, der mit weit ausgestreckten Beinen in der linken Ecke saß. Der Kopf war ihm auf die Brust gefallen, die Brille lag auf dem Boden. Ein Blatt Papier, anscheinend ein Brief, war ihm aus den Fingern geglitten und bedeckte halb die Brille. Auf seinem Schoß lag noch das Kuvert. Ein Foto, das einen etwa fünf Jahre alten Jungen zeigte, war bis fast vor die Türe gerutscht.

Es war eindeutig, daß der Mann nicht schlief. Beide Frauen hatten in ihrem Leben zwar noch nicht viele Tote gesehen, aber der hier war tot. Das war ihnen klar.

Es dauerte nicht lange, bis die Polizei eintraf; auch der Notarzt war bereits unterwegs. Es bestätigte sich, daß der Mann tot war. Gewaltanwendung konnte bei dieser ersten, oberflächlichen Untersuchung nicht festgestellt werden; die Todesursache zu diagnostizieren würde ohnehin Sache des Mediziners sein. Es schien auf den ersten Blick, als sei der Mann eingeschlafen und einfach nicht mehr aufgewacht.

„Vielleicht Herzversagen." Einer der Beamten zuckte die Schultern. „Das sollen andere 'rauskriegen."

Ein zweiter Beamter war damit beschäftigt, den Brief zu überfliegen. „Muß von seiner Tochter sein, heißt Anne. Die Anrede lautet 'Lieber Papa'.

„Und das Bild?"

„Zeigt wahrscheinlich sein Enkelkind." Der Beamte drehte das Kuvert um. „Vielleicht wissen wir schon, wer er ist oder besser, wer er war. Der Brief ist adressiert an einen 'Ferdinand Frei'."

Inzwischen hatte sein Kollege die Brieftasche des Toten und darin seine Papiere gefunden. „Du scheinst recht zu haben. Ferdinand Frei, 63 Jahre alt ...“

18. „Dann laß uns gehen"

Der Raum um mich herum begann sich zu verändern. Die Dinge nahmen andere Konturen an, sie wurden weicher, transparenter. Die Farben begannen, auf eine andere Art zu leuchten, von innen heraus, anscheinend wie von selbst. Sie hatten auch ihre harten Kontraste verloren, Pastelltöne und ganz neue Farbtöne und -varianten herrschten auf einmal vor, die ich bis dahin nicht gekannt hatte. Und dann dieses eigenartige Strahlen ...

Das Licht! Mein Licht war da.

Du bist ein Kind der Himmel ... Wie oft hatte ich diese Stimme gehört. Wie vertraut war sie mir geworden ... *doch du hast auch deinen Menschen kennengelernt, die andere Seite des Lichtes. Du hast geliebt, du bist gefallen, du bist aufgestanden, du hast gekämpft, hast verloren, hast wieder gekämpft, hast gewonnen ...*

„*Wir* haben manchmal gewonnen. Du mußtest mich - leider - immer wieder daran erinnern, woher die Kraft kam, und wer mir viele Schritte entgegenkam, wenn ich nur einen einzigen in Seine Richtung tat."

Wenn du einmal zurückschaust, wirst du die vielen Kreuzungen sehen, an die du gekommen bist. Erkennst du, wie oft du in eine andere, in d e i n e Richtung wolltest? Und wie schwer es oft für dich war, wenn du sie eingeschlagen hast?

Ich nickte ein wenig betrübt. Da hatte ich mein Licht, meinen „Draht zum Himmel", wie ich es manchmal nannte, und war doch so oft noch in die alten Fehler verfallen.

Sieh' auch das Gute darin. Die Menschen fragen oft nach den Beweisen für die Führung Gottes. Würden sie, wie du es jetzt tust, auf ihr Leben zurückschauen, dann hätten sie alle Beweise, die sie brauchten. Aus einer anderen Sicht und mit etwas Abstand bestätigt sich, daß zuletzt doch alles gut war. Hast du Umwege gemacht?

Umwege? Ich erinnerte mich an ein Gespräch mit meiner Tochter Anne, bei dem wir zu der Überzeugung gekommen waren, daß es keine Umwege gibt.

„Umwege nicht", sagte ich, „aber ..."

... aber manches hätte schmerzloser und schneller gehen können, wolltest du sagen.

Ich nickte wieder. „Und es hätte sich mehr bewegen können. *Ich* hätte mehr bewegen können."

Was glaubst du: Spielt Zeit bei Gott eine Rolle?

Ich schaute mein Licht an und konnte ein Schmunzeln nicht verbergen. „Du bist der gewiefteste Lehrer, den ich mir vorstellen kann. Du hast es in unserer schönen, langen Zeit verstanden, mich in meine Eigenständigkeit hineinwachsen zu lassen. Wie hast du es gemacht? Durch Belehrungen oder Instruktionen? Selten. Nein, du hast - *gefragt*. Du hast mich in Sackgassen laufen lassen, du hast mich schmoren lassen, hast daneben gestanden und gestrahlt, hast gefragt, hast meinen Verstand gefordert ..."

Das war meine Absicht.

„ ... bis ich dahintergekommen bin, daß nicht *du* die Antworten wolltest, sondern daß die Antworten allein mir dienten. Aber ich falle nicht mehr darauf herein."

Jetzt lächelte mein Licht doch tatsächlich. *Spielt also die Zeit eine Rolle?*

Zum ersten Mal „in der Geschichte" - in unserer gemeinsamen Geschichte - drehte ich den Spieß herum.

„Laß uns gehen", sagte ich; und während ich mich anschickte loszumarschieren, fügte ich hinzu: „Natürlich spielt Zeit bei Gott keine Rolle. Also können wir - kann *ich* - auch noch bewegen, was noch bewegt werden muß."

Wohin gehst du?

Ich hielt inne. „Ich weiß es nicht."

Vertraust du mir?

„Ja."

Wie einen Mantel aus lichtem Kristall legte mein Licht seine Strahlen um mich.

Dann laß uns gehen.

Die Fortsetzung:

BIN ICH ES, DEN DU LIEBST?
Das Abenteuer kann beginnen

Nachdem Sie **Alles endet im Licht** gelesen haben, wissen Sie, wie belebend, belehrend und erfrischend-aufregend es sein kann, mit einem himmlischen Begleiter – dem Licht – durch den Tag zu gehen. Und das in einer Beziehung, die von einer tiefen Liebe geprägt ist.

Wenn Sie wollen, dann gehen Sie noch weiter mit und lassen sich noch einmal von dieser Kompetenz an „die Hand nehmen". Sie erleben und erfahren in der Praxis des Alltags, wie sehr die Liebe Gottes Realität ist. Sie staunen mit, „arbeiten" mit; Sie können nachvollziehen, wie sich eine Erkenntnis an die andere reiht. Und manchmal wird es Ihnen wie Schuppen von den Augen fallen, und einem Puzzle gleich wird sich Ihr Bild von Gott, Seiner liebevollen Führung und der Tatsache, daß Er in jedem lebt, mehr und mehr vervollständigen.

Sie werden aber auch mit der großen Auseinandersetzung zwischen Licht und Finsternis konfrontiert. Sie erfahren die Hintergründe dieses gewaltigen Geschehens, die Absichten und Vorgehensweisen der Dunkelheit, und wie Sie dennoch geschützt Ihren Weg finden.

Vor allem aber lernen Sie ein anderes, ursprüngliches, ungemein attraktives Christ-Sein ohne jeglichen Zwang, ohne Vorschriften und Bindungen kennen, das die Freiheit und die Freude kennt und einem Abenteuer gleichkommt, wenn man es lebt. Und Sie werden die Wahrheit entdecken, daß der Mensch, ein Kind Gottes, mit Gott, seinem Vater, in seinem Inneren kommunizieren kann.

Wie schon in **Alles endet im Licht** geht es auch diesmal nicht um trockene Wissensvermittlung, sondern um Einsichten und Erfahrungen, die humorvoll dargereicht werden. Wie die Hauptperson des Romans so können auch Sie als Leser sich wiederum von Gedanke zu Gedanke führen lassen. Vielleicht ergibt sich ja auch für Sie – jetzt oder irgendwann – die Frage:

Bin Ich es, den du liebst?

ISBN 3-9806345-1-5, 296 Seiten, € 11,15

VERLASSE DICH AUF DEINES HERZENS LEISEN KLANG

Vom Erblühen der Seele - Gedichte

Lassen Sie sich berühren von Texten ...

... die man nicht nur einfach lesen und dann an die Seite legen wird. Denn sie können, wenn man es zuläßt, die Seele zum Erblühen bringen. Sie machen Mut, spenden Trost, geben Antworten - und sie erzählen von der großen Liebe Gottes.

Was Sie erwartet? Unter anderem die „kleine Serie“

Nimm dir, geliebtes Kind, für Mich ein wenig Zeit

Nimm dir, geliebtes Kind, für Mich ein wenig Zeit,
setz dich zu Mir, und laß uns überlegen.
Du mußt nichts tun. Sei einfach still, doch sei bereit;
dann kann Mein großer Geist sich in dir regen ...

mit z.B. den Themen:

- Die Größe Meiner Liebe ist nicht zu ergründen
- Wo suchst du Mich und hast Mich nicht gefunden?
- Hast du einmal bedacht, was deines Lebens Sinn?
- Nie wird ein Schatten je aus Meiner Liebe sein
- Nur einen Weg sah Ich in Meiner Weisheit vor

Außerdem lesen Sie:

In mitternächtlich stiller Stunde
Ob du hier lebst oder drüben
Mein kleines Ja
Die Trauerreden sind gehalten
Der Weg zu Gott besteht aus kleinen Schritten
Die Seele führt Soll und führt Haben
Ein Lied aus alten Zeiten
Ich grüße Euch, Ihr Freunde aus dem Licht
Die Ballade vom Gottsucher und dem Räuber
Muß ich wissen, wer ich früher war?

Hans Dienstknecht, Verlasse dich auf deines Herzens leisen Klang
ISBN 3-9806345-0-7, 120 Seiten, € 9,60